Florian Contzen

Mord an Tor 117

Ein Mönchengladbach Krimi

Florian Contzen

Mord an Tor 117

Ein Mönchengladbach Krimi

Kriminalroman

Bibliografische Information der Deutschen Nationalbibliothek: Die Deutsche Nationalbibliothek verzeichnet diese Publikation in der Deutschen Nationalbibliografie; detaillierte bibliografische Daten sind im Internet über http://dnb.dnb.de abrufbar.

Verlag: BoD · Books on Demand GmbH, In de Tarpen 42, 22848 Norderstedt, bod@bod.de

Druck: Libri Plureos GmbH, Friedensallee 273, 22763 Hamburg

ISBN: 978-3-7693-5016-6

Hinweis:

Die in diesem Buch dargestellten Personen, Namen und Handlungen sind frei erfunden. Jegliche Ähnlichkeiten mit lebenden oder verstorbenen Personen oder tatsächlichen Ereignissen sind rein zufällig und nicht beabsichtigt.

Einige der erwähnten Orte existieren tatsächlich in der Stadt, dienen hier jedoch ausschließlich als Kulisse für die fiktive Geschichte.

Für Mama, Papa und Christian,

die diesen Krimi leider nicht mehr lesen können

Sonntag, 11.06.2023

Der Sommer zeigte sich von seiner besten Seite in Mönchengladbach, eine schwüle Hitze breitete sich über der Stadt aus, Wolken waren nur vereinzelt am Himmel zu sehen, ein reinigendes Gewitter stand kurz bevor. Christian Renner zog ruhig Bahn um Bahn im sich mittlerweile leerenden Volksbad, genoss es, im 50m Sportbecken durchs Wasser zu gleiten, sich beim Schwimmen auszupowern. Auf seinem Trainingsplan standen 300m Einschwimmen, fünfzehnmal 100m Rapace 200m Ausschwimmen, eine seiner Lieblingseinheiten. Als er sich entschieden hatte, vom reinen Laufen zum Triathlon zu wechseln war Schwimmen ein Ding der Unmöglichkeit, nun liebte er es, stand kurz vor seiner ersten Langdistanz in Roth.

Morgen waren drei Wochen Urlaub schon wieder vorbei, Punkt acht hatte er wieder Dienstantritt als Kriminalhauptkommissar beim KK 11 im Polizeipräsidium Mönchengladbach. »Eigentlich könnte ich morgen mit dem Rad zum Dienst und im Anschluss direkt eine längere Radeinheit über die Felder zu absolvieren«, überlegte er sich, während er mit einer eleganten Rollwende in die nächste Bahn zog. Vor einer Woche ging es mit dem Rennrad noch die portugiesische Küste entlang, während Julia, seine Frau, mit den beiden Töchtern im Camper zum nächsten Standort fuhr. Und morgen hatte ihn der Alltag wieder, über Feldwege am flachen Niederrhein statt Algarve mit etwas welligerem Profil. Christian schaute auf seine Sportuhr, 1700m waren bis jetzt im Becken geschafft, noch ein letztes Intervall, 200m locker aus schwimmen und dann sollte es für heute reichen. Julia wartete sicher bereits mit dem Abendessen, im Anschluss wurden gemeinsam die beiden kleinen Mäuse ins Bett gebracht. Im Anschluss war sicher noch Zeit, den letzten Urlaubsabend bei einem schönen Glas Weißwein zu zweit auf der Terrasse den letzten Urlaubsabend in vollen Zügen genießen.

Montag, 12.Juni 2023

Um kurz vor acht Uhr bog Christian Renner mit seinem Rennrad auf das Gelände des Polizeipräsidium Mönchengladbach in der Krefelder Straße, ein schnelles, sportliches Geschoss was, er sich für seine ersten Versuche im Triathlon vor Jahren gegönnt hatte und nun sein treuer Begleiter im Training geworden ist. Das Gewitter am Vorabend war ausgeblieben, in der Nacht hat es sich nur unwesentlich abgekühlt. Gerade als er sein Fahrrad festschließt, kam ihm auch seine junge Kollegin Sofia Montio entgegen.

Montio, 26 Jahre alt, war seit knapp anderthalb Jahren seine Partnerin, nachdem sein langjähriger Partner Günther Kruse in den wohlverdienten Ruhestand gegangen ist. Für Renner war es anfangs eine große Umstellung, plötzlich eine deutliche jüngere Partnerin zu haben. Nach wenigen Wochen erwies sich dies aber bereits als großer Glücksgriff für beide. Sie brachte mit ihrer offenen Art und moderneren Denkweise neue Ideen und frischen Wind in die Abteilung, er konnte ihr mit 25 Dienstjahren noch einiges über die gute, alte Polizeiarbeit aus dem analogen Zeitalter beibringen.

Sofia hatte eine beige, leichte Sommerhose und ein weißes Top an und das lange schwarze Haar wie immer zu einem lockeren Pferdeschwanz zusammengebunden, dazu eine schicke Sonnenbrille im Haar stecken. Die zwei Minuten fertig Frisur nannte sie es. Ihr Schulterholster mit Dienstwaffe trug sie locker über dem Top, um den Bauch war eine kleine Gürteltasche gebunden, Sofia hasste Handtaschen im Alltag.

»Der Urlauber ist auch wieder zurück, herzlich willkommen«, begrüßte sie ihn lächelnd. »Wir können direkt los, wir haben einen Toten bei Spedition Fels in Güdderrath.«

»Das fängt ja gut an«, dachte sich Renner, der erste Einsatz noch vor dem ersten Kaffee.

»Gib mir fünf Minuten, ich bringe nur schnell meine Tasche rein und schnappe mir meinen Kram und dann können wir los und Guten Morgen liebe Sofia.«, erwiderte er lächelnd, verschwand in der Tür und war wenige Augenblicke später wieder da.

»Du fährst«, sagte er, während er auf der Beifahrerseite des schwarzen 5er BMW einstieg.

»Was wissen wir bereits?«

»Männliche Leiche, Todesursache auf den ersten Blick durch Fremdeinwirkung. Wurde auf einem Trailer gefunden, als dieser entladen wurde. Mehr weiß ich auch noch nicht.«

Sofia bog mit dem BMW auf die A52, die letzten Auswirkungen des Berufsverkehres waren noch zu merken, leicht stockender Verkehr. Im Radio lief der lokale Sender Mönchengladbach 90,1 in welchem die Moderatorin gerade über das Wetter berichtete.

»Noch zwei Wochen diese Hitze«, stöhnte Sofia, während sie ruhig das Fahrzeug im Kreuz Mönchengladbach auf die A61 steuerte, vorbei am Borussia Park bis zum Industriepark Mönchengladbach Güdderath, in welchen in den letzten Jahren eine Logistikhalle nach der anderen aus dem Boden geschossen ist.

Der Hof der Spedition war bereits durch uniformierte Beamte abgesperrt. Fahrer, die mit ihren LKW den Hof für Ihre Zustelltour verlassen wollten, stauten sich an der Ausfahrt. Die Kriminaltechnik war mit ihrer Truppe auch schon vor Ort.

»Hektik, was ein Ameisenhaufen«, dachte sich Montio, als sie den Wagen auf das Gelände steuerte.

»Der Auflieger mit der Leiche steht an Tor 117«, begrüßte sie eine uniformierte Kollegin, die sie vom Polizeisport kannte.

Sie fuhr den Dienstwagen an dem modernen Verwaltungsgebäude vorbei, um die große Halle herum, bis sie schließlich an besagtem Tor zum Stehen kam.

Über eine Seitentür, die mit einem Stück Holz offengehalten wurde, gelangten Montio und Renner in die Halle. Dr. Leo

Winter, der Gerichtsmediziner, begrüßte sie mürrisch, während er das Opfer untersuchte.

»Das super Duo ist endlich wieder vereint, drei Wochen kein Mord und Totschlag in Mönchengladbach und kaum ist der Herr Kriminalhauptkommissar wieder aus dem Urlaub zurück, kehrt auch das Verbrechen zurück in die Stadt, Zufall? Ich denke nicht.«

»Dir auch einen schönen guten Morgen, ich freue mich ebenfalls, dich wieder zu sehen. Und ich kann gerne nochmals für drei Wochen in den Urlaub verschwinden, Julia und die Kinder haben sicherlich nichts dagegen und wenn es dann auch noch behilflich ist, das Verbrechen einzudämmen, ist jedem damit geholfen«, entgegnete Christian grinsend.

»Was wissen wir schon?«

»Beim Toten handelt es sich um Severin von Backstein, 43 Jahre, Personalmanager hier in der Firma. Er hat ein stumpfes Trauma am Hinterkopf, jemand muss ihm ordentlich eins übergezogen haben, ob es tödlich war, weiß ich nach der Obduktion. Beim Todeszeitpunkt gehe ich von Freitagabend aus, wobei das auch nur eine grobe Schätzung ist. Bei der Hitze draußen sind es unter der Plane des Aufliegers sicherlich 60-65 Grad, was die Messung erschwert. Näheres kann ich euch wie gesagt, nach der Obduktion mitteilen. Zum jetzigen Zeitpunkt ist nicht davon auszugehen, dass der Fundort der Leiche auch der Tatort ist. Dazu fehlen einfach Blutspuren. Herr von Backstein wurde hinter der Ladung auf dem Auflieger gefunden. Aufgefunden und identifiziert hat ihn übrigens einer der Mitarbeiter in der Halle, als der Auflieger zu Schichtbeginn geöffnet wurde. Der arme Kerl hat sich die Seele aus dem Leib gekotzt.«

»Danke dir, dann werden wir den Mitarbeiter mal befragen.«

Renner und Montio gingen quer durch die Halle, in den Reihen standen Paletten mit verschiedenster Ware und in allen erdenkbaren Größen und gelangten im Anschluss über eine Wendeltreppe in einen Bürotrakt. Hier befand sich ein karger

Aufenthaltsraum, mit einem Tisch, 8 Stühlen, einer Mikrowelle, Kaffeemaschine und einem Wasserspender. Auf einem Stuhl in der hinteren Ecke saß ein Mann Mitte dreißig, dunkles, kurz rasiertes Haar, muskulöse Statur und einem freundlichen Gesicht. »Renner, Kripo Mönchengladbach, das ist meine Kollegin Montio«, stellte Christian sich und Sofia vor. »Wären sie damit einverstanden, wenn wir ihnen ein paar Fragen stellen?«

»Kein Problem, Jarek Kubiak, ich bin Schichtführer der Frühschicht«, entgegnete der junge Mann, während er an seinem Kaffee nippte.

»Darf ich ihnen auch einen Kaffee anbieten? Ich warne sie allerdings vor, das geschieht auf eigene Gefahr, hier in der Halle haben wir nicht so eine premium Maschine wie in der Chefetage im Büro, aber mit der Zeit gewöhnt man sich an die Plörre.«

Renner, dem es viel zu warm für einen Kaffee war und Montio die als Halbitalienerin sehr verwöhnt und anspruchsvoll war, was Kaffee anging, lehnten beide dankend ab.

»Sie haben Herrn von Backstein also gefunden?«

"Ja mein Team und ich wollten gerade den Auflieger, umladen, als wir den Backstein vorne gefunden haben. Wir haben dann sofort die Arbeit eingestellt und ihre Kollegen informiert.«

»Umladen? Was bedeutet das? Und stand der Auflieger seit Freitagabend schon hier? Oder wurde der erst heute früh gebracht», fuhr Sofia mit der Befragung fort.

»Ne, schon seit Freitag. Ist ein Direkttransport von GR-Design, einer Firma von Gerd Rammer, nach Bulgarien. Der wurde Freitag abgeholt und sollte eigentlich heute direkt weiter. Leider stimmte was mit der Hydraulik am Auflieger nicht, sodass wir die Ware heute auf einen anderen Anhänger umladen mussten.«

»Gerd Rammer? Dachte der macht nur in Entsorgung und Immobilen, ich wusste gar nicht, dass dieser auch im Handel tätig ist? Und wenn ich sie richtig verstanden habe, war es nicht geplant, diesen Trailer noch mal bei ihnen in der Halle anzufassen?«, fragte Renner stutzig.

»Glaube es gibt nichts, wo der seine Finger nicht im Spiel hat«, entgegnete Jarek und verzog das Gesicht zu einer finsteren Grimasse, »und ja, den haben wir außer der Reihe zum Entladen bekommen. Den Backstein habe ich Freitag hier noch in seinem Büro gesehen beziehungsweise gehört, als ich seinen Damen Urlaubsscheine meiner Mitarbeiter vorbeigebracht habe. Der war am Telefonieren und da sehr aufgebracht. Und jetzt ist er tot. Furchtbar.«

»Um wie viel Uhr war das in etwa?«, fragte Renner.

»Das muss so um 15 Uhr gewesen sein, ich bin von da nämlich direkt in den Feierabend, der Auflieger hat da auch für die letzte Abholung unseren Hof verlassen, das weiß ich noch. Ich hatte den Fahrer vor mir auf der Autobahnauffahrt auf die A61.«

»Herr Kubiak, sie sagen, Herr von Backstein war aufgebracht am Telefonieren. Haben sie da mehr mitbekommen? Als Personalleiter hat man doch sicherlich nicht nur Freunde im Haus.«

»Da die Türe geschlossen war, habe ich da nicht sonderlich viel mitbekommen, er war halt laut und aufgeregt, was sonst eigentlich nicht so seine Art war. War immer sehr auf einen ruhigen Ton bedacht. Glaube er war mit unserem Betriebsleiter, meinem Chef am Diskutieren. Arne Rink. Die beiden sind oder besser gesagt waren wie Feuer und Wasser. Freunde hatte er nicht allzu viele, hielt sich für was Besseres gerade gegenüber uns Leuten von der Halle, in seinen schicken Maßanzügen. Aber Feinde? Ne die hatte der auch nicht, der war harmlos, hat einfach seinen Job gemacht und da war er ziemlich korrekt. Er hat darauf geachtet, dass wir uns an die Regeln halten und hat auch nicht mit Konsequenzen gespart, wenn es Mitarbeiter übertrieben haben. Umgekehrt hat er aber auch immer geschaut, dass es gerecht zuging. Dem Chef ist er halt hinterhergerannt, wie ein Schoßhündchen. Aber ansonsten hat man von dem nicht so viel mitbekommen. Mit dem Stadtfeld, aus dem Vertrieb war er dick befreundet und mit dem Fischer unserem Spedtionsleiter konnte er auch ziemlich gut.«

»Danke Herr Kubiak«, sagte Sofia Montio, »sie haben uns schon einmal sehr geholfen. Wenn ihnen noch irgendetwas einfallen sollte, hier meine Karte.«

»Keine Ursache. Fahren sie gleich noch zu seiner Frau und Familie?«, wollte Jarek wissen.

Sofia blickte ihn freundlich an »Ja wieso?«

»Richten sie Frau von Backstein mein herzliches Beileid aus, auch wenn wir nicht immer einer Meinung waren, aber das wünscht man doch niemanden.«

»Werden wir ausrichten.«, erwiderte Montio lächelnd, stand auf und folgte Renner durch die Tür zurück in die Halle.

»Aufrichtiger, sympathischer Typ.«, merkte Sofia an und Christian ergänzte, »und hat uns sehr geholfen, den Tatzeitpunkt und den Ort einzugrenzen. Würde vorschlagen als Nächstes sprechen wir mit Herrn Fels, dem Geschäftsführer und dann fahren wir zur Familie von Herrn von Backstein.«

Die beiden Ermittler gingen über den Hof in Richtung Verwaltungsgebäude, auf dem Hof herrschte mittlerweile wieder reger Verkehr, der KDD und die Spurensicherung hatten ihre Arbeit getan, lediglich Tor 117 und der Auflieger waren noch gesperrt, ansonsten lief der Betrieb ganz normal weiter.

Durch eine Tür mit der Aufschrift - Fahrer / Selbstabholer / Besucher - betraten die beiden durch einen Seiteneingang das Verwaltungsgebäude und fanden sich an einem Fahrerschalter wieder. Nachdem sie einer jungen Mitarbeiterin ihr Anliegen erklärt hatten, wurden sie durch eine Schiebetür hereingelassen und durch das Großraumbüro in den hellen und sehr modernen Empfangsbereich geführt, wo sie schon von der Empfangsdame freundlich begrüßt wurden.

»Guten Morgen, sie sind bestimmt die Herrschaften von der Kripo?«

»Ja, Kriminalhauptkommissar Renner, das ist meine Kollegin Kommissarin Montio, wir hätten ein paar Fragen an Herrn Fels, wenn das möglich ist.«

»Aber natürlich, ich melde sie kurz an, Frau Berger, die Assistentin vom Chef holt sie dann sofort ab.«

Einen kurzen Augenblick später kam auch schon eine schlanke, brünette Frau, um die 40 durch die Tür, Jeans, weiße Bluse und mattschwarze Pumps perfekt auf Make-up und Frisur abgestimmt.

»Tanja Berger, guten Morgen, Herr Fels erwartet sie bereits. Schrecklich, was da passiert ist, ich bin immer noch total geschockt.«

Sie folgten Frau Berger die Treppe ins erste Obergeschoss. Herr Fels wartete bereits in seinem Büro.

Harald Fels, ein Mann Ende 50, dichtes schwarzes Haar, sonnengebräunte Haut, trug einen grauen Anzug, ein weißes Hemd, jedoch keine Krawatte. Christian Renner wusste nicht warum, jedoch fand er den Chef der Spedition Fels auf Anhieb sympathisch, strahlte er neben viel Selbstbewusstsein doch auch Ruhe und Vertrauen aus.

»Guten Morgen Herr Fels, mein Name ist Christian Renner, das ist meine Kollegin Sofia Montio. Zuallererst möchten wir ihnen unser herzlichstes Beileid über den Tod ihres Mitarbeiters aussprechen. Dennoch müssen wir ihnen auch ein paar Fragen stellen.«

»Freut mich, wenn auch unter diesen schrecklichen Umständen, sie kennenzulernen. Nehmen sie gerne Platz. Darf ich ihnen was anbieten? Kaffee, Wasser, Tee?«

»Zu einem Glas Wasser sage ich nicht nein«, sagte Renner, während Montio, nachdem sie die großartige und exklusive Kaffeemaschine im Sekretariat gesehen hatte, einen Espresso wählte.

»Montio? Haben sie etwas mit Giovanni Montio zu tun?«, fragte Harald Fels neugierig.

»Kann man so sagen, er ist mein Vater«, lächelte Sofia.

»Dann richten sie doch bitte ganz herzliche Grüße aus. Im Restaurant ihres Vaters gibt es die beste Pasta Aglio e olio und die beste gegrillte Dorade am ganzen Niederrhein. Und unsere Landeshauptstadt Düsseldorf würde ich da glatt noch mit einbeziehen.«

»Werde ich ihm gerne ausrichten«, antwortete Sofia der man den Stolz über das Lob für das kleine, aber feine Restaurant ihrer Eltern ansehen konnte.

Frau Berger kam mit den Getränken rein, Renner nippte an seinem Wasser und Sofia startete die Befragung

»Was für ein Mensch war Herr von Backstein? War er schon lange für ihr Unternehmen tätig?«, begann Montio, während sie einen Schluck Espresso nahm, der ihr außergewöhnlich gut schmeckte.

Harald Fels legte seine Lesebrille auf seinen riesigen, aber sehr aufgeräumten und gut strukturierten Schreibtisch, lehnte sich in seinem Bürosessel zurück, verschränkte die Arme vor der Brust, schloss für einen kleinen Moment die Augen, überlegte kurz und begann, die Frage zu beantworten.

»Severin war ein anständiger Mensch, dem manchmal nur das eigene Ego, der Hang zu Selbstdarstellung und Arroganz im Weg standen. Statt einem guten Mitarbeiter hätte er ein sehr guter, sogar exzellenter Mitarbeiter sein können, wenn er etwas mehr über den Tellerrand hinausgeschaut und mehr die Sprache der Mitarbeiter gesprochen hätte. Stattdessen war er oftmals viel zu weit weg von der Basis, setzte falsche Prioritäten. Severin müsste vor knapp 13 Jahren hier angefangen haben, die ersten 8 Monate als Personalreferent. Er wurde dann, als sein Vorgänger nach einem Schlaganfall aus gesundheitlichen Gründen in den Ruhestand ging zum Personalleiter. Eine Entscheidung, die ich auch nach 13 Jahren keine Sekunde bereue, da er trotz seiner Schwächen ein guter und zuverlässiger Mitarbeiter war, den ich auch als Mensch sehr vermissen werde.«

Während sich Sofie Notizen in ihrem kleinen, in Leder einge-
bundenen Notizbuch machte, fuhr Renner fort »Um einen besseren Überblick über die Tätigkeit von Herrn von Backstein zu
bekommen, wie viele Mitarbeiter hat denn ihr Unternehmen?«
»Bei uns sind derzeit rund 150 Mitarbeiter beschäftigt, davon
ca. 60 kaufmännische Beschäftigte in Verwaltung, Disposition
und Vertrieb, 60 gewerbliche Mitarbeiter, also Halle, Werkstatt,
Hausmeister und so weiter. Dazu noch 15 Fahrer und 15 Aus-
zubildende.«
»15 Fahrer? Heute Morgen, als wir auf ihr Gelände gefahren
sind, sind uns aber deutlich mehr als 15 Fahrzeuge entgegen-
gekommen?«
Harald Fels lächelte, »Wir haben noch 15 eigene Fahrer und
noch 10 eigene Fahrzeuge, die setzen wir überwiegend in unserer Charterabteilung ein, aber auch auf ausgewählten Nahver-
kehrstouren. Den Rest unserer Fuhrparks haben wir in den letzten Jahren mehr und mehr auf Subunternehmer umgestellt.«
»Wie war das Verhältnis zwischen Herrn von Backstein und
den Mitarbeitern, besonders den anderen Führungskräften?«
Harald Fels stand auf, ging zum Fenster und blickte hinaus, auf
die in der Ferne erkennbaren Windräder und den Tagebau
Garzweiler, bevor er sich umdrehte und den Kommissaren erklärte, »er hat seinen Job gemacht und das wie ich ihnen schon
geschildert habe, ziemlich ordentlich. Es gab keine übermäßige
Härte gegenüber den Mitarbeitern, aber auch wenig Nachsicht,
wenn arbeitsrechtliche Konsequenzen erforderlich waren. Der
Bezug zur Basis hat ihm etwas gefehlt, aber das habe ich ihnen
ja schon erläutert. In meinem Führungsteam selbst gab es keine
großen Differenzen. Klar ist man sich auch hier nicht immer ei-
nig, aber das ist überall so, ich nehme Mal an, bei ihnen beiden
wird es nicht anders sein.«
Sofia musste bei dieser Aussage sehr breit grinsen, gerade in
der Anfangszeit ihrer Zusammenarbeit mit Christian Renner

sind die beiden sehr oft wegen unterschiedlicher Meinungen und Ansichten in Diskussionen verfallen.

»Mit Herrn Stadtfeld ist, entschuldigen sie, war er sehr gut befreundet und mit Jörg Fischer konnte er auch gut, die drei haben auch außerhalb der Arbeitszeit Kontakt gehabt, am Wochenende Borussiapark, zusammen Golf, ich glaube die Ehefrauen von Stadtfeld und Severin sind auch eng befreundet. Herr Fischer ist mittlerweile das zweite Mal geschieden und hat meines Wissens, keine Partnerin.«

Christian Renner nahm einen Schluck Wasser, während er Harald Fels zuhörte. Er mochte diesen Mann, jemand vom alten Schlag, offen, ehrlich, direkt. Aber ob er alles, was in seiner Firma vorging, mitbekam? Bei einer so eingeschworenen Truppe?

»Sind das alle aus ihrem Führungsteam?«, wollte er deswegen ergänzend wissen. Jetzt lachte Harald Fels plötzlich laut auf »Um Himmelswillen, nein. Die drei sind sehr gut und absolute Profis in ihren jeweiligen Gebieten, aber da sind noch Lotta Wilke unsere Service Managerin, Arne Rink unser Betriebsleiter und Gerda Feld unsere Verwaltungsleiterin. Lotta und Arne sind Eigengewächse, haben ihre Ausbildung, ihr Studium bei uns absolviert und sich durch Fleiß und Einsatz ihre jetzigen Stellen verdient. Quasi meine jungen Wilden.

Gerda ist seit über 30 Jahren hier, hat das Unternehmen mit mir hochgezogen, die gute Seele der Firma und meine engste Vertraute. Die drei bilden einen sehr guten Gegenpol zu den anderen drei Herren. Aber um auf ihre eigentliche Frage zurückzukommen, das Verhältnis innerhalb meiner Führungsriege war kollegial und das Team funktionierte, Reibungen gab es, aber nur auf fachliche Ebene, besonders zwischen Severin und Arne«.

Sofia blickte von ihren Notizen auf »Arne Rink, der Betriebsleiter? Herr Kubicek sagte aus, die beiden seien wie Feuer und Wasser gewesen?«

Mit einer abwinkenden Geste erklärte Fels, »da hat der Jarek etwas übertrieben, ja die zwei hatten ständig Diskussionen, dabei ging es aber in erster Linie um Abmahnungen, Verträge, Zeitarbeiter, Ausbildung und einer unterschiedlichen Auffassung von zeitnah, also alles rein fachlich, sachlich, auf der persönlichen Ebene gab es da wenig Streit und Berührungspunkte.«

»Haben sie ihren Führungskreis schon informiert?«, wollte Renner wissen. »Selbstverständlich, dass etwas passiert sein muss, war ja durch das Polizeiaufgebot klar und bevor es Gerüchte über den Flurfunk gibt, ziehe ich lieber eine offene und transparente Kommunikation vor. Die offizielle Kommunikation innerhalb unseres Hauses lautet - Herr von Backstein wurde tot aufgefunden, die Polizei ermittelt im Haus, jede Mitarbeiterin, jeder Mitarbeiter ist dazu angehalten bei den Ermittlungen zu unterstützen. Können sie schon sagen, wie Herr von Backstein zu Tode gekommen ist und ob es hier auf dem Gelände geschehen ist?«

Harald Fels setzte eine sehr besorgte Miene auf, ging zu seinem Schreibtisch, nahm seine Kaffeetasse und setzte sich zu den Kommissaren an den kleinen Besprechungstisch in der Ecke.

Er macht sich Sorgen um seine Firma, dachte Sofie, verständlich, würde mich nicht wundern, wenn vor dem Gebäude schon die Pressemeute wartet.

»Genaue Details können wir ihnen zum jetzigen Stand der Ermittlung noch nicht mitteilen. Herr von Backstein wurde hinter Ware der Firma GR Design gefunden, eine Vertriebsfirma von Gerd Rammer. Ist Herr Rammer oder besser gesagt sind seine Unternehmen schon lange Kunde bei ihnen?«

Die Miene von Harald Fels verfinsterte sich, er lehnte sich nach vorne, stützte die Unterarme auf den kleinen runden Tisch, stieß dabei gegen seine Kaffeekasse. Eine kleine Menge schwappte über den Tassenrand, verteilte sich auf der Untertasse, »Rammer ist seit ca. 2,5 Jahren unser Kunde. Thomas

Stadtfeld kam mit ihm ins Gespräch und akquirierte dieses Geschäft. Er ist auch der zugeordnete Verkäufer. Ich habe dem Geschäft von Anfang an sehr skeptisch gegenübergestanden. Rammer geniest ja nicht den besten Ruf hier in der Stadt, auch wenn ihm nie irgendetwas Illegales nachgewiesen werden konnte. Aber er zahlt halt richtig gut, lässt sich als Kunde nichts zu Schulden kommen und wir können uns als kleiner, lokaler Logistikdienstleister unsere Kunden nicht aussuchen, wenn wir mit den „Großen" mithalten wollen.«

»Kennen sie Gerd Rammer persönlich?«

»Man kennt sich und geht sich gegenseitig aus dem Weg, ab und an läuft man sich bei den Heimspielen von Borussia über den Weg, er hat eine Loge und wir haben ebenfalls Business-Plätze, die wir gemeinsam mit unseren Kunden besuchen. Da bleibt es nicht aus, dass man sich sieht. Auch spielen wir beide leidenschaftlich Golf, wobei wir in unterschiedlichen Klubs aktiv sind. Unserer Gespräche beschränken sich in der Regel auf belanglosen Small Talk über Borussia, Handicap, Golfturniere und das Wetter. Die geschäftlichen Beziehungen laufen wie gesagt über Thomas Stadtfeld. Jörg Fischer unterstützt, sofern es operative Themen gibt.«

»Und Herr von Backstein?«, hakte Sofia nach. Harald Fels entspannte sich wieder, lächelte und entgegnete, »Nein, Severin hatte absolut nichts mit Kunden zu tun.«

Christian Renner machte sich letzte Notizen, in seinem Kopf sortierte er bereits die Beziehungen und den Fall.

»Herr Fels, würde die Möglichkeit bestehen das wir hier vor Ort mit ihrem Führungsteam sprechen? Zumindest Herr Fischer und Herr Stadtfeld können sicherlich was zum Background von Herrn von Backstein sagen.«

Harald Fels wollte gerade zu einer Antwort ansetzen, als die Bürotür aufging und eine junge Frau das Büro betrat, auf ihn zu ging, ihn kurz drückte und ihm ein Küsschen auf die Wange drückte.

»Meine Tochter, Carolin Fels«, stellte Harald Fels die junge Frau vor.

»Caro ist nach ihrem Studium und einem Jahr im Ausland ins Unternehmen eingestiegen. Die nächsten zwei bis drei Jahre soll sie den administrativen Bereich durchlaufen und diesen dann übernehmen. Und später irgendwann dann hoffentlich die ganze Firma. Caro das sind Frau Montio und Herr Renner von der Kripo. Sie sind wegen des tragischen Vorfalls mit Severin hier.«

Christian Renner musterte die junge Frau, die er auf Anfang zwanzig schätzte. Caro Fels machte einen sympathischen und bodenständigen Eindruck. Ihre langen, brünetten Haare trug sie schlicht zu einem Pferdeschwanz gebunden, der ihr leicht über die Schulter fiel, sie trug eine hellblaue Bluse, die ihre schlanke Figur betonte, dazu Jeans und weiße Sneaker. Die schwarzen Ränder ihrer Brille verliehen ihrem Gesicht einen wachen Ausdruck, und das freundliche Lächeln, das ihr über die Lippen huschte, als sie den Kommissaren die Hand gab, ließ sie noch sympathischer wirken.

»Caro Fels«, stellte sie sich den beiden vor, »schrecklich, was passiert ist, wenn ich ihnen behilflich sein kann, jederzeit gerne.«

Harald Fels stand auf und stellte sich neben seine Tochter. »Die beiden wollten mit Jörg und Thomas sprechen, ich wollte sie geradezu Thomas bringen, Jörg ist heute glaube nicht im Haus.«

»Christian spreche du doch mit Herrn Stadtfeld, während ich mich mit Frau Fels unterhalte«, warf Sofia Montio ein.

Renner nickte zustimmend und wandte sich an Harald Fels »Können sie mich dann bitte zu Herrn Stadtfeld bringen?«

»Gerne, Caro ihr könnt dann mein Büro nutzen, ich werde, nachdem ich Herrn Renner zu Thomas gebracht habe, mal in die Halle gehen und mich mal erkundigen, wie es dem Mitarbeiter geht, der Severin gefunden hat.«

Als die beiden Herren das Büro verlassen hatten, ging Caro Fels an die Kaffeemaschine, nahm sich eine Espressotasse aus dem Regal und drückte die passende Taste am Vollautomaten.

»Für sie auch noch einen?« Sofia nahm das Angebot dankend an, beide Frauen setzten sich mit ihren Tassen wieder an den kleinen Besprechungstisch im Büro von Harald Fels.

»Frau Fels, wie war Ihr Verhältnis zu Herrn von Backstein?«, begann Sofia die Befragung.

«Caro bitte«, sagte sie lächelnd, überlegte kurz, atmet dann tief ein. »Wir hatten nur beruflich miteinander zu tun, er mochte mich nicht sonderlich und ich mochte ihn aber auch nicht. Bevor ich im Risk Management eingesetzt wurde, war ich ein Dreivierteljahr in der HR-Abteilung, um diesen Bereich kennenzulernen. Von Backstein und ich lagen da schon nicht wirklich auf einer Wellenlänge.«

Sofia Montio notierte sich etwas in ihrem Notizbuch, »Ok Caro, inwiefern?«

»Ich wollte neue, moderne Methoden und Systeme einführen, was auch unseren Mitarbeitern zugutegekommen wäre. War einfach davon überzeugt, dass das dringend nötig war. Er hingegen hat das alles blockiert, war ziemlich konservativ eingestellt. Er hat mir immer sehr deutlich gezeigt, dass er die Führungskraft ist. Hat mir nur Hilfstätigkeiten delegiert oder seine Anweisungen so vage gehalten, dass er am Ende immer behaupten konnte, meine Ergebnisse seien falsch.«

»Klingt nach... Spielchen?«

»Ja, genau. Er fühlte sich offenbar von mir bedroht, zumindest hatte ich diesen Eindruck. Vor allem, weil ich die Tochter des Chefs bin. Es schien mir, als ob er sich gegen alle Veränderungen gestellt hat, wahrscheinlich, weil ihm das Tempo zu hoch war und er sich nicht mehr mitgenommen fühlte.«

»Und ihr Vater? Wie hat er reagiert? Es kann sicherlich nicht in seinem Interesse sein, dass solche Machtspielchen gespielt werden? Er möchte sie doch für die Zukunft der Firma einarbeiten und später mal in einer leitenden Position einsetzen?«

Caro Fels lachte, stand auf, öffnet einen kleinen Kühlschrank, der im Sideboard unter der Kaffeemaschine verstaut war, entnahm eine Cola Zero und setzte sich wieder zu Sofia Montio »Papa und ich haben eine ganz klare Vereinbarung. Er hält sich raus, behandelt mich, wie jede andere Mitarbeiterin im Unternehmen und ich laufe im Gegenzug nicht weinend zu Papi, wenn es mal Konflikte oder Widerstand gibt. Zu Hause, wenn ich mal bei meinen Eltern zum Essen oder sonst zu Besuch bin, gilt die Regel, dass nicht über die Firma gesprochen wird, da ist meine Mutter sehr, sehr strikt. Meine Ansprechpartnerin ist Gerda, Gerda Feld, unsere kaufmännische Leiterin, sie ist meine Chefin, komme ich mit Kollegen nicht weiter oder gibt es Konflikte, so ist sie meine erste Eskalationsstufe. Wegen der Spielchen mit Herrn von Backstein bin ich aber nicht zu Gerda gegangen, ich wusste ja, dass der Einsatz in der Personalabteilung temporär ist und dieser sich hinsichtlich neuer Systeme und Digitalisierung mittelfristig gesehen nicht komplett verweigern kann. Ältere Männer und die Angst vor Veränderungen, kennen sie ja sicherlich auch, wird ja bei der Kripo sicherlich nicht anders sein, sie sind ja höchstens zwei bis drei Jahre älter als ich, wenn ich so direkt sein darf.«

Auf Sofias Gesicht zeichnete sich ein sehr breites Grinsen ab »Da sagen sie was, ich sage es mal so, die ersten paar Wochen mit Christian Renner waren besonders, aber mittlerweile sind wir ein Spitzenteam.«

Caro Feld musste nun ebenfalls grinsen, sie nahm einen großen Schluck von ihrer Cola, »na dann haben sie mit ihrem Kollegen ja ein lernfähiges Model erwischt. Und wenn wir schon so direkt sind, ich habe ein sehr gutes Gedächtnis, was Gesichter angeht und ich bin mir sehr sicher, dass ich sie irgendwoher kenne, ich komme nur nicht drauf woher?«

Sofia betrachtete Caro Fels genauer, jetzt wo sie es sagte, ja irgendwo hatte sie Caro schon mal gesehen, aber wo? Im Restaurant ihrer Eltern? Harald Fels sagte ja, dass er da schon mal Essen war? Unwahrscheinlich, weil dann hätte sie sich auch an Fels Senior erinnert.

Die beiden Frauen betrachteten sich eine halbe Minute gegenseitig, Sofia Montio kratzte sich am Kinn und rief plötzlich, »Ich hab's! Sonntags morgens, schwarze Laufrunde um Schloss Rheydt, pinke Laufschuhe von New Balance und die Sonnenbrille auch in Pink, richtig?«

Caro Fels lachte auf, »gut kombiniert, Frau Kommissarin! Gelbe Schuhe von Hoka, schwarze Sonnenbrille und eine weiße Basecap, korrekt?«

»Erwischt, Mönchengladbach ist halt ein Dorf, ich liebe diese Runde, besonders jetzt im Sommer.« Sofia mochte diese Frau immer mehr, ja sie ist eine Zeugin, vielleicht sogar eine Tatverdächtige, aber was hat das eine mit dem anderen zu tun?

»Vielleicht können wir, wenn der Fall hier abgeschlossen ist, die Runde mal gemeinsam laufen, oder läufst du lieber allein?« Erst nach dem sie es ausgesprochen hatte, fiel Sofia auf, dass sie während der Befragung auf das DU gewechselt ist. Egal, siezen ist eh überholt. Sagt nichts über die Professionalität aus. Wer das SIE braucht, um als Polizistin seriös und genau zu wirken, hat ganz andere Probleme. Also durchziehen!

»Ich bin übrigens Sofia.«

»Caro und würde mich freuen, endlich mal eine gute Laufpartnerin zu haben, können wir gerne ins Auge fassen, wenn Du den Fall geknackt hast.«

»Das machen wir auf jeden Fall, ich gebe dir nachher ja noch die obligatorische Karte, falls dir noch was einfällt, dann hast du schon mal meine Nummer. Erzähle mir noch etwas über Serverin von Backstein, wer könnte ein Motiv gehabt haben? Hatte er Feinde?«, kam Sofia zurück auf den Fall.

Caro Fels dachte nach, schüttelte dann aber den Kopf.

»Ne der war harmlos. Ja klar, sicher liegt es in der Natur des Jobs, dass du als Personalleiter nicht everybodys Darling bist. Und sicher ist der ein oder andere nicht gut auf ihn zu sprechen, wegen Abmahnungen und anderen unangenehmen Dingen. Aber so weit das man ihn umbringt? Nein, da fällt mir wirklich niemand ein.«

»Was ist mit Arne Rink? Ich habe gehört, dass es da wohl die Tage einen Streit gab«, bohrte die Kommissarin nach und machte sich noch ein paar Notizen.

Caro Fels schüttelte den Kopf, »Arne? Nein, das kann ich mir absolut nicht vorstellen. Klar die beiden waren wie Katz und Maus. Arne denkt modern, gibt Vollgas, möchte noch weiterkommen und wurde dann auch das ein oder andere Mal ausgebremst. Ja, mit Worten wurde es da mal laut und ging sicherlich auch mal unter die Gürtellinie, aber Arne ist ein absoluter Profi. Ich habe durch die Versicherung wegen Schäden und der Schadensprävention oft mit ihm zu tun. Ich kann mir nicht vorstellen, dass er wegen beruflicher Differenzen zum Mörder wird.«

Sofia dachte nach, dass es während der Arbeit mal Konflikte gibt, man lautstark diskutiert ist mehr als normal, reicht das als Motiv für einen Mord? Da musste noch mehr sein.

»OK, verstehe. Wenn ich das richtig verstanden habe, waren Thomas Stadtfeld, Jörg Fischer mit dem Opfer befreundet, mit Arne Rink bestand während der Arbeit ein Konflikt, wie sah es mit den anderen Führungskräften aus? Gab es da ebenfalls Differenzen?«

Caro nahm kurz ihre Brille ab, setzte sie aber so gleich wieder auf, trank den letzten Schluck ihrer Cola und erklärte dann »Ansonsten waren nur noch Gerda, Gerda Feld, im Managementteam und Lotta Wilke unsere Service-Managerin. Mit Gerda hat sich niemand der Herren angelegt, sie ist seit knapp 30 Jahren in der Firma, war eine der ersten Mitarbeiterinnen meines Vaters. Lotta hingegen ist die jüngste im Team, dazu noch eine Frau, die wurde von Herrn von Backstein nicht für voll genommen und eher müde belächelt, obwohl Lotta richtig gut in ihrem Bereich ist. Klar gab es da auch mal hitzige Diskussionen, aber die waren eher die Seltenheit.«

So langsam konnte sich Sofia Montio ein Bild vom Führungsteam der Spedition Fels machen, Harald Fels der verständnisvolle Chef, Gerda Feld die kaufmännische Leitung und seine langjährige Vertraute, das Trio Stadtfeld, Fischer und von Backstein, Arne Rink der ehrgeizige Betriebsleiter und Lotta Wilke die Service-Managerin. Hatte jemand aus dem Team ein Motiv? Christian Renner und sie müssen tiefer bohren. Und wie war Gerd Rammer in den Fall verwickelt? Es kann kein Zufall sein, dass die Leiche hinter Ware von jemand wie ihm gefunden wurde und er nichts damit zu tun hat. Auf jeden Fall hatte Caro Fels ihr sehr gute Informationen über die einzelnen Führungskräfte gegeben. Sofia mochte die junge Frau und hoffte sehr, dass man das gemeinsame Läufchen realisieren könne.

***

Harald Fels und Christian Renner gingen durch ein helles Treppenhaus in das zweite Obergeschoss des Bürogebäudes, vor einer Glastür mit der Beschriftung – Sales - blieb Harald Fels stehen, »unser Vertrieb, 2 Außendienst Mitarbeiter, eine Innendienstkraft und Thomas Stadtfeld der die Abteilung leitet«, erklärte er, öffnete die Tür und trat in ein helles, modernes Büro, in dem eine Tischgruppe mit vier Arbeitsplätzen stand. Am anderen Ende des Raums befand sich ein Einzelbüro, in dem Thomas Stadtfeld saß.

Harald Fels klopfte lächelnd an den Rahmen der offenen Tür »Guten Morgen Thomas, Christian Renner von der Kripo, er ermittelt in dem schrecklichen Vorfall mit Severin, möchte dir ein paar Fragen stellen«, und trat mit Christian in das Büro. »Herr Renner, ich würde dann eine Runde durch die Halle gehen, wenn sie noch irgendwelche Fragen haben oder irgendetwas von mir benötigen, melden sie sich einfach bei Frau Berger. Mir ist sehr daran gelegen, den Täter schnell zu finden.«

Christian Renner betrat das Büro. Der Raum wirkt klein und zweckmäßig, ein etwa zwölf Quadratmeter großer Glaskasten, der mitten in einem größeren Bürobereich steht. Durch die Glaswände sah Renner die anderen Arbeitsplätze, doch hier drinnen herrschte eine fast sterile Ruhe. Die Einrichtung war schlicht und modern, alles sehr clean und aufgeräumt.

Der Schreibtisch war frei von Papierstapeln oder unnötigen Gegenständen, was ein strukturiertes und diszipliniertes Bild des Zeugen vermittelte. Neben einem glänzenden Notebook und einem iPad bemerkte Renner ein eingerahmtes Foto, Frau und Kinder des Zeugen lächelten ihm entgegen. An der Wand hing ein gerahmtes Trikot von Borussia Mönchengladbach, auf dem sich mit Unterschriften und einer Widmung die Mannschaft verewigt hatte. An einem Whiteboard hing ein Foto, das den Stadtfeld mit drei anderen Männern zeigte, lachend, die Arme auf die Schultern gelegt, ein feucht, fröhlichen Männerabend unter Freunden. Renner erkannte Rammer, Stadtfeld und von Backstein, der vierte im Bunde war ihm unbekannt.

Als Christian Renner das Büro betrat, erhob sich Thomas Stadtfeld von seinem Platz. Mit seinen 1,95 Metern und der schlanken Statur wirkte er imposant, fast ein wenig überpräsent. Sein glattes, braun gebranntes Gesicht war makellos rasiert, die dunklen Haare sorgsam nach hinten gegelt. Ein Eindruck von Perfektion, der fast zu glatt wirkte, ein Schönling, der einen Hauch zu sehr darauf bedacht schien, den perfekten ersten Eindruck zu hinterlassen. Stadtfeld trug einen perfekt sitzenden, braunen Anzug, dazu ein frisches weißes Hemd und eine auffällige, aber geschmackvolle Krawatte in einem kräftigen Beerenton.

Sein Auftreten war geschliffen und freundlich, aber Renner spürte eine unterschwellige Kälte. Ein typischer Verkäufer, dachte Renner, jemand, der charmant ist, aber gleichzeitig diese schwer zu greifende Falschheit ausstrahlte.

»Thomas Stadtfeld«, stellte er sich vor, während er Christian Renner die Hand ausstreckte.

»Christian Renner, Kripo Mönchengladbach, wie Herr Fels schon sagte, wir ermitteln hinsichtlich des Todes von Severin von Backstein und hätten hier einige Fragen an sie. In welcher Beziehung standen sie zum Opfer?«

Stadtfeld antwortete prompt, vielleicht einen Hauch zu ausführlich. »Ach, ein toller Mensch, wirklich. Ein super Kollege. Wir waren in erster Linie Arbeitskollegen, aber haben sehr, sehr eng zusammengearbeitet. Seine Kompetenz war unglaublich, die wurde von allen hoch geschätzt. Eigentlich war er bei allen Kollegen sehr beliebt. Es ist einfach tragisch, was passiert ist, so schrecklich.«

Renner spürte, dass die Aussagen einstudiert und irgendwie mechanisch wirkten, als würde Stadtfeld ein Skript ablesen. Es war fast zu viel, zu pauschal, als wolle er ohne große Emotion den perfekten Eindruck vermitteln.

Christian bohrte weiter. »Nur Arbeitskollegen?«, fragte er und warf einen prüfenden Blick auf das Whiteboard, auf dem das Foto die beiden Männer zu sehen war. Arm in Arm, lachend, in einer privaten Umgebung. Es zeigte eindeutig, dass die Beziehung tiefer ging als die reine Zusammenarbeit.

Stadtfelds Miene verzog sich für einen kurzen Moment, als hätte er diesen Einwand nicht erwartet. Dann setzte er ein rasches Lächeln auf.

»Ach, ja, klar, wir haben uns auch ab und zu privat gesehen«, antwortet er etwas zu betont beiläufig. »War ja kaum zu vermeiden, wenn man so eng zusammenarbeitet.«

Doch Renner merket, dass die Worte hastig klangen, fast wie eine Korrektur, und er fragt sich, ob sich hinter dieser scheinbar lockeren Antwort noch mehr verbarg. Renner lehnte sich zurück und ließ den Blick wieder auf das Whiteboard gleiten.

»Und wie ich sehe, war auch Gerd Rammer an dem Abend dabei«, sagte er ruhig, während sein Blick prüfend zu Stadtfeld wanderte. »Interessant, da Herr von Backstein schließlich auf einem Trailer von Rammer gefunden wurde. Rammer hat ja – vorsichtig formuliert – nicht den besten Ruf.«

Er machte eine kurze Pause. »Und wer ist eigentlich der vierte im Bunde?«

Stadtfeld wurde merklich nervös. Seine sonst glatte Fassade bekam Risse. Nach einem kurzen Zögern räusperte er sich und erklärte mit bemüht ruhiger Stimme

»Gerd Rammer ist… ein geschätzter Geschäftspartner. Wir arbeiten schon seit Jahren in verschiedenen Projekten zusammen.« Seine Augen flackern kurz zum Foto zurück, dann fuhr er fort. »Das Bild wurde nach einem Champions League Abend von Borussia aufgenommen. Ein paar von uns haben den Abend zusammen verbracht. Ein netter Abend unter Kollegen und Partnern, nichts weiter.«

Doch Renner spürte die Anspannung, die in Stadtfelds Stimme mitschwang. Stadtfeld zögerte, als er auf die Frage nach dem vierten Mann auf dem Foto antworten sollte.

»Ach, der vierte… das war, ähm… ein Bekannter von Rammer.« Er warf einen flüchtigen Blick zur Seite, als würde er angestrengt nach dem Namen suchen. »Mir fällt der Name gerade nicht ein.«

Renner musterte ihn aufmerksam und bemerkt die Nervosität, die sich in Stadtfelds Gesichtszügen zeigte. Ein bekannter Name fiel ihm gerade nicht ein? Kaum glaubhaft. Renner spürte, dass Stadtfeld bewusst auswich und der Wahrheit aus dem Weg ging. Für einen Moment ließ er die Stille im Raum wirken und beugte sich dann leicht vor.

»Ein Bekannter von Rammer also…«, Renner ließ den Satz im Raum hängen, die unausgesprochene Aufforderung zum Weiterreden in der Luft.

Stadtfeld jedoch schwieg, seine Fassade wirkte angestrengt. Es war offensichtlich, dass er mehr wusste, als er preisgeben wollte. Renner nickte knapp und fuhr mit der nächsten Frage fort.

»Wann haben sie Herrn von Backstein das letzte Mal gesehen? Gab es in letzter Zeit Streitigkeiten oder Probleme, von denen sie erfahren haben?«

Stadtfeld legte den Kopf leicht schief, als würde er nachdenken, doch die Antwort kam erstaunlich schnell und glatt.

»Das muss Donnerstagvormittag gewesen sein. Ich hatte am Nachmittag einen dringenden Kundentermin und war dann Freitag im Homeoffice.«

Seine Stimme wirkte betont gelassen, fast zu beiläufig. »Von Problemen habe ich nichts mitbekommen. Severin wurde von allen sehr geschätzt und gemocht.«

Renner registrierte, dass Stadtfeld wieder dasselbe Lob wie zuvor wiederholte. Alles klang wie perfekt einstudiert. Ein kleiner Funke von Misstrauen loderte in Renner auf. Jemand, der so gut vorbereitet und routiniert antwortete, hatte vielleicht mehr zu verbergen, als er preisgab.

Renner beschloss, dass eine weitere Befragung nicht mehr viel Neues brachte, spürte aber, dass hier noch einige Infos zu holen waren. Er blickte auf sein Handy, Sofia hatte in der Zwischenzeit geschrieben, dass sie mit Caro Fels durch sei und am Empfang auf ihn wartete.

»Danke Herr Stadtfeld, für die ausführlichen Antworten, sie haben uns sehr geholfen, uns ein Bild über das Opfer zu machen, wenn wir noch Fragen haben, werden wir auf sie zukommen«, bedankte er sich höflich.

»Könnten sie mir erklären, wie ich zum Empfang komme?«, fragte er, während er von seinem Stuhl aufstand.

Thomas Stadtfeld stand ebenfalls auf, lächelte breit, schritt zu Tür, öffnete diese »Sehr gerne, die Polizei unterstütze ich doch, wo immer es nur geht, ich bringe sie nach unten.«

Schweigend verließen die beiden das Büro, gingen den Gang Richtung Aufzug, in Christian Renners Kopf arbeitet es, irgendwas stimmte nicht. Thomas Stadtfeld rief mit einem Tastendruck den Aufzug, wählte, als beide eingestiegen waren das Erdgeschoss aus und weniger Augenblicke waren sie wieder am Empfang, an dem Sofia Montio wartete.

Thomas Stadtfeld musterte sie sehr genau, grinste als er ihre sportliche, junge Figur von Kopf bis Fuß abgecheckte, streckte seine Hand aus und stellte sich mit breitem Lächeln vor »Thomas Stadtfeld, sie sind sicher die Kollegin von Herrn Renner, ich hoffe, ich habe das nächste Mal auch mit ihnen das Vergnügen.«

»Sofia Montio, guten Morgen, ob es mit mir ein Vergnügen wird, wird sich herausstellen«, erwiderte Sofia die solche Machos auf den Tod nicht ausstehen kann die Begrüßung.

Stadtfeld setzte wieder sein falsches Lächeln auf, er mochte es, wenn junge Frauen leicht zickig waren, das erhöhte in seinen Augen den Spaßfaktor.

»Wir werden es sehen, ich muss jetzt in einen dringenden Call mit einem unserer Kunden. So schrecklich, dass mit Severin ist, the show must go on«, verabschiedete er sich und verschwand wieder in Richtung Aufzug.

»Arschloch«, sagte Sofia leise, allerdings laut genug, dass es die Empfangsdame mitbekam, die zustimmend grinste und Christian, der ihr einen mahnenden Blick zu warf.

»Halb zwölf. Sollen wir was essen fahren und unsere Ergebnisse austauschen? Ich hoffe du hast bei Frau Fels mehr erfahren als ich bei Herrn Stadtfeld«, schlug Renner vor.

»Ja habe ich, Caro konnte mit einiges über die Beziehungen hier in der Firma erzählen und ja, lass uns zu meinen Eltern fahren, die haben diese Woche einen sehr leckeren Salat mit Lachs auf der Mittagskarte.«

Als Christian Renner und Sofia Montio gemeinsam zum Auto gingen, warf Sofia ihm einen Seitenblick zu. Sie merkte, wie er mit gerunzelter Stirn gedankenverloren vor sich hinschaute, offensichtlich tief in Überlegungen versunken. Beim Einsteigen in den Wagen fragte sie, »Sollen wir nach dem Mittag zur Witwe?« Doch Christian reagierte nicht, seine Gedanken kreisten unverändert um den Fall. Er war voll im Ermittlermodus, jeder neue Hinweis und jede Aussage wanderten in seinem Kopf hin und her. Sofia seufzte leise und stellte die Klimaanlage an, während die Mittagshitze sich wie eine schwere Decke auf das Auto legte. Der Asphalt flimmerte vor Hitze, und das Thermometer im Fahrzeug zeigte stolze 37 Grad an.

Sie lenkte den Wagen auf die Autobahn und richtete den Blick konzentriert nach vorn, während der Schweiß auf ihrer Stirn langsam trocknete. Die junge Kommissarin steuerte den Wagen ruhig durch den Stadtverkehr von Mönchengladbach, während Christian gedankenversunken aus dem Fenster blickte

Das Restaurant ihrer Eltern lag mitten in der Stadt am Eickener Markt, einen Parkplatz zu finden wäre für jeden anderen eine Herausforderung, Sofia hingegen konnte sich vor die Hofeinfahrt ihrer Eltern stellen. Als Christian und Sofia das kleine italienische Restaurant betraten umfing sie sofort das geschäftige, herzliche Treiben. Giovanni Montio, Sofias Vater, stand gerade an einem Tisch und zeigte den Gästen die Tafel mit der Tageskarte. Doch als er seine Tochter und ihren Kollegen erblickte, erhellte sich sein Gesicht und ein strahlendes Lächeln erschien. Das Restaurant war gut besucht, jeder der neun Tische war besetzt, die Atmosphäre lebendig und warm. Nachdem Giovanni die Bestellung der Gäste aufgenommen hat, kam er auf Sofia zu, umarmte sie herzlich und wendete sich dann mit einem freudigen Nicken an Christian.

»Schön, dich wieder zu sehen! Wie war der Urlaub? Du warst ewig nicht mehr hier«, begrüßte er ihn und wirkte dabei so offen, als wäre Christian ein Familienmitglied.

»Leider ist kein Tisch mehr frei«, erklärte Giovanni mit einer entschuldigenden Geste, »aber ihr könnt in der Küche am kleinen Tisch essen.«

Sofia und Christian lächelten einander an und folgten Giovanni, vorbei an der Bar, in die Küche. Dort, in der warmen, aromatisch duftenden Küche, stand Gloria Montio, Sofias Mutter, eine zierliche Frau Mitte fünfzig, die konzentriert Gemüse schnitt, Als sie die beiden eintreten sah, hielt sie kurz inne, legte das Messer zur Seite und wischte sich die Hände an einem Geschirrtuch ab. Sie trat auf die Neuankömmlinge zu, nahm zuerst Christian in die Arme und dann ihre Tochter, und es war in jeder Bewegung eine tiefe Herzlichkeit zu spüren.

»Es ist so schön, euch beide hier zu haben«, sagte sie sanft, ihre Augen leuchteten vor Freude. »Ciao, Mama«, begrüßte Sofia ihre Mutter, und Gloria lächelte liebevoll zurück.

»Setz dich, Sofia«, forderte sie ihre Tochter auf. Während Christian sich schon an den kleinen Tisch in der Küche setzte, ging Sofia noch kurz hinter die Bar und kehrte mit zwei Wasserflaschen zurück. Sie stellte eine vor Christian und nahm neben ihm Platz.

»Und, was wollt ihr essen?«, fragte Gloria, während sie sich die Schürze richtete. Christian schaute zu Sofia und schmunzelte.

»Sofia hat mir von deinem Salat mit Lachs vorgeschwärmt.« Gloria strahlte erfreut.

»Zweimal Insalata Salmone, kommt sofort!«

Sie machte sich wieder an die Arbeit in der Küche, und Sofia öffnete die Wasserflaschen. Während sie einschenkte, begann Sofia, über den Fall zu sprechen.

»Das Gespräch mit Caro Fels war sehr aufschlussreich. Sie konnte einiges über die Beziehungen der Kollegen untereinander erzählen.« Sie machte eine kurze Pause und nahm einen Schluck Wasser. »Anscheinend war das Opfer bei einigen nicht sehr beliebt, auch nicht bei Caro. Arne Rink... nun ja, er sei wohl einfach nur sehr emotional, wenn es um seine Arbeit ging. Und dann gibt es dieses Trio in der Führungsetage, Stadtfeld, Fischer und von Backstein. Eine eingeschworene Truppe.«

Christian lehnte sich interessiert nach vorne, und Sofia fuhr fort »Gerda Feld soll die gute Seele der Firma sein – mit der sollten wir auch noch sprechen. Und Lotta Wilke… sehr kompetent, die jüngste im Führungsteam, aber wohl eng mit Caro befreundet.«

Dann zögerte Sofia kurz, bevor sie schulterzuckend hinzufügte »Ach, und vielleicht… habe ich da einen kleinen Fehler gemacht.«

Sie sah Christian vorsichtig an, auf ihrem Gesicht breitete sich ein unschuldiges Lächeln aus »Ich habe Caro das Du angeboten. Wir sind gleich alt und kennen uns flüchtig vom Laufen.«

Christian zog die Augenbrauen hoch, wirkte aber amüsiert. »Das Du?« fragt er. »Das ist bei Ermittlungen normalerweise nicht üblich.«

Sofia nickte entschuldigend. »Ich weiß, aber es hat sich irgendwie einfach ergeben. Außerdem ist das eh total veraltet. Vielleicht hilft es sogar, das Vertrauen ein bisschen zu stärken. Wie war dein Gespräch mit Stadtfeld?« Christian lehnte sich entspannt zurück und begann, Sofia von seinem Gespräch mit Thomas Stadtfeld zu erzählen.

»Also, viele Informationen gab es nicht, aber aufschlussreich war es allemal«, meinte er trocken.

»Stadtfeld ist aalglatt, fast schon zu glatt. Er hat von Backstein in den höchsten Tönen gelobt und behauptet, privat hätten sie wenig miteinander zu tun gehabt. Aber das passt nicht wirklich zu dem, was Harald und Caro Fels ausgesagt haben.«

Sofia hörte aufmerksam zu, und Christian fuhr fort. »Und dann das Foto an der Wand… ein feuchtfröhlicher Männerabend, auf dem Stadtfeld, von Backstein, Rammer und ein Unbekannter zu sehen sind. Aber angeblich kann sich Stadtfeld nicht an den vierten Mann erinnern. Sehr merkwürdig.«

Christians Stirn legte sich in Falten. »Ich bin sicher, dass Rammer mit der Sache zu tun hat. Es ist nur ein Bauchgefühl. Und das müssen wir herausfinden. Nur wird das schwierig, weil bei offiziellen Vernehmungen seine ganze Anwaltsschar auftaucht und die Sache verkompliziert.«

Nach einem Moment der Stille setzte Sofia die Unterhaltung fort, »Und was hältst du von Harald Fels?«

Christian überlegte kurz. »Harald Fels ist ein Macher, ein Gentleman der alten Schule. Einer, der sein Unternehmen gut führt und für seine Leute da ist. Vielleicht sogar etwas zu vertrauensselig, was seine Führungsebene angeht. Rammer mochte er definitiv nicht, aber er trennt Geschäftliches und Persönliches sehr genau.«

Sofia nickte zustimmend. Sie hatte denselben Eindruck von Harald Fels gewonnen.

Nachdem sie ihren Salat gegessen und im Anschluss noch einen Espresso genossen hatten, kam es, wie üblich, zu einer längeren Diskussion zwischen Christian und Gloria Montio, ob er diesmal das Mittagessen bezahlen dürfe. Schließlich setzte Christian sich mit einem entschlossenen Lächeln durch und beglich die Rechnung, bevor die beiden das Restaurant verließen.

»Diesmal fahre ich«, sagte Christian, als sie draußen ankamen, und stieg auf der Fahrerseite ein. Sofia schmunzelte und kletterte auf den Beifahrersitz. Während sie sich anschnallten, richtete Christian den Blick auf die Straße, bereit, zur Witwe von Severin von Backstein zu fahren.

»Wir müssen nach Windberg, die Adresse muss in der Nähe vom Bunten Garten liegen«, sagte Christian, während er den Motor startete, »nobel geht die Welt zugrunde.«

Nach knapp 15 Minuten bog er mit dem BWM in die Zielstraße ein, parkte den Wagen am Straßenrand und stieg mit Montio aus.

»Nicht schlecht«, pfiff Sofia als sie auf das Haus des Opfers zu gingen.

Das Haus in einem der exklusiveren Viertel von Mönchengladbach strahlte Luxus und Eleganz aus. »Schon das große, schmiedeeiserne Tor, das die gepflasterte Einfahrt einrahmt, lässt erahnen, dass dies ein Anwesen für Menschen mit hohem Anspruch ist.«, dachte Sofia.

Die Einfahrt führte direkt zur Doppelgarage, vor der ein Porsche Macan parkte. Die Kommissare gingen auf die Haustür zu, der Eingangsbereich war ebenso eindrucksvoll gestaltet. Die große, strahlend weiße Haustür wurde durch edle Metallbeschläge verziert. Das Haus wirkte modern und teuer, mit einer Perfektion bis ins kleinste Detail.

Christian und Sofia klingelten an der massiven, weißen Eingangstür des Anwesens. Nach einem kurzen Moment öffnete Susanne von Backstein. Vor ihnen stand eine elegante, schlanke Frau mit langen, dunklen Haaren und tiefen, geheimnisvollen Augen. In einem enganliegenden Sommerkleid, das ihre wohlgeformte Silhouette betonte, wirkte sie perfekt gestylt und stilvoll. Die Diamant-Ohrringe und teuren Ringe an ihren Fingern zeugten von einem luxuriösen und anspruchsvollen Lebensstil.

Die Kommissare stellten sich vor und sprachen ihr Beileid aus. Mit einem schwachen Lächeln und einer kaum sichtbaren Geste bat Frau von Backstein sie herein. Sie führte die beiden ins Wohnzimmer, ein heller, großzügiger Raum, der in modernem und edlem Stil eingerichtet war. Die schlichten, klaren Linien der Möbel wurden von einzelnen, auffälligen Gemälden an den Wänden ergänzt. Christian betrachtete die Kunstwerke im Vorbeigehen und konnte sich ein kurzes Grübeln nicht verkneifen. Waren sie wohl echt? Und wenn ja, welchen Wert mochten sie haben?

»Möchten sie etwas trinken?«, fragte Frau von Backstein höflich, doch Christian und Sofia lehnen beide dankend ab.

Die Atmosphäre im Raum blieb angespannt und Christian spürte, dass jede ihrer Fragen genau abgewogen werden musste. Frau von Backstein nahm auf dem Sofa Platz und sah die beiden Ermittler abwartend an, die sich ihr gegenübersetzen. Christian begann behutsam mit der ersten Frage, seine Stimme ruhig und respektvoll.

Er warf ihr einen ernsten, aber mitfühlenden Blick zu. »Frau von Backstein, ich weiß, dies ist eine schwierige Zeit für sie und wir wollen ihnen so wenig wie möglich zur Last fallen, aber einige Fragen müssen wir ihnen leider stellen.«

Susanne nickte leicht, die Hände in ihrem Schoß verschränkt, ihre Miene kontrolliert und undurchdringlich. Christian fuhr fort, »Wann haben sie ihren Mann das letzte Mal gesehen?«

»Donnerstagabend«, antwortete sie ruhig.

»Er kam spät nach Hause, wie so oft. Wir haben nur kurz gesprochen.«

Christian nickte und hielt einen Moment inne. »Gab es in letzter Zeit irgendetwas Ungewöhnliches an seinem Verhalten? Wirkte er besorgt oder gestresst?«

Susanne schüttelte entschieden den Kopf. »Nein, gar nicht. Er war, wie er immer war. Mein Mann hat vieles sehr gut für sich behalten, was die Arbeit angeht.«

Christian wirkte nachdenklich. »Und am Wochenende, haben sie es nicht bemerkt, dass er nicht zu Hause war?«

Frau von Backstein hob ihr Kinn leicht, als ob sie eine unausgesprochene Verteidigung hochhielt. »Wir haben getrennte Schlafzimmer«, erklärte sie ohne Zögern. »Schon immer. Mein Mann hat einen leichten Schlaf, und das war so für uns beide einfacher.«

Sie hielt kurz inne und fügte dann hinzu, »und ich war von Freitag früh bis Sonntagabend mit Freundinnen auf einem Yoga-Retreat in Holland. Ich habe nichts gemerkt.«

Christian musterte sie einen Augenblick, bevor er weitersprach. »Wie würden sie die Beziehung ihres Mannes zu Thomas Stadtfeld beschreiben? Und zu Gerd Rammer?«

Ein feiner Zug von Unbehagen zeigte sich für einen Moment in Susannes Gesicht, aber sie antwortete gefasst.

»Thomas Stadtfeld und mein Mann arbeiteten sehr eng zusammen. Sie hatten ein gutes Verhältnis… so eine richtige Männerfreundschaft, würde ich sagen. Fußball, Golf, auf Partys hat man sich in Mönchengladbach häufiger getroffen. Frau Stadtfeld und ich sind ebenfalls befreundet, Thomas hat seine Frau Nadine damals durch mich kennengelernt.«

Sie macht eine kurze Pause, ihr Blick wanderte kurz zu einem der Gemälde an der Wand.

»Gerd Rammer hingegen… ich weiß, dass Severin ihn über Thomas kennengelernt hatte. Das war in meinen Augen eher eine flüchtige Bekanntschaft.«

Christian hakte nach, »hatten sie selbst Kontakt zu Herrn Rammer?«

Ein leichtes Zucken ihres Mundwinkels ließ etwas wie Unmut erkennen. »Gerd Rammer… nur flüchtig. Ich habe ihn vielleicht zwei oder dreimal auf Veranstaltungen getroffen. Ein sehr unsympathischer Mensch.«

Sofia, die bisher aufmerksam zugehört hatte, rückte was näher an den Tisch und ermutigte Susanne von Backstein mit freundlicher Stimme mehr zu erzählen. »Danke, Frau von Backstein. Wir wissen Ihre Offenheit sehr zu schätzen. Hat Ihr Mann jemals von Schwierigkeiten in der Firma gesprochen? Gab es Konflikte oder etwas, das ihn besonders beschäftigte?«

Susanne von Backstein seufzte leise und ließ ihren Blick durch den Raum schweifen, bevor sie antwortete. »Schwierigkeiten, nun ja, er hat sich manchmal über einige Kollegen geärgert.« Sie rümpfte leicht die Nase, »besonders dieser Arne Rink. Er fand ihn, wie soll ich es sagen, proletenhaft. Asozial. Ein Kerl, der sich einfach nicht benehmen kann, hat er immer gesagt.«

Sofia nickte und wartete geduldig, und Susanne fuhr fort, »und dann gab es noch diese kleine Fels. Carolin. Die war mit ihrer vorlauten Art ein rotes Tuch für ihn. Und ihre Freundin, diese Wilke.«

Sie machte eine wegwerfende Handbewegung, »diese jungen Frauen, die glauben, sie könnten die ganze Welt neu erfinden, dann aber noch nichts geleistet haben. Die beiden waren ihm einfach ein Dorn im Auge. Entschuldigen sie bitte, sie sind ja ebenfalls in dem Alter, das bezog sich natürlich nicht auf alle Frauen Anfang zwanzig.«

Sofia lächelte freundlich und hakte nach, »und die anderen Kollegen? Gab es da jemanden, mit dem er gut ausgekommen ist?«

Ein kleines, fast nostalgisches Lächeln huschte über Susannes Gesicht.

»Oh, ja. Mit Harald Fels hat er sich immer gut verstanden. Die beiden haben sich gegenseitig sehr geschätzt. Und natürlich Thomas Stadtfeld, das habe ich ihnen ja schon geschildert und dann war da noch Jörg Fischer, ein ebenso wertvoller Kollege, wie er es empfand. Severin fand sie beide vertrauenswürdig und zuverlässig. Auch wenn Jörg Fischer nicht so ganz in die Clique passte.«

Sofia sah Susanne von Backstein aufmerksam an, »warum meinen sie, dass Herr Fischer nicht so ganz zu den anderen passt?«

Susanne zuckte mit den Schultern und dachte kurz nach, als ob sie ihre Worte sorgfältig abwog.

»Nun, Herr Fischer... Er ist ein freundlicher Mann, aber nicht das, was man in so einer Führungsposition erwartet. Optisch, wie auch von seiner Art her. Er legt wenig Wert auf seine Kleidung, wirkt auf den ersten Blick eher gemütlich, beinahe gutmütig. Nicht so kontrolliert und professionell wie mein Mann oder Stadtfeld.«

»Aber trotzdem haben sie gut zusammengearbeitet?«, hakte Sofia nach.

»Oh, absolut. Mein Mann hatte einen gewissen Respekt vor ihm. Ich glaube, das lag daran, dass Fischer im Team eine Art Ruhepol war. Doch dieses unauffällige Auftreten stach eben heraus, in einer Gruppe von Führungskräften, die gewohnt sind, immer Haltung zu bewahren. Fischer konnte auch nicht so ganz mithalten, finanziell. Er lebt sehr bescheiden. Muss wohl an den zwei Ex-Frauen liegen, für die er Unterhalt zahlt.« Sie schüttelte den Kopf, »das Geld fließt bei ihm in alle möglichen Richtungen, nur nicht zu ihm selbst. Mein Mann hat immer gesagt, Fischer sei verlässlich und loyal, aber sein Privatleben hätte ihn mehr als einmal in schwierige Situationen gebracht.«

Sofia tauschte einen schnellen Blick mit Christian aus, die Informationen im Kopf notierend. Sie überlegte kurz, bevor sie ihre Frage sehr respektvoll formulierte. »Entschuldigen sie, Frau von Backstein, wenn das jetzt zu direkt ist, aber die finanziellen Verhältnisse ihres Mannes und ihre wirken auf mich beeindruckend. Das Haus, das Auto… das alles lässt sich ja kaum durch das Gehalt eines Personalleiters in der Logistik finanzieren.«

Frau von Backstein lachte herzhaft auf und schüttelte leicht den Kopf, »oh, das haben sie richtig bemerkt, Frau Montio. Dieses Gehalt allein würde wohl kaum dafür ausreichen.«

Sie lehnte sich etwas zurück und fuhr fort, »ich habe vor einigen Jahren einen Treuhandfonds von meinem Vater geerbt sowie ein paar sehr lukrative Aktienpakete. Durch diese Absicherung mussten wir uns keine Sorgen machen.«

Sofia ging näher hierauf ein, »hatte Herr von Backstein also aus Leidenschaft gearbeitet?« Frau von Backstein zuckte mit den Schultern, »warum Severin überhaupt noch gearbeitet hat, habe ich nie ganz verstanden. Ich habe ihm oft nahegelegt, einfach zu kündigen und das Leben zu genießen. Aber er wollte weitermachen, hat sich sogar Hoffnungen gemacht, in die Geschäftsführung aufzusteigen, wenn Harald Fels irgendwann in den Ruhestand geht. Ich glaube, er wollte sich selbst etwas beweisen.«

Christian und Sofia bedankten sich bei Susanne von Backstein für ihre Zeit und die Informationen. Während sie von der Couch aufstanden, fiel Christian noch ein, »könnten sie uns vielleicht noch die Adresse von Herrn Fischer geben?«

Susanne überlegte kurz, »er wohnt in einer kleinen Mietwohnung in Lürrip, wenn ich mich recht erinnere, auf der Neusser Straße. Die genaue Hausnummer weiß ich leider nicht. Die Wohnung liegt über einem Friseursalon, gegenüber von dem kleinen Reisebüro.«

Christian lächelte dankbar. »Danke, das reicht uns, ich weiß, wo das ist.« Er warf Sofia einen kurzen Blick zu, und die beiden verabschieden sich höflich, bevor sie das Haus verließen.

Kaum saßen sie im Wagen, lenkte Christian ihn durch den dichten Nachmittagsverkehr in Richtung Lürrip. Während sie sich durch die Straßen bewegten, murmelte Sofia nachdenklich, »sie wirkte auf mich jetzt nicht wie eine trauernde, liebende Ehefrau. Da waren kaum Emotion bei ihr.«

Christian gab ihr recht und runzelte die Stirn. »Das ist mir auch aufgefallen. Vielleicht ist da mehr, als sie uns erzählt hat.« Er ließ den Wagen durch die belebten Straßen gleiten und schmunzelte leicht, »naja, wenigstens sind wir dann in unmittelbarer Nähe des Präsidiums, wenn wir mit Fischer durch sind.«

Sofia lächelte und blickte hinaus, während sie die vertraute Umgebung wahrnahm. Christian und Sofia parkten den Wagen und stiegen aus. Nach einem kurzen Blick, ob es das richtige Haus ist, gingen sie zur Haustür und klingelten bei Jörg Fischer. Nach einem kurzen Summen öffnete sich die Haustür und die beiden betraten das schlichte Treppenhaus.

Im Erdgeschoss öffnete sich eine Wohnungstür, und ein Mann mit freundlichem, aber leicht angespanntem Blick erschien im Türrahmen.

»Ja, bitte?«, fragte Jörg Fischer höflich. Christian und Sofia stellten sich vor, erklärten kurz den Grund ihres Besuchs und fragten, ob sie eintreten dürfen.

»Natürlich«, antwortete Fischer, machte einen Schritt zurück und deutete ihnen an, hereinzukommen. Christian und Sofia betraten die kleine Wohnung von Jörg Fischer und nahmen die Atmosphäre wahr, eine bescheidene, aber gepflegte und angenehm eingerichtete Umgebung. Der Raum war hell, sauber und freundlich, überall an den Wänden hingen Bilder, die Jörg Fischer mit seinen Söhnen zeigten. Es schien ihm wichtig zu sein, trotz der Einfachheit ein einladendes Zuhause zu haben. Jörg Fischer, in einer etwas zerknitterten Chino Hose und einem Poloshirt, wirkte auf den ersten Blick sympathisch und auch aufrichtig betroffen. Er seufzte, seine Stimme klang brüchig, »es ist so schrecklich, was passiert ist. Schwer zu fassen.«

Sofia nahm seine aufrichtige Trauer wahr und dachte, dass dies das erste Mal war, dass ein Kollege wirklich emotionale Betroffenheit zeigte. »Ich habe mir gerade einen Kaffee gemacht. Möchten sie auch eine Tasse?«, fragte Fischer, während in seiner kleinen Küche verschwand. Beide Kommissare nahmen das Angebot gerne an. »Zwei Mal schwarz bitte.«

Fischer kam kurze Zeit später mit drei Tassen zurück, alle unterschiedlich und setzte sich ihnen gegenüber auf das Sofa. Er lehnte sich leicht nach vorne und blickte die beiden Ermittler abwartend an, bevor er sich wieder etwas zurücklehnte, als wäre er sich nicht sicher, ob er den weiteren Verlauf des Gesprächs hören wollte. Christian und Sofia begannen die Befragung und stellten die üblichen Routinefragen, ähnlich wie zuvor bei Frau von Backstein. Fischer antwortete ruhig und direkt, wirkte dabei freundlich und offen. Über Severin von Backstein sprach er in wohlwollendem Ton und hob die gute Zusammenarbeit hervor. Anders als bei Thomas Stadtfeld klang es hier ehrlich. Er erwähnte sogar, dass Severin ihm einmal geholfen habe, als es aufgrund seiner Unterhaltspflichten zu einer Lohnpfändung kam und er mit dieser Situation komplett überfordert war.

»Klar gab es manchmal Diskussionen mit Arne Rink«, sagte Fischer mit einem leichten Schulterzucken.

»Das gehört in unserer Branche dazu, vor allem in der Spedition. Ich komme zum Beispiel mit Arne sehr gut aus, liegt vielleicht daran das wir beide in der Operativen arbeiten, ähnlich denken. Der hat eine kurze Zündschnur, aber nur mit der Klappe, ich lasse Arne immer brüllen und zetern und wenn er sich nach zwei Minuten wieder beruhigt hat, kann man sachlich und lösungsorientiert mit ihm zusammenarbeiten. Und natürlich gibt es ab und zu Reibereien mit den jungen Caro und Lotta. Andere Generation, alles digital, wollen die Welt verändern, da komme ich oft nicht mehr mit. Für die bin ich der Alte von gestern.«

Er schmunzelt dabei, und Sofia musste Christian ansehen und konnte sich ein herzliches Lachen nicht verkneifen, schließlich war er etwa im gleichen Alter wie Jörg Fischer. Christian warf ihr einen gespielt entrüstenden Blick zu und setzte das Gespräch fort. Hinsichtlich der Beziehungen und Zusammenarbeit in der Spedition Fels, deckten sich die Angaben von Jörg Fischer mit denen von Caro Fels.

Als das Gespräch auf Gerd Rammer kam, stockte Fischer jedoch. Er schien kurz in sich zu gehen, seine Worte sorgfältig zu wählen.

»Rammer ... Ja, sein Ruf eilt ihm voraus«, sagte er schließlich, leicht zögerlich. »Persönlich liegt mir seine Art nicht, zu glatt, zu arrogant, das ist nicht meine Welt, wenn sie mich fragen. Aber er ist Kunde und ich behandle ihn wie jeden anderen Kunden auch.« Eine sehr diplomatische Antwort fand Sofia.

»Wann haben sie Severin von Backstein das letzte Mal gesehen?«, möchte Christian Renner noch wissen.

Jörg Fischer überlegte kurz bevor er sicher antwortete, »das muss Freitag in der Mittagspause gewesen sein, wir sind da zusammen beim Imbiss im Gewerbegebiet schnell was essen gewesen. Im Anschluss hatte ich einen Termin mit Caro Fels wegen der Schadenquote eines Fahrers und im Anschluss noch ein Unternehmergespräch. Gegen 15.00 h habe ich dann Feierabend gemacht, da ich meine Kinder abgeholt habe, hatte meine zwei Jungs über das Wochenende bei mir, da muss jede Minute ausgenutzt werden.«

Christian lehnte sich etwas zurück und sah Fischer aufmerksam an, bevor er seine Frage stellte, »wie war ihr persönliches Verhältnis zu Severin von Backstein? Und wie kommen sie mit Thomas Stadtfeld klar?«

Fischer schwieg einen Moment, senkte den Blick und schien seine Worte wieder sorgsam abzuwägen. Schließlich hob er den Kopf und antwortete, »mit beiden habe ich ein sehr enges und ja, auch vertrautes Verhältnis, beruflich wie privat. Ich würde sogar sagen, freundschaftlich.« Er hielt kurz inne, als ob er die richtige Formulierung suche, »natürlich gab es beruflich auch mal Meinungsverschiedenheiten. Ist normal, vor allem wenn man unterschiedliche Perspektiven auf die Abläufe und Situationen hat. Aber letztendlich haben wir als Team funktioniert.«

Dann wird Fischer nachdenklich, sein Ton wird persönlicher »Privat. Nach meiner zweiten Scheidung, die war wirklich hart, haben die beiden mich aufgefangen. Die haben mich öfters mitgenommen, sei es ins Stadion, ins Restaurant oder in Clubs. Sie sehen ja, dass ich finanziell nicht in deren Liga spiele. Damals war das okay. Ich hab's genossen, vielleicht sogar gebraucht. Ablenkung, wissen sie?«

Seine Stimme wurde weicher, »die ersten drei, vier Monate nach der Scheidung habe ich gar nicht groß nachgedacht, einfach mitgemacht. Aber mittlerweile...« Er schaute kurz in die Tasse, die er in den Händen hielt. »Mittlerweile ist das nicht mehr meins. Ich mag's nicht, ausgehalten zu werden.«

Er lächelte schwach und fuhr fort, »heutzutage verbringe ich meine Wochenenden lieber mit meinen Jungs. Mit Thomas und

Severin ging ich ab und an mal noch ins Stadion und danach ein Bierchen, das reicht mir. Die teuren Clubs und Restaurant, das war nie meine Welt. Und ist es heute erst recht nicht.«

Fischer wirkte dabei ehrlich und offen, fast schon melancholisch.

Christian nickte und hielt Fischer weiterhin mit einem ruhigen Blick fest. »Interessant«, sagte er, seine Stimme blieb ruhig, aber es schwang ein gewisses Interesse mit, das Fischer nicht entging. »Wie genau liefen diese Abende denn ab? Waren das reine Männerabende unter Kollegen oder waren da auch andere Leute dabei? Zum Beispiel ... Gerd Rammer?«

Fischer zögerte, seine Hand spielt nervös mit der Tasse.

»Ja, ähm ... Rammer kam schon mal dazu«, gab er schließlich zu, die Worte schienen ihm schwer über die Lippen zu gehen. »Mönchengladbach ist ja, was solche Sachen angeht, eher ein Dorf. Und ... na ja, Rammer ist ja auch im Gastro-Gewerbe tätig. Der ‚Black & White Club', der vor fünf Jahren in der Nähe der alten Trabrennbahn eröffnet hat – soweit ich weiß, gehört der ihm.«

Christian lehnte sich etwas vor, »und dort haben sie auch gefeiert?«

Fischer nickte und fuhr fort, sein Ton immer leiser, »ja da ging es dann oft in den VIP-Bereich. Da konnte man etwas privater feiern. Die Restaurants vorher, waren immer unterschiedlich. Wir waren oft in Düsseldorf oder Köln unterwegs. In Mönchengladbach ist man nicht so anonym unterwegs, wenn sie wissen, was ich meine.«

Sofia, die bisher still zugehört hatte, stellte eine kurze Zwischenfrage, »wie oft haben sie solche Abende gemacht? War das regelmäßig?«

Fischer schaute zwischen den beiden hin und her, seine Nervosität wurde deutlicher. »Meistens alle zwei Wochen, wenn Borussia Heimspiel hatte. Erst ins Stadion, dann irgendwo essen, natürlich immer etwas Hochwertiges und zum Abschluss in den Club. Das war so der übliche Ablauf.«

Christian hob eine Augenbraue, »und was hat so ein Abend gekostet? Ich meine, bei Champagner, gutem Essen und VIP-Bereich, das bleibt ja sicher nicht günstig.«

Fischer wich seinem Blick aus und nahm einen Schluck Kaffee. Die Frage war ihm sichtlich unangenehm. »Was das genau gekostet hat, weiß ich nicht«, murmelte er schließlich. »Ich wollte es auch nicht wissen. Ich hätte mich sonst nur noch mehr geschämt.«

Er stellt die Tasse auf den Tisch und fuhr fort, »aber bei den Mengen an Champagner und Wein, plus das Essen, die Frauen, ich würde sagen, vierstellig war das sicher. Pro Abend.»

Sofia warf Christian einen schnellen Blick zu, während dieser nachfragte, »die Frauen?«

Fischer senkte den Blick erneut, seine Wangen liefen leicht rot an. »Ja, na ja, manchmal. Es, es kamen schon Frauen dazu. Ich meine, das war nicht immer so. Aber ja, das war manchmal Teil des Abends, das bei uns in der Lounge schöne, junge Frauen saßen und mit uns gefeiert haben.«

Seine Stimme klang entschuldigend, fast schon reumütig. Christian notierte sich gedanklich die Details und gönnte Fischer ein paar Sekunden, um sich zu sammeln. Sofia lächelte freundlich, doch ihr Blick blieb durchdringend, als sie weiterfragte, »also, Herr Fischer, haben sie jemals bemerkt, dass da vielleicht mehr war? Ich meine, nach dem Club oder während dieser Abende?«

Fischer seufzte, seine Hände umklammerten die Tasse vor ihm. »Ich weiß es wirklich nicht«, sagte er zögerlich, »ich habe mich da nie eingemischt. Für mich war das alles, na ja, eher unangenehm. Ich meine, sehen sie mich an.« Er hob die Hände und deutete auf sich selbst, »ich bin nicht der Typ für so etwas. Ein bisschen tanzen, ein Drink zusammen, vielleicht mal eine Umarmung, ja. Aber ich? Frauenheld? Bestimmt nicht.«

Sofia bohrte weiter nach, doch ihre Stimme wurde weicher, als sie erneut fragte, »aber Severin von Backstein und Thomas Stadtfeld? Die beiden wirkten da wohl entspannter, oder?«

Fischer lachte kurz, aber das Lachen klang gezwungen. »Ja, das kann man so sagen. Die beiden haben das genossen, ganz klar. Sie haben auch mal ausgetestet, ob mehr geht. Ich meine, ich habe das nicht genau mitbekommen, aber sie waren anders als ich. Selbstbewusster. Sie wussten, wie man Frauen anspricht. Und, keine Ahnung, vielleicht hatten sie auch ihre Erfolge.«

»Und das war okay für sie?«, fragte Sofia mit einem Hauch von Neugier.

»Was soll ich sagen?«, Fischer zuckte die Schultern. »Ich war der einzige Single in der Runde. Die beiden hatten ihre Frauen, ihre Familien. Ich habe mich da rausgehalten. Thomas und Severin sind erwachsene Männer.«

Sofia hält inne, ihre Augen mustern ihn genau. »Und haben sie sich nie gefragt, wo das Geld herkam, ich meine zwei Mal im Monat ein vierstelliger Betrag nur fürs Feiern und zum Spaß haben, ist ja schon eine Summe. Ohne es genau zu wissen, aber ich kann mir nicht vorstellen das man in der Logistikbranche so gut verdient.«

Fischer setzt erneut an, schien etwas zu sagen, doch seine Stimme versagt. Er nimmt einen Schluck Kaffee, als ob er Zeit gewinnen wolle. »Ich weiß es nicht«, murmelte er schließlich. »Ja manchmal habe ich mich das gefragt, aber da ich nichts dazu beitragen konnte, war es mir peinlich. Über Geld wurde nicht gesprochen. Ich wollte nur vergessen, meine Scheidung, den Streit um das Sorgerecht verdrängen. Severin und Thomas haben mir immer gesagt, ich solle mir darüber keine Gedanken machen und keine Fragen stellen.«

Christian wechselte einen schnellen Blick mit Sofia, bevor er das Thema geschickt wechselte, »und dieser ‚Black & White Club‘, der von Gerd Rammer betrieben wird – war das der bevorzugte Ort für solche Abende?«

Fischer nickte langsam. »Ja, meistens schon. Dort hatten wir den VIP-Bereich, das passte. Rammer kam auch öfter dazu. Er hat es genossen, spielte dann gern den Gönner, zeigte gerne, was er besitzt, und war auch derjenige, der die jungen Damen zu uns an den Tisch brachte.«

Sofia und Christian ließen die Antwort einen Moment wirken, bevor sie die Befragung weiterführten. Christian nickte langsam, seine Stirn war leicht gerunzelt, als er die Aussage von Jörg Fischer notierte.

»Also nur hitzige Wortgefechte zwischen Arne Rink und Severin von Backstein? Es kam nie zu körperlichen Auseinandersetzungen?«, wiederholte er die anfängliche Aussage von Fischer.

Fischer hob die Hände und schüttelte den Kopf. »Nein, niemals. Klar, Arne ist ein Hitzkopf, und manchmal konnte man meinen, er würde gleich explodieren. Aber am Ende ist es immer nur bei Worten geblieben. Keine Schlägereien, keine Drohungen. Arne hat das halt schnell vergessen, Severin meistens auch.«

Sofia lehnte sich leicht nach vorne und schaute Fischer aufmerksam an. »Und mit Herrn Rammer? Gab es da nie Spannungen? Irgendeine Situation, die ihnen einfällt?«

Fischer überlegte kurz und schüttelte erneut den Kopf, »nein, soweit ich weiß, nicht. Gerd Rammer war immer höflich, fast zu höflich, wenn sie verstehen, was ich meine. Ich habe ihn immer eher als den gesehen, der Konflikten aus dem Weg geht, zumindest, wenn er selbst dabei war.«

Sofia und Christian tauschten einen kurzen Blick aus, bevor Christian sein Notizbuch zuklappte. »Alles klar, Herr Fischer. Vielen Dank für ihre Zeit und ihre Geduld. Wenn wir noch weitere Fragen haben, melden wir uns.«

»Danke, ihnen auch«, sagte Fischer, sichtlich erleichtert, dass das Gespräch zu Ende war.

Die beiden Kommissare verließen die Wohnung und traten hinaus in die schwüle Hitze, die sich über den Nachmittag ausgebreitet hat. Sofia schaute nachdenklich zur Straße. »Rink und von Backstein hatten also regelmäßig handfeste Auseinandersetzungen, heftige Streite und nicht nur Meinungsverschiedenheiten. Aber warum hat das keiner der anderen so deutlich erwähnt?« Christian zuckte mit den Schultern, zog die Schlüssel aus der Tasche und öffnete den Wagen, »vielleicht, weil es für die nichts Besonderes war. Oder weil niemand Arne wirklich als Verdächtigen sieht.«

»Möglich, aber irgendwas wurde uns noch nicht erzählt«, gab Sofia zu bedenken, während sie sich anschnallte.

Christian startete den Wagen und warf Sofia einen kurzen Blick zu, »Das klären wir morgen. Jetzt ist Feierabend.«

»Einverstanden«, sagte Sofia, lehnt sich zurück und schloss die Augen, während Christian sie in das nur weniger Kilometer entfernte Präsidium brachte.

Zurück im Präsidium erwartete sie die Nachricht, dass die Obduktion von Severin von Backstein am nächsten Morgen um 8:30 Uhr starten würde. Christian notierte sich die Info in sein Notizbuch, während Sofia sich einen letzten Kaffee des Tages gönnte. »Na, dann war es das für heute«, sagte Sofia schließlich und reckte sich. »Ich freu mich auf meinen Balkon und auf Beni. Der faulste und dickste Kater der ganzen Stadt wartet sicher schon auf mich.«

Christian grinste, »klingt gemütlich. Ich schwing mich noch auf mein Rennrad. Eine Runde Venlo und zurück sollte gerade noch drin sein, bevor es mit Julia und einem Glas Wein auf die Terrasse geht.«

»Das ist echt verrückt bei der Hitze, Christian«, sagte Sofia mit einem amüsierten Kopfschütteln. »Aber gut, jeder entspannt auf seine Weise.« Die beiden verabschieden sich und machten sich auf den Weg in ihren Feierabend. Sofia genoss die warmen

Strahlen der Abendsonne auf ihrem Balkon, mit Beni auf dem Schoß, der schnurrend seinen faulen Tag ausklingen ließ.

Christian hingegen powerte sich auf seinem Rad aus, während er durch die flachen Straßen Richtung Venlo fuhr, den Kopf frei von der Anspannung des Tages.

✳✳✳

Gerd Rammer verstaute mit einem zufriedenen Grinsen sein Golfbag im Kofferraum seines Maserati Levante. Die Sonne brannte noch warm vom Nachmittag, und der leichte Wind wehte über den Parkplatz des exklusiven Golfclubs. Ein erfolgreicher Tag – 18 Löcher, 1000 Euro pro Loch, und 13 davon hatte er für sich entschieden. Besser konnte es kaum laufen. Während der Kofferraumdeckel sich langsam automatisch schloss, vibrierte sein Handy in der Tasche. Er zog es hervor, schaute kurz aufs Display und zog eine Augenbraue hoch.

Er nahm den Anruf entgegen und meldete sich knapp, »Ja?«

Am anderen Ende klang eine hektische Stimme, »Severin wurde gefunden. Der Auflieger musste umgeladen werden – irgendein Defekt. Statt irgendwo in Osteuropa haben die ihn hier gefunden. Hier, bei uns. In der Firma. Die Bullen waren auch schon da und stellen Fragen. Was machen wir jetzt?«

Rammer lachte kurz, ein kaltes, herablassendes Lachen. »Wir? Was habe ich damit zu tun? Es ist euer Auflieger. Kümmere dich drum.«

Die Stimme am anderen Ende wurde eindringlicher, »Rammer, das ist ernst. Du machst es dir zu leicht! Die Polizei stellt unangenehme Fragen. Was, wenn sie…«

»Die Bullen können uns gar nichts. Kein Tatort, keine Tatwaffe, keine Spur«, schnitt Rammer ihm scharf das Wort ab. Seine Stimme war ruhig, aber durchdrungen von jener selbstgefälligen Sicherheit, die jahrelange Erfahrung in solchen Dingen verlieh. Die Stimme am anderen Ende zischte, »du bist ein arroganter Mistkerl, weißt du das?«

Rammer zuckte mit den Schultern, sein Lächeln verschwand nicht. »Und du bist ein Hysteriker. Beruhig dich. Einfach Ruhe bewahren und die Klappe halten, dann passiert auch nichts.«

»Rammer, das ist nicht so einfach—«

»Ich habe zu tun. Geschäfte. Die nächsten Tage Funkstille. Klar?«

Ohne auf eine Antwort zu warten, beendete er den Anruf und steckte das Handy weg. Er stieg ins Auto, zündete den Motor, und das sonore Brummen des Maseratis erfüllte die Luft. Rammer legte den Rückwärtsgang ein, warf einen Blick in den Rückspiegel, und ein kaltes Lächeln spielte auf seinen Lippen. Ein schlechter Tag? Sicher nicht für ihn.

Dienstag, 13.06.23

Die Rechtsmedizin in Düsseldorf war ein modernes, funktional gestaltetes Gebäude, das sich in der Nähe des Universitätsklinikums befand. Außen wirkte es nüchtern und sachlich, mit einer Fassade aus grauem Beton und großen Glasfenstern, die klare Linien und Transparenz vermitteln sollten. Vor dem Gebäude befanden sich einige Parkplätze für Dienstfahrzeuge sowie ein diskret abgegrenzter Bereich für Lieferungen und Abholungen. Ein kleines Schild am Eingang wies auf die „Rechtsmedizin Düsseldorf" hin. Im Inneren empfing die Besucher ein steriler, klinisch sauberer Eingangsbereich mit weißen Wänden und einem Boden aus hellgrauen Fliesen. Der Empfangstresen aus Glas und Edelstahl strahlte Professionalität aus, während Schilder den Weg zu den verschiedenen Bereichen wiesen. Sektionssäle, Labore, Büros und Archivräume. Die Beleuchtung war funktional, aber nicht ungemütlich – LED-Leuchten warfen ein gleichmäßiges Licht, das keine Schatten entstehen ließ.

Christian Renner und Sofia Montio traten durch die automatische Glastür in den Empfangsbereich. Sofia warf einen schnellen Blick auf die dezente Wanddekoration – einige abstrakte Fotografien, die versuchten, die Kälte des Ortes etwas aufzulockern. »Ich hasse diesen Geruch«, beschwerte sich Christian, kaum hörbar, während sie auf einen Gang zusteuerten, der zu den Sektionssälen führte.

Dr. Leo Winter, ein hochgewachsener Mann mit scharfen Gesichtszügen und einem makellosen weißen Kittel, erwartete sie bereits am Ende des Flurs. Seine Haltung strahlte eine Mischung aus Professionalität und leichtem Überdruss aus – ein Mann, der mit dem Tod vertraut war, aber dessen Ernsthaftigkeit nie vergaß.

»Kommissare«, begrüßte er sie mit einem knappen Nicken. »Pünktlich wie immer. Die Obduktion beginnt gleich. Ich nehme an, ihr wollet direkt dabei sein?«

Christian nickte stumm, während Sofia höflich erwiderte »Selbstverständlich, Doc. Wir sind gespannt, ob du etwas Neues für uns hast.«

»Das hoffe ich auch«, sagte Dr. Winter, während er sie in den Sektionssaal führte. Dort warteten bereits ein steriles, klinisches Umfeld, kaltes Metall, chirurgische Instrumente und die unvermeidliche Präsenz eines Körpers, der Antworten liefern soll.

Dr. Winter zog seine Latexhandschuhe zurecht und nahm das Skalpell in die Hand. Die Luft im Sektionssaal war still, nur das leise Summen der Lüftung war zu hören, als er mit der Obduktion begann. Christian und Sofia standen hinter einer Glasscheibe, ihre Gesichtszüge ernst und aufmerksam.

»Der erste auffällige Befund«, begann Dr. Winter, während er auf den Hinterkopf des Opfers zeigte, »ist ein schweres Trauma durch einen harten Gegenstand aus Metall. Der Schlag erfolgte mit erheblichem Schwung und traf von der Seite. Das deutet auf eine Angriffsposition hin, bei der der Täter rechts vom Opfer stand.«

Sofia runzelte die Stirn, »war der Schlag tödlich?«

Dr. Winter schüttelte den Kopf. »Nein, das Trauma war ernst, aber nicht unmittelbar tödlich. Mit sofortiger medizinischer Versorgung hätte er überleben können. Allerdings war das Opfer vermutlich sofort bewusstlos.«

Er fuhr mit der Untersuchung fort und entdeckt im weiteren Verlauf Spuren von ungeschütztem Geschlechtsverkehr. »Es wurden DNA-Spuren gesichert. Ein Abstrich wurde gemacht, um diese näher zu untersuchen.«

»Interessant«, nuschelte Christian vor sich hin, während er seine Notizen ergänzte.

»Der Mageninhalt zeigt, dass das Opfer an diesem Abend ein äußerst opulentes Mahl zu sich genommen hat«, fuhr Dr. Winter fort. »Kein Fast Food, sondern eher gehobene Küche. Fleisch, reichhaltige Beilagen, Desserts. Der Blutalkoholspiegel lag bei 1,4 Promille. Er war also ziemlich betrunken.«

»Drogen?«, fragte Sofia.

»Schnelltests auf gängige Substanzen wie Kokain, Amphetamine, THC und andere waren negativ«, antwortete Dr. Winter. »Was jedoch auffällt, ist der Zustand des Körpers. Er war stark ausgedörrt. Todesursache war am Schluss ein Hitzeschock. Das Opfer hat mindestens zwei Tage bewusstlos bei großer Hitze auf dem Auflieger gelegen. Dazu der sicherlich nicht unerhebliche Blutverlust. Er hatte keine Chance das Wochenende so zu überleben.«

Christian reflektierte diese Information. »Also war der Schlag zwar der Auslöser, aber nicht die unmittelbare Todesursache.«

»Korrekt!«, bestätigte Dr. Winter. »Es handelt sich um eine Kombination aus Verletzung und Vernachlässigung. Der Täter hat ihn dort bewusst liegen lassen oder zumindest nicht versucht, ihn zu retten.«

Sofia zog ihre Augenbrauen zusammen, »das macht das Ganze noch grausamer. Bewusstlos zurückgelassen, bei dieser Hitze.«

Dr. Winter nickte knapp und blickte die beiden durchdringend an. »Ich werde weitere Details zu den DNA-Spuren und möglichen Toxinen liefern, sobald die Analysen abgeschlossen sind. Aber das ist alles, was ich euch bisher sagen kann.«

Christian und Sofia bedankten sich für die Ausführungen und traten nach draußen. Die Hitze der vergangenen Tage erschien plötzlich noch drückender, als sie an den grausamen Tod dachten, den das Opfer erlitten hat. Vor dem Gebäude der Rechtsmedizin nahmen beide erstmal einen tiefen Zug der heißen frischen Luft und gingen die neuen Erkenntnisse durch. Die Hitze der vergangenen Tage hing in der Luft, und der Fall wurde mit jeder neuen Information komplexer.

»Das opulente Essen und der Alkohol. Das klingt stark nach einem dieser Männerabende, von denen Jörg Fischer gesprochen hat«, überlegte Sofia laut. »Aber Borussia hatte am Freitag doch kein Heimspiel, oder?« Christian runzelt die Stirn. »Nein, hatte sie nicht. Das müssen wir noch genauer prüfen. Und dann dieser ungeschützte Geschlechtsverkehr. Mit wem? Seiner Frau?« Sofia ergänzte, »Susanne von Backstein sagte, sie habe ihren Mann am Donnerstag nur kurz gesehen. Also, wenn sie es nicht war – mit wem war er dann zusammen?«

Christian stimmte ihr zu, »das müssen wir herausfinden. Fischer hatte am Freitag seine Kinder, daran zweifle ich nicht, aber das müssen wir dennoch überprüfen. Stadtfeld hingegen – der muss dringend noch mal befragt werden. Und dann Arne Rink. Mit ihm müssen wir auch sprechen.«

In diesem Moment klingelte Christians Handy. Er hob ab, und am anderen Ende meldete sich Murat Cetinkaya, der IT-Spezialist des KK11.

»Christian, ich habe das E-Mail-Konto und das Firmenhandy des Opfers durchgesehen. Harald Fels hatte uns sofort grünes Licht gegeben, deshalb ging das alles recht flott.«

»Und?«, fragte Christian gespannt.

»Da sind ein paar heftige Nachrichten dabei, vor allem von Arne Rink. Die solltet ihr euch unbedingt ansehen, bevor ihr ihn vernehmt. Ich habe dir die Mails gerade weitergeleitet. Außerdem fange ich jetzt mit den Videoaufnahmen der Überwachungskameras an. Es gibt 122 Kameras auf dem Gelände. Das wird ein bisschen dauern.«

Christian bedankte sich und legte auf. Er blickte zu Sofia, »das wird interessant. Rink scheint mehr als nur ein paar hitzige Wortgefechte mit von Backstein gehabt zu haben. Wir sollten uns diese Nachrichten ansehen, bevor wir mit ihm sprechen.« Sofia sah ihren Partner an, »dann übernehme ich das Steuer. Du kannst dir die Unterlagen während der Fahrt anschauen.«

Die beiden stiegen in den Dienstwagen. Während Sofia den Wagen durch den dichten Verkehr lenkte, öffnete Christian die Mails und begann, die Unterlagen von Murat durchzusehen. Die Spannung stieg – neue Puzzlestücke kamen dazu und fügten sich zusammen, und die Liste der Verdächtigen wurde um mindestens eine Person größer.

»Ich kündige uns mal bei der Spedition Fels an«, sagte Sofia, während sie die Freisprecheinrichtung des Fahrzeuges bediente.

Tanja Berger wartete bereits am Empfang der Spedition Fels, als Christian Renner und Sofia Montio eintrafen. Mit einem professionellen Lächeln begrüßte sie die beiden und streckte die Hand aus. »Guten Morgen, schön, dass Sie da sind. Ich habe alles wie gewünscht vorbereitet. Herr Stadtfeld und Herr Rink sind im Haus, und wie vereinbart, wurde Ihr Kommen vertraulich behandelt.«

»Vielen Dank, Frau Berger«, antwortete Christian mit einem dankbaren Augenzwinkern.

Tanja Berger führte die beiden durch den Eingangsbereich, vorbei an den belebten Büros und einem Lagerbereich, in dem geschäftigen Treiben herrschte. Der Geruch von Diesel lag in der Luft, typische Speditionsgeräusche – das Rattern von

Hubwagen und gedämpfte Stimmen – drangen aus der Ferne herüber. Die drei erreichten schließlich einen kleinen Besprechungsraum im Erdgeschoss. Es war ein funktionaler Raum mit einem schlichten Tisch und vier Stühlen, an der Wand hing ein Whiteboard, daneben stand ein Regal mit Ordnern.

Tanja Berger wies höflich auf die Plätze, »bitte, nehmen sie schon mal Platz. Ich lasse ihnen gleich Kaffee und Wasser bringen.«

Christian und Sofia setzten sich, während Tanja kurz verschwand und wenig später mit einem Tablett zurückkehrte. Sie stellte zwei Tassen und eine Karaffe Wasser auf den Tisch, lächelte erneut freundlich. »Herr Rink wird gleich bei ihnen sein. Wenn sie noch etwas benötigen, sagen sie einfach Bescheid.«

Kaum hatte sie den Raum verlassen, klopfte es leicht an der Tür. Christian und Sofia richteten ihre Blicke darauf, als sie sich öffnete und Arne Rink eintrat.

Mit seiner massigen Statur, den muskulösen Armen und den markanten Tattoos an den Unterarmen füllte er den Raum beinahe aus. Die Glatze glänzte leicht im gedämpften Licht, und seine Gesichtszüge, trotz ihrer Sympathie, strahlten eine gewisse Härte aus. Dennoch war es sein wacher, fast durchdringender Blick, der zuerst auffiel. »Sie wollten mich sprechen?«, fragte er ruhig, seine tiefe Stimme hatte einen unerwartet sanften Unterton.

Sofia musterte ihn kurz, dann stand Christian auf und deutete auf den freien Stuhl gegenüber. »Vielen Dank, Herr Rink, dass sie sich die Zeit nehmen konnten. Bitte, setzen sie sich.«

Rink grüßte knapp, schloss die Tür hinter sich und nahm Platz. Seine Bewegungen waren ruhig, fast gelassen, doch die Anspannung, die ihn umgab, war kaum zu übersehen. Er verschränkte die Hände locker vor sich auf dem Tisch und sah die beiden Ermittler abwartend an. »Worum geht's?«, fragte er schließlich, die Ruhe in seiner Stimme wurde von einer leichten Ungeduld untermalt.

Christian und Sofia tauschten einen kurzen Blick. Es ist klar, dass das Gespräch gerade erst begonnen hatte, und die Anspannung im Raum versprach, noch intensiver zu werden.

Christian lehnte sich zurück und verschränkte die Arme vor der Brust, seine Stimme ruhig und sachlich. »Herr Rink, wie würden sie ihre Beziehung zu Severin von Backstein beschreiben?« Arne Rink verzog das Gesicht, ein Ausdruck zwischen Frustration und Abscheu. »Beruflich? Eine Katastrophe. Persönlich? Gab es nichts. Null. Der Typ hat in seiner eigenen Welt gelebt.« »Was meinen sie mit ‚Katastrophe?‹«, hakte Christian nach.

Rink beugte sich nach vorne, die Hände auf den Tisch gestützt. »Ganz einfach. Herr von Backstein hat nichts hinbekommen. Ich habe drei Teams oder besser gesagt drei Schichten unter mir, fast 60 Mitarbeiter. Und der feine Herr hat seinen Job so schlecht gemacht, dass ich seinen Job mitmachen musste, alles doppelt geprüft habe. Alles musste ich korrigieren, retten, klären. Glauben sie, der hätte das mal zugegeben? Niemals. Der hat sich immer rausgeredet, immer beim Chef eingeschleimt.«

Sofia blickte kurz von ihren Notizen auf »haben sie ihn darauf angesprochen?«

Rink lachte kurz, bitter, »mehr als einmal. Ich habe ihm immer wieder gesagt, dass er gefälligst seinen Job machen soll. Aber er hat nur müde gelächelt, so ein falsches, überhebliches Grinsen, und weitergemacht wie immer.«

Christian blieb ruhig und nüchtern. »Das klingt nach einer Menge Frust. Gab es deswegen Streit zwischen ihnen beiden?« »Streit?«, Rink schnaubte verächtlich, verschränkte die muskulösen Arme vor der Brust. »Ständig. Aber nicht so, wie sie denken. Es war eher einseitig. Ich habe ihm gesagt, was Sache ist, und er hat es ignoriert. Oder er hat so getan, als wäre ich der Idiot.«

Sofia machte sich eine weitere Notiz. »Und persönlich? Gab es da irgendwelche Konflikte?«

»Persönlich? Nein. Ich habe privat nichts mit ihm zu tun gehabt. Er war mir einfach egal. Alles, was zwischen uns war, hatte mit der Arbeit zu tun.«

Christian wechselte einen kurzen Blick mit Sofia, dann holte er sein Tablet hervor und schaltete es ein. »Interessant, dass sie das so sagen, Herr Rink.« Er drehte das Gerät um und schob es langsam über den Tisch in Rinks Richtung, »denn das hier wirkt nicht wie 'nur Arbeit'.«

Auf dem Bildschirm war eine E-Mail zu sehen. Christian las sie laut vor. »Wegen dir unfähigem Arschloch sind mir 15.000 Euro entgangen. Wenn ich könnte, würde ich dich am liebsten erschlagen. Du bist nur unfähig, unfähig, unfähig. So etwas Inkompetentes wie dich habe ich noch nie erlebt. Danke für nichts!«

Rinks Gesicht verdunkelte sich, seine Kiefermuskeln arbeiteten sichtbar. »Was soll das jetzt?«, fragte er scharf, seine Stimme mit einem leicht bedrohlichen Unterton.

»Das ist eine Mail, die sie an Severin von Backstein geschrieben haben«, erklärte Christian mit ruhigem Ton.

Rink beugte sich nach vorne, starrte auf das Tablet, schüttelte immer wieder den Kopf und lachte kurz bitter auf. »Ja, und? Haben sie mal gesehen, was der abgeliefert hat? Natürlich habe ich mich aufgeregt! Jeder hätte das getan, wenn wegen so einem Mistkerl solche Chancen entgehen!« Er schlug mit der flachen Hand auf den Tisch, die Gläser darauf klirrten, »der hat nichts auf die Reihe gekriegt, der Vollpfosten! Ich habe die Wahrheit gesagt, verdammt noch mal!«

»Die Wahrheit?«, hakte Sofia nach, ihre Stimme blieb ruhig, aber schneidend, »dass sie ihn erschlagen wollten?«

Rink starrte sie an, sein Gesicht wurde rot vor Zorn. »Das war doch nur so gesagt! Das war nicht wörtlich gemeint, klar? Ich bin doch nicht lebensmüde. Der Typ hat mich in den Wahnsinn getrieben, aber das heißt nicht, dass ich—« »—ihn umgebracht haben?«, beendete Christian ruhig den Satz für ihn.

Rinks Zorn explodiert, »verdammte Scheiße, nein! Wie oft soll ich das noch sagen?! Ja, ich habe ihn gehasst! Ja, ich habe ihn zur Sau gemacht! Aber das macht mich nicht zum Mörder!«

Er stand auf, seine massige Statur füllte den kleinen Raum, die Spannung ist beinahe greifbar.

Sofia richtet sich ebenfalls auf, ihre Augen bohrten sich in seine. »Setzen sie sich, Herr Rink!«, sagte sie scharf und unnachgiebig.

Rink zögerte, atmete schwer, dann ließ er sich mit einem Knall zurück auf den Stuhl fallen. »Fragen sie, was sie fragen müssen«, knurrte er, »aber kommen sie mir nicht mit so einem Scheiß.«

Christian blickte von seinem Tablet auf, seine Stimme immer noch nüchtern, unbeeindruckt von dem Wutanfall. »Was hat es mit den 15.000 Euro auf sich? Ist nicht gerade wenig Geld. Haben sie und Herr von Backstein gemeinsame Geschäfte gemacht?«

Arne Rink runzelte die Stirn, ein verwirrter Ausdruck huschte über sein Gesicht. »Geschäfte?«, fragte er irritiert. »Was? Nein! Ich arbeite hier, das reicht mir vollkommen aus.«

Christian hob eine Augenbraue und wartete geduldig. Rink atmete tief durch, bevor er weitersprach, »es ging um einen Förderantrag für eine Weiterbildung. Ein nebenberufliches Logistikstudium. Das kostet 18.000 Euro, aber ich hätte ein Stipendium in Höhe von 15.000 Euro bekommen können.«

»Und?«, fragte Sofia, ohne ihren Blick von ihm abzuwenden.

»Und dieser Idiot hat den Antrag versemmelt!«

Rink ballte eine Faust und stützte sich mit der anderen Hand auf dem Tisch ab und beugte sich zu den Kommissaren. »Da mussten noch ein paar Angaben des Arbeitgebers rein. Der Chef hat gesagt, die Personalabteilung soll sich drum kümmern. Und wer war dafür zuständig? Von Backstein.«

Sofia kritzelte eifrig in ihr Notizbuch. »Und warum hat es nicht funktioniert?«

»Weil er's absichtlich in den Sand gesetzt hat! Da bin ich mir sicher!« Rinks Stimme wurde wieder lauter, seine Wut kochte wieder spürbar hoch, »er hat dem Chef erzählt, er hätte alles rechtzeitig eingereicht, und die Post hätte es verbummelt. Aber ich habe beim Empfang nachgefragt. Der Umschlag wurde dort nie abgegeben.«

»Also glauben sie, er hat es absichtlich sabotiert?», möchte Christian ruhig wissen.

»Glauben?», Rink lachte bitter, seine Augen funkelten vor Zorn. »Ich weiß es! Der Typ konnte mich nicht leiden, war neidisch auf meine Erfolge und hat alles getan, um mir eins reinzuwürgen. Der wusste, wie wichtig das für mich war.«

»Haben sie das dem Chef gesagt?«, fragte Sofia, ihre Stimme leicht skeptisch, aber ohne Vorwurf.

»Natürlich!«, Rink schnaufte und rollte mit den Augen. »Aber der hat von Backstein immer geglaubt. Egal, was war. Der konnte machen, was er wollte. Der war ein Schleimer, und ich bin eben der, der sagt, wenn was schiefläuft.«

Christian blickte ihn einen Moment lang nachdenklich an, bevor er die Befragung fortsetzte, »das klingt nach einer Menge Ärger, Herr Rink. Hat das nicht irgendwann das Fass zum Überlaufen gebracht?«

Rink schlug erneut mit der flachen Hand auf den Tisch, seine Stimme bebte vor Zorn. »Natürlich war ich wütend! Aber ich habe meine Wut im Griff, klar? Ich reiße mich doch nicht ständig zusammen, um dann alles wegzuschmeißen, nur weil so ein Idiot Mist gebaut hat!«

»Aber sie haben ihm geschrieben, dass sie ihn ‚am liebsten erschlagen' würden«, sagte Christian mit sachlichem Ton, sein Blick blieb fest. «Das klingt nicht so, als hätten sie alles im Griff gehabt.«

Rinks Augen funkelten vor Wut, »es war eine verdammte E-Mail! Ein Ventil! Das war nicht so gemeint, verdammt noch mal! Das war nur Wut im Moment! Jeder normale Mensch wäre an meiner Stelle genauso ausgeflippt!«

Christian lehnte sich zurück und beobachtete Rink schweigend, ließ den Raum für einen Moment in der angespannten Stille verharren. Dann fragt er betont ruhig, »also sagen sie, dass das alles nur Worte waren? Keine Taten?«

»Ja! Verdammte Worte!«, Rink verzweifelte und schüttelte den Kopf. »Ich habe nicht mal daran gedacht, ihm wirklich was anzutun. Egal, wie sehr er's verdient hätte.«

Christian wechselte das Thema, seine Stimme wurde was schärfer, »kommen wir zum Freitag, Herr Rink. Wann haben sie Herrn von Backstein das letzte Mal gesehen?«

Arne Rink überlegte kurz, »Freitag morgen habe ich ihn nur kurz gesehen, als ich Unterlagen bei seinen Mitarbeiterinnen abgegeben habe, hatte das Gefühl, das er mir aus dem Weg geht, nach dem Bockmist, den er gemacht hat.«

»Und sie sind nicht zu ihm rein? Haben das persönliche Gespräch mit ihm gesucht?«, wollte Sofia ergänzend wissen.

Arne Rink nickte knapp, Kopfschmerzen machten sich langsam vor Anspannung breit. »Ja, klar. Was sollte ich auch mit ihm reden? Hatte genug von dem Kerl. Wenn's nicht sein musste, bin ich ihm aus dem Weg gegangen.«

Christian beugte sich ein wenig vor, seine Stimme wird etwas härter, er verlor langsam die Geduld, hasste es, dass er Arne Rink alles aus der Nase ziehen musste, »und was haben sie am Freitag nach der Arbeit gemacht?«

Arne rutschte bockig auf seinem Stuhl hin und her, sein Blick wanderte kurz zur Decke, dann antwortet er, »ich war trainieren. Im Gym. Ich habe meine zwei Stunden durchgezogen wie immer. Muss so zwischen 17 und 19 Uhr gewesen sein. Danach bin ich nach Hause und hab den Abend da verbracht.«

Sofia notierte die Aussage, ohne aufzusehen. »Alleine?«, fragte sie beiläufig, während sie schrieb.

»Ja, alleine.«, Rinks Ton wurde ein wenig defensiver. »ich habe mich mit niemandem getroffen, wenn sie das meinen. War ein langer Tag, und ich wollte einfach meine Ruhe.« Rink zögerte kurz, bevor er weiter antwortete, »ich habe mit Lotta Wilke geschrieben. Über WhatsApp. Ich habe mich bei ihr über den feinen Herrn von Backstein ausgelassen. Aber das war es auch.«

Christian und Sofia tauschten einen kurzen Blick. »Können sie uns zeigen, worüber sie geschrieben haben?«, fragte Sofia freundlich, aber mit einem Hauch von Nachdruck. Rink verschränkte die Arme vor der Brust, seine Miene wird noch verschlossener. »Ich gebe ihnen nicht mein Handy, wenn sie das meinen. Aber ich habe nichts zu verbergen. Ich habe ihr geschrieben, dass ich einen Fehler gemacht habe, wieder wegen dem Low-Performer getobt bin und diese Mail geschrieben habe. Das ich meine Emotionen nicht unter Kontrolle hatte. Lotta wird bestätigen, dass da sonst nichts war.«

Christian machte eine zustimmende Geste, «das werden wir. Danke für die Auskunft, Herr Rink.«

Der Raum füllte sich kurz mit einer angespannten Stille, bevor Christian weiter nachhakte »Noch etwas. Wie oft schreiben sie mit Frau Wilke? Und worüber?«

Arne Rink lehnte sich etwas zurück, die verschränkten Arme lösten sich, und er atmete hörbar aus. »Lotta und ich sind befreundet, okay? Wir arbeiten zusammen, haben oft mit denselben Problemen zu kämpfen. Da staut sich was auf, und es tut gut, sich auszusprechen. Sie ist eine der wenigen, die versteht, wie frustrierend es ist, mit Menschen zusammen zu arbeiten, die ständig dem Fortschritt und modernen Arbeitsweisen im Weg stehen.«

Christian legte den Kopf leicht zur Seite. »Sie meinen Stadtfeld, von Backstein, Fischer und Herrn Fels?«

Rink nickte. »Genau die. Lotta sieht das genauso. Die kleben an ihren alten Methoden ziehen die Projekte in die Länge und machen uns das Leben schwer. Besonders Stadtfeld und von

Backstein, Jörg Fischer versucht zumindest neues auszuprobieren. Lotta hilft mir immer sehr, sei es durch Zuhören oder einfach dadurch, dass sie mir immer zuhört, egal was ich habe.«

Sofia sah von ihrem Notizblock auf, ihre Stimme ruhig, aber mit einer leichten Neugierde. »Wie eine gute Freundin? Das klingt, als hätten sie großes Vertrauen zu Frau Wilke.«

Arne zuckte mit den Schultern, sein Blick wurde weicher. »Habe ich auch. Lotta hat was Beruhigendes an sich. Sie ist ehrlich, klar im Kopf und einfach anders. Sie versteht, dass ich kein Bock mehr auf diesen ständigen Stress hab. Sie ist der einzige Mensch, dem ich blind vertraue.«

Sofia lehnte sich leicht nach vorne, ihre Stimme blieb ruhig, aber interessiert. »Okay, mit Lotta Wilke verstehen sie sich also gut. Wie ist ihr Verhältnis zu den anderen Kollegen? Stadtfeld, Fischer, Caro Fels?«

Arne Rink verzog das Gesicht, als ob allein der Gedanke an Stadtfeld ihn ärgerte. »Stadtfeld? Der ist falsch. Auf seinen eigenen Vorteil bedacht, immer. Lacht dir ins Gesicht und arbeitet hinter deinem Rücken gegen dich. So einer, der jede Gelegenheit nutzt, um sich selbst besser dastehen zu lassen.«

Sofia notierte sich seine Worte, während Christian ihn weiter beobachtete. »Und Jörg Fischer?«

Arne entspannte sich leicht, seine Stimme wurde ruhiger. »Mit Jörg arbeite ich eng zusammen. Ehrliche Haut, der Typ. Aber er hatte echt viel Pech in den letzten Jahren. Zwei Scheidungen, Unterhalt, das ganze Drama. Manchmal ist er einfach zu lieb, zu gutmütig für diese Dschungel hier.«

Sofia blickte auf, ein kleines Lächeln huschte über ihre Lippen, das war auch der Eindruck, den sie von Jörg Fischer nach dem Gespräch gewonnen hatte. »Und Caro Fels? Wie kommen sie mit ihr zurecht?«

Arne strahlte plötzlich, seine Stimme wurde lebhafter. »Mit Caro ist es ähnlich wie mit Lotta. Mit der verstehe ich mich prima. Die hat richtig was drauf, macht Spaß, mit ihr zusammenzuarbeiten. Sie hat den richtigen Biss, einen klaren Kopf und packt die Dinge an. Nicht so verkorkst wie die anderen hier. Sie denkt modern, in Lösungen, nicht in Silos.«

Christian warf Sofia einen kurzen Blick zu, bevor er wieder Arne ansah. »Interessant. Und wie oft haben sie mit Caro oder Lotta auch mal außerhalb der Arbeit Kontakt?«

Arne wirkte kurz überrascht von der Frage, zuckte dann aber mit den Schultern. »Kommt vor das wir auch mal was zusammen trinken gehen, aber eher selten, ich schätze mal so alle drei bis vier Monate mal. Meistens schreiben wir uns, Lotta und ich eigentlich fast täglich. Über Arbeit, aber auch private Dinge oder wenn's echt mal zu viel wird, um Dampf abzulassen.«

Christian nahm das Tablet wieder an sich und steckte es wieder in die Tasche. »Vielen Dank, Herr Rink, dass sie sich die Zeit genommen haben. Das hat uns sehr geholfen.« Er zückte eine kleine Visitenkarte und reichte sie Arne über den Tisch. »Falls ihnen noch etwas einfällt oder sie etwas bemerken, das uns weiterhelfen könnte, melden sie sich gerne direkt bei mir.«

Arne nahm die Karte, warf einen kurzen Blick darauf und nickte knapp. »Alles klar. Wenn mir was einfällt, sag ich Bescheid.«

Christian stand auf, Sofia folgte seinem Beispiel. »Dann wünschen wir ihnen noch einen angenehmen Tag«, sagte sie höflich, während Arne sich ebenfalls erhob.

Als Arne die Tür hinter sich schloss, blickte Christian Sofia an. »Was meinst du? Der Kerl ist geladen, keine Frage, aber das ist vermutlich einfach seine Art.«

Sofia nickte nachdenklich. »Ja, aber hast du die Körpersprache gesehen, als es um von Backstein ging? Das war mehr als nur Antipathie. Da steckt noch was dahinter.«

Christian nickte. »Ja, und diese Geschichte mit dem Förderantrag… Wenn das stimmt, hätte ich an seiner Stelle auch einen Groll. Aber ich will sicher sein, dass er die Wahrheit sagt. Wir sollten Lotta Wilke und den Empfang überprüfen, ob sie bestätigen können, dass der Antrag nie verschickt wurde.«

Sofia griff nach ihrem Notizblock, »und wir müssen mit Stadtfeld reden, ich möchte wissen, ob am Freitagabend wieder eine ihrer Männerunden war.«

***

Caro Fels steht vor der Glastür zu Lotta Wilkes Büro und atmete tief durch. Ihre Hand zögerte, bevor sie anklopfte, doch bevor sie dazu überhaupt kam, hatet Lotta sie schon entdeckt. Mit einem warmen Lächeln und einer einladenden Geste winkte sie sie herein. »Hey, Caro«, begrüßte Lotta sie, ihre Stimme wie immer freundlich und herzlich.

Sie saß lässig nach hinten gelehnt in ihrem Bürosessel, die Beine übereinandergeschlagen, und musterte Caro aufmerksam. »Alles okay mit dir? Du siehst aus, als würde dich was beschäftigen.« Lotta war eine der wenigen, die Caro so gut lesen konnten. Sie konnte jede kleine Nuance in Caros Verhalten erkennen, jede Veränderung spüren. Vielleicht, weil sie Caro wie eine kleine Schwester sah, für die sie sich verantwortlich fühlte.

Caro lächelte schwach und schob sich eine Haarsträhne hinters Ohr, eine Geste, die sie oft machte, wenn sie unsicher war.

»Ja, ich… ich bin mir nicht sicher. Es ist nichts Schlimmes, aber ich dachte, ich könnte kurz mit dir reden?«

»Natürlich, immer«, sagte Lotta und deutete auf den freien Stuhl vor ihrem Schreibtisch. »Setz dich. Erzähl mir, was los ist.«

Caro ließ sich auf den Stuhl sinken und blickte für einen Moment auf ihre Hände, die sie ineinander verschränkt hatte. Lotta wartete geduldig, keine Spur von Ungeduld in ihrer Haltung. »Es geht um alles, was gerade passiert,« begann Caro schließlich, ihre Stimme leise. »Der Mord, die Ermittlungen… und dann noch die ganze Unruhe hier in der Firma. Ich habe das Gefühl, es brodelt überall, und da gibt es was, was ich noch niemanden gesagt habe, ich weiß aber nicht, ob ich das der Polizei erzählen kann, ohne Schaden anzurichten.« Lotta nickte langsam, ihre Sommersprossen schienen in dem warmen Licht des Büros noch deutlicher hervorzuheben. »Ich verstehe dich, Caro. Es ist eine schwierige Zeit. Aber wenn du dich mit jemandem austauschen willst oder dir, was auf der Seele brennt, ich bin da. Du weißt, ich halte zu dir.« Caro hob den Blick und sah Lotta an, in deren blauen Augen die Verlässlichkeit und Stärke lagen, die sie so sehr schätzte. »Danke, Lotta. Das bedeutet mir sehr viel.« »Immer«, sagte Lotta lächelnd, »jetzt erzähl mir mal, was genau dich gerade am meisten beschäftigt. Vielleicht kriegen wir das zusammen sortiert.«

»Ich… ich glaube, ich habe Mist gebaut«, vertraute Caro sich ihr schließlich an, ihre Stimme unsicher. Lotta richtete sich auf, legte die Arme auf den Tisch und fixierte Caro mit einem durchdringenden Blick. »Mist gebaut? Was ist passiert?«

Caro seufzte und ließ sich auf den Stuhl gegenüber fallen, »es geht um Rammer und diese verdächtigen Versicherungsfälle, von denen ich dir erzählt habe. Und dass Stadtfeld alles durchwinkt, als wäre es völlig normal. Da stimmt doch was nicht, Lotta. Das weißt du genauso gut wie ich.«

»Okay, und?«, fragte Lotta, schon jetzt ahnend, dass Caro etwas Unüberlegtes getan hatte. »Also… ich dachte, ich sollte selbst mal versuchen, herauszufinden, was da läuft«, gab Caro kleinlaut zu und hob abwehrend die Hände, als Lotta entsetzt den Kopf schüttelte. »Keine Sorge, nichts Wildes! Ich wollte Rammer nur ganz ‚zufällig‘ treffen und mal ein paar Worte mit ihm wechseln, völlig harmlos.«

»Caro…«, begann Lotta streng, aber Caro ließ sie nicht zu Wort kommen. »Ich wusste, dass er Golf spielt. Mein Vater hat mich vor Jahren überredet, die Platzreife zu machen, also dachte ich, warum nicht? Ich bin Freitag auch zum Golfplatz gegangen. Aber…«, Caro hielt inne, biss sich erneut auf die Lippe und sah

Lotta unsicher an. »Aber was?«, fragte Lotta, die langsam eine Ahnung bekam. »Ich habe ihn gesehen. Zusammen mit Arne«, sagte Caro schließlich. »Auf dem Parkplatz.« Caro presste die Lippen aufeinander und sah Lotta mit großen Augen an, während sie fortfuhr, »ja, ich weiß, ich hätte es lassen sollen. Aber ich wollte einfach ein Gefühl dafür bekommen, was da läuft. Und als ich die beiden gesehen habe... ich weiß nicht. Es war... seltsam.« Lotta rieb sich die Schläfe und schüttelte den Kopf. »Caro, weißt du, wie riskant das ist? Wenn Rammer auch nur den Hauch einer Ahnung hat, dass du ihm hinterherschnüffelst, kann das Übel enden. Der Typ ist gefährlich, und was um Gotteswillen, hat Arne mit dem zu schaffen, was sollte das.« »Ich weiß, ich weiß«, sagte Caro schnell, ihre Stimme bebend. »Aber ich dachte, ich könne Rammer zufällig im Clubhaus über den Weg laufen, etwas Small Talk halten und versuchen ihn in ein Gespräch zu verwickeln und dann irgendwie aufs Geschäft zu sprechen kommen. Freitag klang das Ganze noch nach einem besseren Plan. Dass ich ihn dann mit Arne im Streit sehe, hätte ich nie im Leben geahnt. Arne und der Typ? Alles, aber daran hätte ich nie gedacht.«

Lotta ließ sich zurück in ihren Stuhl sinken und seufzte tief. »Okay. Und was genau hast du gesehen? Hat Arne irgendwas gesagt oder gemacht? War da noch jemand?« Caro schüttelte den Kopf, »ich war zu weit weg, um zu hören, was sie gesagt haben, aber es war offensichtlich, dass es nicht freundlich war. Rammer hat wild gestikuliert, und Arne wirkte... na ja, eben wie Arne. Aber dann ist er wortlos in sein Auto gestiegen und wie ein Wahnsinniger davongebraust. Es war fast, als hätte Rammer ihm irgendwas gesagt, das ihn richtig sauer gemacht hat.« Lotta kaute auf ihrer Unterlippe und schien nachzudenken. »Caro, du musst vorsichtig sein. Das hier ist ein Minenfeld, und du hast gerade mit einem großen Schritt mitten rein getreten. Wir müssen überlegen, was das bedeutet. Und ob das etwas mit dem Mord an Severin zu tun haben könnte.«

Caro nickte langsam, ihre Nervosität war deutlich zu spüren. »Meinst du, ich sollte damit zu den Ermittlern gehen? Ich will keinen Ärger machen, aber… es fühlt sich falsch an, das für mich zu behalten.« »Das solltest du«, sagte Lotta bestimmt. »Aber nicht ohne Beistand. Ich komme mit dir, wenn du willst. Wir gehen zusammen, und wir überlegen genau, wie du das ansprichst. Okay?«

Caro lächelte schwach und war sichtlich erleichtert, »danke, Lotta. Ich wüsste echt nicht, was ich ohne dich machen würde.«

Lotta lehnte sich zurück und fuhr sich mit einer Hand durch den Pferdeschwanz. »Dieser Idiot«, fluchte sie und schüttelte den Kopf. »Ich habe Freitagabend noch mit Arne über WhatsApp geschrieben, der war wegen des Vorfalls mit dem Förderantrag richtig sauer, glaube mir, ich habe ihn ja schon oft wegen Severin beruhigen müssen, aber so wütend und außer sich habe ich ihn noch nie erlebt. Er hat mir versprochen, keine Dummheiten zu machen. Und heute erzählst du mir, dass er mit Rammer an dem Tag streitet, an dem Severin ermordet wird.«

Caro war erleichtert, dass sie sich Lotta anvertraut hatte und Lotta mit ihr die Sache durchstehen wollte.

»Ich könnte es Sofia erzählen. Wir kamen während unseres Gesprächs darauf, dass wir uns vom Laufen kennen, und sie hat mir damals ihre Nummer gegeben. Ich könnte ihr einfach schreiben und fragen, ob sie Lust hat, heute Abend mit uns etwas trinken zu gehen.«

Lotta hob skeptisch eine Augenbraue, »und dann? Willst du ihr das gleich so auf den Tisch knallen?«

»Nein, natürlich nicht!«, Caro hob abwehrend die Hände. »Ich könnte es vorsichtig ansprechen. Mal schauen, wie sie reagiert und ob sie eine Idee hat, wie wir mit der Situation umgehen können.«

Lotta seufzte und lehnte sich zurück, »okay, das klingt vernünftig. Was ist mit Arne? Er ist unser Kollege und einer meiner

besten Freunde. Sollten wir ihn vorwarnen? Wenn das auf-
fliegt, sitzt er sonst ganz schön in der Tinte.«

Caro zögerte, biss sich auf die Unterlippe und dachte nach.
»Vielleicht. Aber ich weiß nicht, ob ich ihm das jetzt sagen
sollte. Auch wenn ich es nicht glaube, aber was ist, wenn er
doch mit drinsteckt?«

»Da hast du recht!«, stimmte Lotta ihr zu. »Ich glaube auch
nicht, dass er damit etwas zu tun hat, aber so wütend wie er am
Freitag war. Wir müssen vorsichtig sein«

Caro nickte langsam, ihre Gedanken rasten, »okay, ich schreibe
Sofia. Vielleicht hilft sie uns wirklich.« Lotta lächelte leicht,
»mach das. Und keine Panik – wir kriegen das hin.«

✱✱✱

Thomas Stadtfeld betrat den kleinen Besprechungsraum mit ei-
ner Aura aus Selbstbewusstsein, die fast in Überheblichkeit
überging. Sein brauner Anzug war makellos, die mintgrüne
Krawatte saß perfekt, und sein gegeltes Haar glänzte unter der
Deckenbeleuchtung. Er blieb in der Tür stehen, ließ seinen Blick
kurz durch den Raum schweifen und setzte ein arrogantes Lächeln auf. »Na, was kann ich denn für die Polizei, meinen
Freund und Helfer, tun?«, fragte er mit einem leicht spöttischen
Unterton, während er sich lässig gegen den Türrahmen lehnte.
Sofia, die mit verschränkten Armen am Tisch saß, blieb ruhig
und ließ sich von seiner Attitüde nicht beeindrucken.

Christian hingegen musterte Stadtfeld mit einer Mischung aus
Neugier und kühler Professionalität.

«Herr Stadtfeld«, begann Christian ruhig und deutete auf den
Stuhl gegenüber, »setzen sie sich doch, dann können wir in
Ruhe sprechen.« Stadtfeld zog eine Augenbraue hoch, als wolle
er den Vorschlag abwägen, entschied sich aber schließlich, dem
Angebot zu folgen. Er zog den Stuhl mit einer betont lässigen
Bewegung zurück und ließ sich darauf nieder, wobei er die
Hände locker auf die Tischplatte legte.

Christian lehnte sich in seinem Stuhl zurück, verschränkte die Arme vor der Brust und musterte Thomas Stadtfeld aufmerksam. »Herr Stadtfeld«, startete er mit einem betont ruhigen Ton, »Herr Fischer erwähnte, dass er gemeinsam mit ihnen und Herrn von Backstein des Öfteren am Wochenende unterwegs war, Essen, ein paar Drinks, feiern im Club. Des Weiteren sollte regelmäßig auch Gerd Rammer zugegen gewesen sein. Er meinte, dass diese Abende recht häufig waren. Nicht wie von ihnen geschildert gelegentlich.«

Stadtfeld zuckte gleichgültig mit den Schultern und setzte ein breites Grinsen auf. »Wie gesagt, wir waren ab und an mal unterwegs, zusammen im Stadion, da gehört Essen und das ein oder andere Getränk dazu. Ist doch nichts Ungewöhnliches, sich mit Kollegen zu treffen. Ich wüsste nicht, was daran besonders sein soll. Und ja, Gerd gesellte sich auch das ein oder andere Mal dazu.«

»Vergangenen Freitag«, hakte Christian nach und hielt den Blick fest auf Stadtfeld gerichtet, »war das also nicht der Fall? Keine Männerabend, kein gemeinsames Essen?«

Stadtfeld zog die Mundwinkel nach oben, als hätte er auf diese Frage nur gewartet. »Freitagabend? Nein, Borussia hat da nicht gespielt. Letzten Freitag war ich mit meiner Familie bei Freunden eingeladen. Poolparty. Soll ich ihnen die Nummer geben? Möchten sie das überprüfen?« Sein Tonfall war süffisant, beinahe herausfordernd. Christian spürte, wie ihm Stadtfelds Arroganz auf die Nerven ging, doch er zwang sich, ruhig zu bleiben. »Müssen wir es denn überprüfen?«, fragte er betont sachlich. Stadtfeld grinste breit und schüttelte den Kopf, »das müssen sie wissen, Herr Kommissar. Ich habe jedenfalls nichts zu verbergen.«

Sofia warf einen kurzen Blick auf Christian, bevor sie das Gespräch in eine andere Richtung lenkte. »Herr Stadtfeld, nur um es klarzustellen, sie haben Herrn von Backstein am Freitag nach der Arbeit also nicht mehr gesehen?«

Stadtfeld antwortete, ohne zu zögern, »korrekt. Das letzte Mal habe ich ihn in der Mittagspause gesehen. Danach war ich mit meinen Aufgaben beschäftigt, und dann bin ich ins Wochenende gestartet.«

Er klopfte leicht mit den Fingerspitzen auf die Tischplatte, als wollte er signalisieren, dass für ihn das Gespräch beendet war. »Und wenn es sonst nichts mehr gibt, ich habe Termine.«

Christian atmete tief ein, widerstand der Versuchung, auf Stadtfelds forsche Art einzugehen, und ließ es schließlich zu »Für den Moment war's das. Wir melden uns, falls wir noch Fragen haben.«

Stadtfeld stand mit einer geschmeidigen Bewegung auf, rückte seine Krawatte zurecht und schenkte beiden Kommissaren ein überlegenes Lächeln. »Dann wünsche ich ihnen noch einen produktiven Tag, meine werte Frau Montio, werter Herr Renner. Ich bin sicher, sie finden den Schuldigen bald.«

Die beiden Kommissare meldeten sich erneut bei Frau Berger, bedankten sich und wurden von ihr zurück an den Empfang gebracht. Kurz vorm Verlassen des Gebäudes sprachen sie noch mit der jungen Dame am Empfang, ob sie sich an den Antrag von Arne Rink erinnern könne. Zurück am Wagen blickten Christian und Sofia sich kurz an.

»Das in der Poststelle war nicht besonders ergiebig«, stellte Christian fest, während er die Fahrertür öffnete.

»Nein, wirklich nicht, aber bei der Menge an Briefen verständlich, dass sie sich nicht an jeden einzelnen Brief erinnern kann, trotz voranschreitender Digitalisierung ist da noch sehr viel Papierpost«, stimmte Sofia zu und stieg auf der Beifahrerseite ein. »Es ist erst zwei. Noch etwas früh, um Schluss zu machen.« Christian startete den Motor. »Ich schlage vor, wir fahren zu Gerd Rammer. Mal sehen, was er uns zu sagen hat.«

»Klingt nach einem Plan«, erwiderte Sofia und schnallte sich an. Christian lenkte den Wagen vom Betriebsgelände der Spedition und nahm die Auffahrt zur A61. Der Verkehr floss zügig, und die Landschaft zog an ihnen vorbei, während sie schweigend ihre Gedanken ordneten. Plötzlich summte Sofias Handy, und sie blickte auf das Display. Eine WhatsApp-Nachricht von einer fremden Nummer »Hey, ich bin's, Caro. Ich hoffe, ihr kommt gut voran. Hast du Zeit und Lust, heute Abend mit mir und Lotta kurz was essen zu gehen? Würde mich freuen, habe da vielleicht etwas, das euch interessieren könnte.«

Sofia überlegte kurz. Sollte sie Christian davon erzählen? Aber vielleicht war es ja auch nichts wirklich Relevantes, zumindest noch nicht. Sie entschied sich, erst einmal zurückzuschreiben. »Ja, gerne. Sagen wir 19.00 Uhr? Was schlägst du vor?«

Die Antwort ließ nicht lange auf sich warten. »19.00 Uhr passt. Kennst du den kleinen Italiener in Eicken?«

Sofia schmunzelte. »Mein Leben lang«, antwortete sie mit einem Lach-Emoji. »Das ist das Restaurant meiner Eltern. Lass uns lieber woanders hingehen, weil da werden wir sicherlich keine Ruhe haben. Der Spanier am Wasserturm? Hat super Tapas und jetzt im Sommer auch eine sehr leckere Sangria.«

Caro reagierte prompt. »Hört sich großartig an, bis später!«

Sofia legte das Smartphone zurück auf die Mittelkonsole und starrte einen Moment lang nachdenklich aus dem Fenster.

»Alles okay?«, fragte Christian beiläufig, ohne den Blick von der Straße zu nehmen. »Ja, alles gut«, erwiderte Sofia mit einem knappen Lächeln, lenkte das Gespräch aber nicht auf die Nachricht.

»Gut«, sagte Christian und richtete den Wagen auf die nächste Ausfahrt. »Dann sehen wir mal, was Herr Rammer uns heute zu erzählen hat.«

Christian und Sofia traten in die großzügige Lobby eines modernen Bürokomplexes im Nordpark, nur einen Steinwurf vom Borussia-Park entfernt. Das Gebäude selbst war eine moderne Glas-Stahl-Konstruktion, die sich perfekt in die urbane Umgebung einfügte. Der Boden aus poliertem Stein reflektierte das

Licht der großen Fensterfront, und überall waren klare Linien und kühle Farben zu sehen.

Christian steuerte mit selbstbewussten Schritten auf den Empfang zu, wo eine junge Frau in einem eleganten, figurbetonten weißen Businesskleid hinter einem hochglänzenden Tresen saß. Sie blickte kurz auf, lächelte höflich und fragte, »wie kann ich ihnen helfen?« »Renner, Kripo Mönchengladbach«, stellte Christian sich vor und zeigte kurz seinen Dienstausweis. »Das ist meine Kollegin Montio. Wir würden gerne mit Herrn Rammer sprechen.«

Die Empfangsdame zog kurz die Augenbrauen hoch und fragte mit gespielter Neutralität, »haben Sie einen Termin?«

Christian schüttelte den Kopf, »nein, aber es wäre wichtig, ihn jetzt zu sprechen.«

»Einen Moment bitte«, sagte sie und wandte sich ihrem Telefon zu. Während sie wählte, fügte sie hinzu, »ich sehe mal nach, ob Herr Rammer gerade Zeit hat.«

Sofia nutzte die kurze Pause, um die Umgebung zu mustern. Der Raum wirkte makellos und unpersönlich, beinahe wie eine geleckte Werbebroschüre. Überall standen dezent arrangierte Zimmerpflanzen in modernen Töpfen, und eine Kunstinstallation aus Metall schwebte in der Ecke der Lobby.

»Er sieht gerade nach, ob er Zeit hat«, erklärte die Empfangsdame höflich, nachdem sie auflegte. Sie deutete auf eine Sitzgruppe aus weißen Ledersesseln. »Bitte nehmen sie doch kurz Platz.» Christian war kurz davor laut zu werden und der jungen Frau zu sagen, dass er keine Geduld für solche Spielchen habe. Stattdessen beließ er es bei einem »Danke.«

Sofia lehnte sich zu ihm, während sie gemeinsam Platz nahmen. »Meinst du, er ahnt schon, dass wir kommen?«

»Würde mich nicht wundern«, antwortete Christian leise, während sein Blick weiter durch den Raum wanderte.

Gerd Rammer ließ die beiden Kommissare fast zehn Minuten warten, während in der sterilen Lobby nur das leise Summen

der Klimaanlage und das gelegentliche Tippen der Empfangsdame zu hören waren. Christian checkte kurz sein Handy, während Sofia demonstrativ auf ihre Armbanduhr blickte und ein
kaum hörbares Seufzen von sich gab. Endlich klingelte das Telefon der Empfangsdame erneut. Sie nahm ab, nickte ein paar
Mal und legte auf. »Herr Rammer hätte jetzt Zeit«, erklärte sie
höflich und stand auf. Mit ihrer Chipkarte entsperrte sie eine
große Glastür, die zu den Büros im hinteren Teil des Gebäudes
führte. »Bitte folgen sie mir«, fügte sie hinzu und führte Christian und Sofia durch einen breiten Flur, der ebenso modern und
unpersönlich gestaltet war wie die Lobby. An den Wänden hingen vereinzelte abstrakte Kunstwerke, und die Türen waren
aus dunklem Holz mit mattierten Glaseinsätzen, auf denen jeweils Namen und Abteilungen standen. Schließlich blieb die
Empfangsdame vor einer dieser Türen stehen, klopfte kurz an
und öffnete sie dann.

»Herr Rammer, die Kommissare sind jetzt hier«, sagte sie und
trat beiseite, um Christian und Sofia den Weg freizugeben.

Das Büro von Gerd Rammer war ebenso modern wie der Rest
des Gebäudes, aber deutlich persönlicher eingerichtet. Ein großer Schreibtisch aus dunklem Holz dominierte den Raum, dahinter ein massiver Ledersessel. An einer Wand stand ein Regal
mit Fachbüchern und einigen Golfpokalen, während die andere Wand von einer deckenhohen Fensterfront eingenommen
wurde, die den Blick auf den Nordpark und das Stadion der
Borussia freigab.

Gerd Rammer trug einen dunkelblauen zweiteiligen Anzug,
kombiniert mit einem makellosen weißen Hemd, dessen obers-
ter Knopf offenstand, und moderne weiße Sneaker. Sein Haar
war glatt nach hinten gegelt, und die stahlblauen Augen wirkten unberechenbar, fast durchdringend.

Als Christian und Sofia den Raum betraten, lehnte sich Rammer leicht gegen seinen Schreibtisch und musterte die beiden.
Sein Blick blieb kurz an Sofia hängen, die er mit einem

süffisanten Grinsen von Kopf bis Fuß betrachtete, bevor er sich schließlich mit einer übertriebenen Geste aufrichtete und die beiden mit einem Haifisch Lächeln begrüßte. »Die Kripo in meinen bescheidenen Hallen«, begann er, die Arme leicht ausbreitend, als wolle er den gesamten Raum präsentieren, »wie kann ich ihnen denn weiterhelfen?«

Christian Renner trat ruhig einen Schritt nach vorne, seine Haltung fest, aber professionell. »Christian Renner, Kriminalpolizei Mönchengladbach, und das ist meine Kollegin Sofia Montio«, stellte er sich und seine Partnerin vor.

»Wir ermitteln im Mordfall Severin von Backstein und hätten in diesem Zusammenhang ein paar Fragen an sie.«

»Von Backstein?«, wiederholte Gerd Rammer, seine Stirn in gespielter Verwirrung gerunzelt. »Helfen sie mir doch auf die Sprünge, wer ist das?« Sofia Montio atmete tief durch, um ihre Geduld zu bewahren, bevor sie mit scharfem Tonfall antwortete, »Herr Rammer, lassen wir doch bitte die Spielchen. Herr von Backstein war der Personalleiter der Spedition Fels, mit der sie ja bekanntlich zusammenarbeiten. Wir wissen außerdem, dass sie ihn von diversen Restaurant- und Clubbesuchen mit Thomas Stadtfeld kennen, ebenfalls bei der Spedition Fels beschäftigt.«

Rammers Augenbrauen zuckten nach oben, als er lässig auf seinen Bürostuhl sank. »Ach, der kleine Rotblonde«, entgegnete er, als wäre ihm gerade eine entfernte Erinnerung zurückgekommen.

»Jetzt, wo sie es sagen, ja, ich erinnere mich. Er wurde also ermordet? Wie schrecklich.« Er beugte sich nach vorne, seine Stimme wurde einen Ton tiefer, während ein anzügliches Grinsen über sein Gesicht glitt. »Hat eine wunderschöne Frau, nicht wahr? Tröstet die Witwe schon jemand?«

Sofias Kiefermuskeln spannten sich an, ihre Hände ballten sich leicht zu Fäusten. Sie musste sich zusammenreißen, um ihm nicht eine schallende Ohrfeige zu verpassen. Stattdessen warf sie ihm einen eisigen Blick zu, ihre Stimme kühl und mit eisigem Unterton, »ich würde sie bitten, das Thema mit dem gebotenen Ernst zu behandeln, Herr Rammer.«

Christian wechselte das Thema, bevor die Situation weiter eskalieren konnte. »Wann haben sie Herrn von Backstein zuletzt gesehen?«, fragte er in einem ruhigen, aber bestimmten Ton. Gerd Rammer lehnte sich entspannt in seinem Stuhl zurück, seine stahlblauen Augen funkelten amüsiert, während er nachdenklich tat. »Das ist schon eine Weile her«, begann er und verschränkte lässig die Arme. »Ich war in einem meiner Clubs, und da habe ich ihn und den guten Thomas zufällig getroffen. Die beiden waren etwas am Feiern. Als guter Gastgeber begrüßt man selbstverständlich seine Gäste, hält Small Talk, stößt vielleicht mal mit einem Drink an.« Er hielt kurz inne und musterte Christian und Sofia abwechselnd, bevor ein schiefes Grinsen seine Lippen umspielte, »aber das wird ja wohl kaum der Grund für ihren Besuch und Ihre Fragen sein, oder?«

Christian beugte sich leicht nach vorne, seine Stimme nahm einen ernsteren Ton an. »Herr von Backstein wurde auf einem Auflieger der Spedition Fels gefunden, der Ware von GR-Design geladen hatte. Das Fahrzeug, welches ursprünglich mit Ware für Bulgarien beladen war, musste Montagvormittag wegen eines Hydraulikdefekts umgeladen werden. Dabei hat man die Leiche entdeckt. Wir wissen, dass dieser Auflieger Freitagabend von einem ihrer Läger abgezogen wurde.«

Er hielt kurz inne, seine Augen fixierten Gerd Rammer. »Waren sie zufällig am Freitag in ihrem Lager, Herr Rammer?«

Rammers Lächeln verschwand für einen Moment, doch er fing sich schnell wieder. »Ein Toter auf einem meiner Auflieger? Das ist außerordentlich... schockierend.« Er machte eine theatralische Pause und schüttelte langsam den Kopf. »Freitag in meinem Lager? Nein, ich glaube nicht. Ich habe Leute, die sich um das operative Geschäft kümmern. Ich überlasse solche Dinge normalerweise meinen Betriebsleitern.«

Sofia verschränkte die Arme und sah ihn skeptisch an. »Also können sie definitiv ausschließen, dass sie am Freitag in ihrem Lager waren?«

Rammer zuckte mit den Schultern, eine Spur von Gereiztheit in seiner Stimme. »Ich war, auf dem Golfplatz. Dafür gibt es jede Menge Zeugen. Wenn ich in meinem Lager gewesen wäre, hätte ich doch nichts zu verbergen, oder?«

»Der Abend im Club, war das letzte Mal, dass sie Herrn von Backstein gesehen haben?«, hakte Christian nach, seine Stimme ruhig, aber durchdringend.

Rammer zog die Augenbrauen hoch und wirkte, als müsste er ernsthaft überlegen. »Ja, könnte sein. Ehrlich gesagt, ich erinnere mich nicht genau. Mein Terminkalender ist voll, und Herr von Backstein war jetzt nicht jemand, mit dem ich mich regelmäßig getroffen habe.«

Gerd Rammer lehnte sich zurück, eine gespielte Nachdenklichkeit in seinem Blick. »Wobei warten sie... nein. Jetzt, wo sie es sagen, erinnere ich mich. Herr von Backstein war vor etwa zehn Tagen mal hier. Er wollte mit mir sprechen. Hat vorne am Empfang gewartet und mich dann mit zum Auto begleitet. Es war kein allzu langes Gespräch. Er fragte mich, ob ich ihm Schutz bieten könnte. Ich hätte sehr viele, gute Kontakte, meinte er. Er fühlte sich bedroht.« Sofia horchte auf, »bedroht? Von wem?«

Rammer hob beschwichtigend die Hände. »Das hat er mir nicht gesagt. Ich habe ihm aber auch klar zu verstehen gegeben, dass ich ein Geschäftsmann bin, Firmen manage und keinen Schlägertrupp befehlige. Danach war das Gespräch auch wieder vorbei.«

Sofia wollte weiter nachhaken, doch Rammer unterbrach sie sofort. »Das ist wirklich alles, was ich dazu sagen kann. Mehr weiß ich nicht.«

Christian ließ sich nicht beirren und lenkte das Gespräch zurück zum Freitagabend. »Das Gelände, von dem der Auflieger abgezogen wurde – ist es denn abgeschlossen und überwacht? Oder hätten sich Fremde Zugriff verschaffen können?«

Rammer wirkte zunehmend ungeduldiger. »Es gibt zwei Wachmänner, die abwechselnd Dienst haben. Aber ansonsten ist das Gelände offen. Lieferanten, Fahrer, Kunden. Da kommen und gehen viele Leute.« Er sah auf seine Rolex, dann stand er auf, um das Gespräch zu beenden. »Ich muss jetzt aber auch los. Der nächste Termin wartet. Wenn es keine weiteren Fragen mehr gibt, würde ich das Gespräch an dieser Stelle gerne beenden.«

Christian erhob sich langsam, ein Hauch von Missfallen in seiner Mimik. »Vielen Dank, Herr Rammer. Sollten wir noch Fragen haben, melden wir uns.« Sofia folgte ihm zur Tür, wobei sie Rammer noch einen durchdringenden Blick zuwarf. «Wir finden es immer gut, wenn unsere Zeugen so eng mit uns zusammenarbeiten und sich so viel Zeit nehmen, vielen Dank Herr Rammer«, sagte sie mit leicht ironischem Unterton, bevor sie das Büro verließen.

***

Rammer ließ sich in seinen Ledersessel sinken, seine Augen verengten sich vor Ärger. Kaum hatten die Kommissare sein Büro verlassen, griff er nach seinem Smartphone, entsperrte es mit einem kurzen Wischen und scrollte durch seine Kontakte. Die Spannung war in seinen Bewegungen spürbar, als er schließlich die gewünschte Nummer anwählte. Das Telefon klingelte dreimal, bevor eine vertraute Stimme ans andere Ende kam. »Ja?«

»Die Bullen waren jetzt auch bei mir«, zischte Rammer mit unterdrückter Wut. »Renner und so eine süße dunkelhaarige. Da habt ihr mir aber eine schöne Scheiße eingebrockt.«

Eine kurze Pause folgte, in der man nur Rammer tief einatmen hörte. »Klärt das! Ich habe denen mal 'ne Spur gegeben und behauptet, der Severin hat bei mir nach Schutz gefragt. Vielleicht schaffen wir's, dass sie sich auf den Proleten aus eurer Halle stürzen.«

»Arne?«, fragte die Stimme am anderen Ende mit einem Hauch von Zweifel.

»Ja, genau der. Der ist perfekt dafür. Und ganz wichtig: Schnauze halten!«, Rammer schärfte seine Worte mit Nachdruck.

»Sag das auch deinem Kumpel Fischer. Der will's immer allen recht machen, aber wenn einer quatscht, fliegt uns das Alles um die Ohren. Dann sind wir alle dran!«

Ein kurzes, angespanntes Schweigen entstand, bevor die Stimme leise zustimmte, »verstanden. Ich kümmere mich drum.«

Rammer legte auf, ließ das Handy auf den Tisch fallen und rieb sich die Schläfen. »Idioten«, murmelte er vor sich hin, während er sich wieder aufrichtete. Sein Blick fiel auf die Tür, hinter der die Kommissare kurz zuvor verschwunden waren.

✳✳✳

Sofia warf einen Blick über die Schulter zurück zum Gebäude, bevor sie mit Christian zum Auto ging. »Was ein Widerling«, murmelte sie kopfschüttelnd, während die drückende Nachmittagshitze sie umgab. Christian öffnete die Fahrertür und nickte zustimmend. »Ja, der ist 1000-fach chemisch gereinigt. Der weiß ganz genau wie er auf welche Frage zu antworten hat, ohne Probleme zu bekommen.«

»So richtig weiter sind wir nicht gekommen heute«, meinte Sofia und stieg ins Auto.

Christian startete den Motor und drehte die Klimaanlage auf. »Lass uns zurück zum Präsidium fahren. Wir sortieren unsere Informationen, und vielleicht hat Murat ja schon was zur Videoauswertung sagen können.« Sofia schnallte sich an und nickte, »klingt nach einem Plan.«

»Und Jörg Fischer muss ich noch anrufen«, erwiderte Christian, während er den Wagen auf die Straße lenkte. »Ich möchte wissen, wie der Ablauf mit dem Trailerabzug bei Rammer normalerweise aussieht. Und ob er mir sagen kann welcher Fahrer das in der Regel erledigt. Vielleicht bekommen wir da noch ein Puzzlestück.«

Sofia drehte den Kopf zur Seite und blickte gedankenverloren aus dem Fenster, während die Stadt an ihnen vorbeizog. »Rink, Rammer, Stadtfeld, egal mit wem wir gesprochen haben, jeder scheint etwas zu verbergen. Von Caro Fels und Jörg Fischer mal abgesehen.«

Christian zog die Augenbrauen zusammen. »Geduld Sofia, wir sind erst zwei Tage bei den Ermittlungen, glaub mir, auch hier werden wir Fortschritte machen.«

Die Rückfahrt zum Präsidium zog sich länger als erwartet. Die Autobahn war bereits im Berufsverkehr verstopft, also entschied Christian, quer durch die Stadt zu fahren. Das Navigieren durch die engen unzähligen Baustellen und zahlreichen Ampeln verlangte Geduld, aber schließlich erreichten sie das Gelände des Präsidiums. Christian parkte den Wagen im Hof, und die beiden stiegen aus.

Im Präsidium angekommen, gingen sie direkt in ihr Büro. Der helle, moderne Raum reflektierte die neue Architektur des Gebäudes, das erst vor wenigen Jahren eingeweiht worden war. Das Büro war mit einer Vierer-Tischgruppe ausgestattet, die Christian und Sofia sich mit Murat Cetinkaya teilten.

Murat, ein 35-jähriger Ermittler, auf IT spezialisiert, saß an seinem Schreibtisch und war in seine Auswertungen vertieft. Als er die Schritte seiner Kollegen hörte, blickte er auf und begrüßte sie mit einem breiten Lächeln. »Na, wie lief's? Habt ihr was Neues?« fragte er, während er seinen Stuhl leicht drehte, um sich den beiden zu zuwenden. »Viele lose Fäden, aber noch keine ganz heiße Spur«, entgegnete Sofia und seufzte leicht. Sie ging zum Whiteboard heran, das an einer der Wände hing, und begann, die bisherigen Erkenntnisse und offenen Fragen darauf festzuhalten. Murat lauschte interessiert, während Sofia sprach und mit klarer Schrift notierte:

Todesursache:
Schlag auf den Kopf war nicht tödlich. Tod trat ein, als das Opfer auf dem Auflieger lag.

Alibis:
Thomas Stadtfeld: Poolparty (unbestätigt).
Arne Rink: allein zu Hause (kein Alibi).
Susanne von Backstein: Verreist (unbestätigt).
Gerd Rammer: ???
Jörg Fischer: War mit seinen Kindern unterwegs (Ungeprüft).

Offene Fragen:
Wo war das Opfer am Vorabend essen? Mit wem hatte das Opfer Geschlechtsverkehr?

Mögliche Motive:
Arne Rink: Verlust von 15.000 Euro.

»Das ist der Stand der Dinge«, erklärte Sofia, als sie den Marker auf das Whiteboard legte und Murat direkt ansah. »Vielleicht finden wir bei der Videoauswertung etwas, das uns weiterhilft. Hast du schon etwas entdecken können?«
Murat nickte langsam, sein Blick war konzentriert.
»Ich habe die Aufnahmen ab Freitagabend durchgesehen. Also der Auflieger wurde um 03.17 h auf den Hof der Spedition Fels gefahren, der Fahrer hat ihn dann geöffnet und im Anschluss ans Tor angesetzt. Danach sieht man ihn, wie er die Zugmaschine auf einem LKW-Stellplatz parkt und zu einem Privat PKW geht. Auf dem Auflieger drauf und in der Halle drin war

er nicht. Erkennen kann man den Fahrer nicht, dafür war es für die Außenkameras zu dunkel«

»Dann wissen wir schon mal die Uhrzeit, den Namen des Fahrers kann ich bei Herrn Fischer erfragen, den wollte ich ja deswegen eh noch anrufen«, kommentierte Christian, der sich neben Sofia gestellt hatte und das Whiteboard kritisch betrachtete.

Am Anfang ihrer Zusammenarbeit hatte er sich regelmäßig über Sofias Faible für das Whiteboard lustig gemacht.

»Zuviel Krimis im Fernsehen gesehen, oder?«, hatte er damals gesagt. Mittlerweile musste er zugeben, dass ihre Methode ihm gefiel. Es war strukturiert, half dabei, den Überblick zu behalten. »Murat, kannst du dir bitte weiter die Aktivitäten auf dem Hof ansehen? Am Wochenende dürften nicht so viele Mitarbeiter vor Ort gewesen sein. Vielleicht finden wir was.«

Murat nickte eifrig, »ich bin dran. Das Problem oder besser gesagt die Herausforderung ist, dass die ganze Nacht LKW von ihrer Rücktour kommen, ich muss ja jeden einzelnen Fahrer kontrollieren. Das Gleiche in der Halle. Da werden die ganzen Fahrzeuge ja entladen und die Ware in der Halle verteilt. Dann kontrolliere ich, ob sich ab dem Zeitpunkt, als der Auflieger am Tor stand, sich jemand dran zu schaffen gemacht hat. Das wird noch einen Moment dauern.«

Christian nickte zustimmend, »danke Murat.»

»Ich gebe euch Bescheid, sobald ich mehr habe«, versprach Murat und wandte sich wieder seinem Bildschirm zu. An Sofia gewandt sagte Christian »Unsere Aufgaben für morgen sind, wir müssen die Alibis prüfen und die offenen Fragen angehen. Und jetzt rufen wir Fischer zusammen an und dann ist Feierabend für heute.«

Christian nahm das Telefon in die Hand, wählte die Nummer der Spedition Fels und ließ sich durch die Zentrale mit Jörg Fischer verbinden. Nach wenigen Sekunden meldete sich Fischer mit seiner gewohnt freundlichen Stimme »Spedition Fels, Jörg Fischer, was kann ich für sie tun?«

»Renner, Kripo Mönchengladbach. Herr Fischer, danke, dass sie sich die Zeit nehmen. Ich mache den Lautsprecher an, damit meine Kollegen mithören können.«

»Natürlich, kein Problem«, antwortete Fischer höflich. Man hörte ihm an, dass er bemüht war, so kooperativ wie möglich zu wirken. Christian kam direkt zur Sache, »ich möchte sie auch gar nicht lange stören, nur zwei kurze Fragen. Wir möchten besser verstehen, wie der Ablauf beim Abzug des Trailers bei Rammer funktioniert. Der wurde Freitag auf Samstagnacht dort abgeholt und bei ihnen am Hof abgestellt. Können sie uns das erklären?«

Fischer überlegte kurz, bevor er begann. »Das ist eigentlich ziemlich einfach. Wir haben jeden Freitag eine Tour nach Rotterdam. Wir fahren in der Regel gegen 20 Uhr in Mönchengladbach los, fahren einen vollen Auflieger nach Rotterdam, stellen diesen dort gegen 23.00 h bei einer Spedition in der Nähe des Frachthafens ab und bekommen einen vollen Auflieger für Rammer mit. Den stellen wir nachts einfach auf den Hof von GR-Design, in der Regel so gegen 02.30h und nehmen dann von dort einen Auflieger für Osteuropa mit, der dann montags bei uns abgefertigt wird. Den Auflieger hierfür fahren wir freitags nachmittags zum Kunden. Meist sind auf diesem Auflieger Retouren geladen.«

Sofia mischte sich ein, »gibt es irgendeine Kontrolle darüber, welcher Fahrer welchen Trailer abholt?«

Fischer zögerte. »Normalerweise habe die Fahrer feste Touren, ich kann ihnen gerne heraussuchen, welcher Fahrer am Freitag Rotterdam gefahren ist. Es ist ein Routinevorgang. Auch sind unsere Fahrzeuge und Trailer GPS überwacht, ich kann ihnen also auch gerne heraussuchen, wie der Tourverlauf war.«

Christian bedankte sich, »das würde uns sehr helfen, wenn sie uns Namen vom Fahrer und Tourverlauf zukommen ließen.«

»Wird erledigt«, versprach Fischer.

Christian runzelte die Stirn. »Eine letzte Frage: Wissen sie, wie der Ablauf bei Gerd Rammer ist? Also wer da wann welchen Auflieger belädt und bewegt. Läuft das ähnlich strukturiert ab wie bei ihnen? Gibt es irgendwelche Unstimmigkeiten?«

Fischer lachte trocken. »Herr Renner, ich weiß nicht, wie gut sie Herrn Rammer kennen, aber er ist… schwierig. Von strukturierten Abläufen und Transparenz kann hier keine Rede sein. Er macht, was ihm passt, und erwartet, dass alle nach seiner Pfeife tanzen. Also nein, ich kann ihnen nicht sagen, wie die Prozesse bei GR-Design sind.«

»Vielen Dank, Herr Fischer. Das war sehr hilfreich«, sagte Christian und warf Sofia und Murat einen bedeutungsvollen Blick zu. »Falls wir noch Rückfragen haben, melden wir uns.«

»Natürlich. Ich hoffe, sie finden heraus, was passiert ist.«

Das Gespräch endete, und Christian lehnte sich zurück. »Wieder ein paar Puzzlestücke mehr, wir wissen zumindest, wann der Auflieger in der Nacht bewegt wurde, und durch die GPS-Daten werden wir sehen, ob es auf dem Weg von Rammer zur Spedition Fels Unstimmigkeiten gab. Durch die Videoaufzeichnung können wir dann feststellen, ob die Leiche bei der Spedition Fels oder bereits bei Rammer auf den Auflieger kam, das ist doch schon einmal was. Ich glaube, wir haben uns unseren Feierabend redlich verdient.«

***

Sofia seufzte leise, als sie in ihre kleine, aber gemütliche Wohnung trat und die Tür hinter sich schloss. In der Altbauwohnung war es trotz der sommerlichen Hitze angenehm kühl, die dicken Mauern und die gut isolierten Fenster sorgten dafür das sich die Wohnung nicht so aufheizte. Noch bevor sie ihre

Schuhe ausziehen konnte, kam ihr dicker Kater Beni mit erhobenem Schwanz auf sie zu.

»Ja, ja, ich weiß«, murmelte sie, als er sie mit einem anklagenden Maunzen begrüßte. »Futter gibt es gleich, mein kleiner Prinz.« Mit einer fließenden Bewegung streichelte sie ihm über den Kopf, was er mit einem zufriedenen Schnurren quittierte. Sofia löste ihre Gürteltasche, die ihr ständiger Begleiter im Dienst war, und legte sie sorgfältig auf den kleinen Konsolentisch neben der Tür. Sie zog ihre Schuhe aus, ließ sie achtlos neben dem Schuhschrank stehen und ging in die Küche. Ein kurzer Blick auf die Uhr zeigte ihr, dass es 17:25 Uhr war. »Noch ein bisschen Zeit«, dachte sie, während sie gedankenverloren die Dose Katzenfutter öffnete. Der Fall ließ sie nicht los, und sie spürte, wie ihr Kopf unaufhörlich die Puzzlestücke hin- und herbewegte, während sie Beni den Napf füllte.

»Hier, bitte schön, du Nimmersatt«, sagte sie schmunzelnd, als sie den Napf auf den Boden stellte. Das laute Schmatzen ihres Katers erfüllte die Küche und Sofia blieb einen Moment stehen, um ihn zu beobachten. Schließlich goss sie sich ein Glas Wasser ein, peppte es mit frischer Minze von ihrem Balkon und einer Scheibe Zitrone auf und setzte sich in ihren Lieblingssessel am Fenster.

Sie schloss die Augen, den Kopf leicht zurückgelehnt, und versuchte, die Gedanken an Severin von Backstein, die Lügen und offenen Fragen auszublenden. Doch es war leichter gesagt als getan. Die Szene mit Rammer, seine süffisante Art, das anzügliche Grinsen, es brannte sich immer wieder in ihre Gedanken ein. Sie schüttelte leicht den Kopf und atmete fünf Mal tief ein und wieder aus, schloss die Augen und döste eine Zeit vor sich hin.

Sofia ließ die Stille der letzten 40 Minuten langsam hinter sich, als sie die Augen öffnete, und Beni verschlafen von ihrem Schoß sprang. Sie fühlte sich erfrischt und entspannter, auch wenn der Fall immer noch, wie ein Schatten in ihrem Hinterkopf lauerte.

Meditation und Achtsamkeit waren ihre kleinen Waffen gegen den Stress, und heute hatten sie ihr wieder gute Dienste geleistet. Mit einem Blick auf die Uhr stellte sie fest, dass sie sich fertigmachen musste. Sie stand auf, streckte sich und ging zum Kleiderschrank. Für einen kurzen Moment überlegte sie, ein Sommerkleid anzuziehen. Leicht, luftig und perfekt für die noch warmen Temperaturen. Doch dann entschied sie sich für etwas Praktischeres, eine sommerliche dunkelblaue Shorts und ein schlichtes weißes Tanktop, dass ihre leicht gebräunte Haut betonte. Vor dem Spiegel band sie ihre langen, schwarzen Haare routiniert zu einem Pferdeschwanz, der ihr Markenzeichen war. Als sie fertig war, griff sie nach ihren weißen Sneakern und schlüpfte hinein. Sie betrachtete ihr Spiegelbild kurz und nickte zufrieden.

Statt ihrer Gürteltasche, die ausschließlich im Dienst zum Einsatz kam, schnappte sie sich einen kleinen, schlichte Rucksack, in den sie nur das Nötigste packte. Ihre Sonnenbrille schob sie ins Haar, ein Look, der zugleich lässig und funktional war. »Fertig«, murmelte sie zu sich selbst, während sie ein letztes Mal in die Küche sah, wo Beni sich genüsslich auf dem kühlen Boden ausstreckte. »Benimm dich, mein Kleiner.«

Mit einem letzten Blick in den Spiegel griff sie nach ihrer Tasche und zog die Wohnungstür hinter sich ins Schloss.

Sofia kam kurz vor sieben an dem kleinen spanischen Restaurant in der Nähe des Wasserturms an. Der Abend war mild, und die Terrasse des Restaurants, auf der sich fünf Tische befanden, war fast vollständig besetzt. Schnell entdeckte Sofia Caro, die an einem der Tische saß, zusammen mit einer hübschen, blonden Frau Mitte dreißig. Das musste also Lotta Wilke sein.

Als Sofia sich dem Tisch näherte, sprang Caro auf und drückte sie herzlich zur Begrüßung. »Hallo Sofia! Schön, dass du es geschafft hast!« Sie drehte sich zur blonden Frau und fügte hinzu, »das hier ist Lotta, eine Kollegin und vor allem eine sehr gute Freundin. Lotta, das ist Sofia von der Mordkommission.« Lotta Wilke lächelte Sofia freundlich an, reichte ihr die Hand und sagte »Freut mich sehr, Sofia. Caro hat schon einiges von der toughen Kommissarin erzählt, die den Mordfall klären soll.« Sofia lachte leise, nahm die Hand und antwortete »Hey Lotta, schön, dich kennenzulernen. Ich hoffe, Caro hat nicht übertrieben.«

»Keine Sorge«, erwiderte Lotta mit einem Augenzwinkern, »nur Gutes, ich schwöre.« Sofia setzte sich zu den beiden, und eine Bedienung kam prompt, um ihre Bestellung aufzunehmen. Sie entschied sich für eine Sangria, so wie Caro und Lotta bereits vor sich stehen hatten. Nach einem kurzen Moment hatten alle drei ihre Gläser in der Hand, und sie stießen an. »Auf einen schönen Abend!«, sagte Caro, und die anderen beiden wiederholten es lächelnd. Gemeinsam wählten sie verschiedene Tapas aus, eine bunte Mischung, die für drei Personen locker reichen würden.

Während sie warteten, plauderten sie entspannt. Caro war sichtlich in ihrem Element, erzählte von lustigen Momenten aus der Firma und Anekdoten, die Lotta ebenfalls zum Lachen brachten. Sofia fühlte sich sofort wohl in der Gesellschaft der beiden Frauen.

Die Tapas – Patatas Bravas, Albondigas, Gambas al Ajillo und Datteln im Speckmantel – wurden gebracht, und alle drei bedankten sich bei der Bedienung, bevor sie begannen, die kleinen Köstlichkeiten zu teilen. Es war ein angenehmer Abend, und Sofia spürte, wie die Anspannung des Tages allmählich von ihr abfiel.

Caro schaute erst Lotta an, dann Sofia. Sie schien mit sich zu ringen, ob sie etwas sagen sollte.

Schließlich setzte sie an. »Du, da gibt es ja noch was, was ich dir zu dem Fall sagen muss. Ich weiß nicht, ob es wichtig ist, aber vielleicht hilft es euch weiter.«

Sofia lehnte sich interessiert zurück, ein sanftes Lächeln auf den Lippen. »Okay, dann schieß mal los. Ich verspreche, ich werde nicht in meinen Cop-Modus verfallen. Es ist Feierabend, und wir sind hier, um lecker zu essen und Spaß zu haben.« Caro holte tief Luft und begann, »also, am Freitag habe ich Gerd Rammer auf dem Golfplatz beobachtet. Eigentlich wollte ich nur mal schauen, was der so treibt. Ich habe versucht, ihn in ein Gespräch zu verwickeln, um dann aufs Geschäftliche zu kommen. In der Schadensabteilung sind mir nämlich die hohe Anzahl der Schäden aufgefallen, und mein Bauchgefühl sagt mir, dass da irgendwas nicht stimmt.«

»Moment mal, du hast was?«, unterbrach Sofia sie plötzlich, ihre Stimme etwas schärfer was ihr sofort leidtat.

Sie beugte sich nach vorne und flüsterte fast, »Caro, Rammer ist gefährlich. Pass da bitte auf dich auf!«

»Ich weiß«, antwortete Caro etwas kleinlaut. »Aber ich konnte nicht anders. Der Typ ist mir einfach suspekt»

Sofia lächelte, »mir auch, was hast du rausbekommen?«

»Bevor ich überhaupt mit ihm sprechen konnte, habe ich gesehen, wie er und Arne Rink auf dem Parkplatz einen ziemlich heftigen Streit hatte. Es sah richtig ernst aus. Leider konnte ich nicht hören, worum es ging, aber ich habe gesehen, wie Arne danach richtig wütend davongefahren ist.»

Sofia zog die Augenbrauen hoch, »Rammer und Rink? Ein Streit auf dem Parkplatz? Das ist interessant. Hast du sonst irgendwas beobachtet? Irgendetwas, was uns weiterhelfen könnte?»

»Leider nicht«, sagte Caro den Kopf schüttelnd, »ich war danach auch so schockiert, dass ich nicht mehr versucht habe, mit Rammer in ein Gespräch zu kommen, ich bin dann nach Hause gefahren.»

Sofia schüttelte leicht den Kopf, besorgt, »Caro, das ist gefährliches Terrain. Wenn Rammer wirklich in irgendwelche krummen Geschäfte verwickelt ist, dann könnte er dich als Bedrohung sehen. Versprich mir, dass du da vorsichtig bleibst und nicht selbst versuchst zu ermitteln.«

»Ich versuche es!«, grinste Caro Fels, während Lotta sie prüfend ansah. Sofia nahm die Information auf, lehnte sich etwas zurück und ließ ihren Blick kurz über Lotta gleiten. »Lotta, du kennst doch Arne Rink näher, zumindest sagte er das heute aus. Ist er wirklich so ein Hitzkopf? Er machte während seiner Aussage so einen intelligenten Eindruck, ich kann mir das nicht vorstellen. Er sagte auch, dass ihr beide über WhatsApp Kontakt hattet an dem Tatabend, wollte uns aber nicht sagen, was ihr geschrieben habt. Du musst es mir nicht sagen, nur momentan sieht es schlecht aus für ihn. Er hat kein Alibi, ein Motiv, weil ein 15.000-Euro-Stipendium durch Severin von Backstein vermasselt wurde, und dann kommt noch Rammer, der aussagt, dass sich von Backstein bedroht fühlte und nach Schutz gefragt hat. Dazu diese E-Mail, in der Arne ankündigt, ihn zu erschlagen. Und übrigens, das wird Christian mit mir auch tun, wenn er erfährt, dass ich euch gerade Details zu dem Fall verraten habe, also behaltet das bitte für euch.«

Lotta setzte ihr Glas ab und schaute Sofia überrascht an. »Ja Arne und ich sind befreundet. Sehr eng sogar. Wir haben beide unsere Ausbildung bei Harald Fels gemacht, sind dann irgendwann fast gleichzeitig Führungskräfte geworden, da hat sich auf der Arbeit eine Freundschaft entwickelt, daher hatten wir ab und zu auch mal privat Kontakt. Und ja, er kann manchmal impulsiv sein, aber wie heißt es so schön, – Hunde, die bellen, beißen nicht? Ich weiß nicht, Arne ist einer der liebsten und sensibelste Menschen, den ich kenne. Die emotionalen Ausbrüche sind nur ein Ventil. Er hat eher die Tendenz, sich in die Dinge zu verbeißen, wenn er sich ungerecht behandelt fühlt. Aber ich kann mir einfach nicht vorstellen, dass er zu einem Mord fähig ist. Nicht Arne, dafür denkt er zu rational, auch wenn er anders handelt.«

Sofia nickte, ihr Blick blieb auf Lotta gerichtet. »Das passt nicht ganz zu dem Eindruck, den ich heute von ihm hatte. Er wirkte ruhig, durchdacht, intelligent. Vielleicht war er nur bemüht, sich im besten Licht zu präsentieren. Aber das, was du gerade sagst, deckt sich irgendwie nicht mit der Theorie, dass er jemandem nach dem Leben trachtet.«

Lotta zögerte kurz, bevor sie antwortete. »Ich weiß nicht, was ich dazu sagen soll. Arne war an dem Abend sauer wegen der Sache mit dem Stipendium. Wir haben kurz über WhatsApp geschrieben, das machen wir öfters, ich kann dir das auch gleich zeigen, er ärgerte sich maßlos über sich selbst, weil er Severin diese Mail mit – am liebsten würde ich dich erschlagen geschrieben hatte – ich dachte mir nichts dabei, hab ihm halt gesagt, dass es gut ist, dass er weiß, wie dumm das war, dann muss ich es ihm nicht noch einmal sagen. Und dass er davon ausgehen kann, dass er sich vom Chef diesbezüglich was anhören darf. Caros Vater hasst es, wenn wir so miteinander kommunizieren. Das geschah alles, der Uhrzeit nach, nachdem Caro auf dem Golfplatz war. Er wollte noch ins Gym und dann zu Hause auf der Couch entspannen.«

Lotta schluckte hörbar, ihre sonst so entspannte Haltung wich einem nachdenklichen Ausdruck. »Ich verstehe, dass das alles zusammen echt übel aussieht. Aber wie gesagt ich kann mir nicht vorstellen, dass er es getan hat. Vielleicht war er wütend, ja, und hat sich im Ton vergriffen. Aber jemanden zu töten? Das passt nicht zu dem Arne, den ich kenne.«

Caro, die die ganze Zeit zugehört hatte, meldete sich nun zu Wort. »Das klingt schon ziemlich krass. Aber wenn Rammer wirklich behauptet, dass von Backstein sich bedroht gefühlt hat, dann fragt man sich doch auch wieso sucht er Schutz bei Rammer? Ist das nicht auch seltsam?«

Sofia nickte. »Es ist definitiv alles andere als klar. Und deshalb versuche ich, alle losen Enden zusammenzubringen. Danke, Lotta, dass du ehrlich warst. Und keine Sorge, ich halte dich da raus, wenn es um diese Nachrichten geht. Aber falls dir noch irgendwas einfällt, das uns weiterhelfen könnte, lass es mich wissen.«

Lotta nickte langsam und griff wieder nach ihrem Glas, offenbar erleichtert, dass Sofia nicht weiter nachhakte. »Ich sage Bescheid, wenn mir noch was einfällt. Ich hoffe wirklich, dass sich das alles irgendwie aufklärt.«

»Das hoffe ich auch«, sagte Sofia mit einem leichten Lächeln. »Und jetzt... zurück zum Essen. Wir sind ja nicht nur hier, um zu arbeiten.«

Mittwoch, 14.06.23

Sofia hatte schlecht geschlafen, eine Mischung aus dem Fall, den Glücksgefühlen, die sie dank des schönen Abends mit Caro und Lotta hatte oder vielleicht doch eine Sangria zu viel. Egal, was es war, der unruhige Schlaf ließ sie sich wie gerädert fühlen.

»Schlechter Schlaf ist genauso schlimm wie gar kein Schlaf«, murmelte sie vor sich hin, als sie sich entschied, den Morgen produktiv zu nutzen. Um 07:30 Uhr war sie bereits im Präsidium, ungewöhnlich früh für sie, aber der Fall ließ ihr keine Ruhe. Mit einer dampfenden Tasse Kaffee in der einen und einem frischen Käsebrötchen in der anderen Hand, das sie sich auf dem Weg in einer naheliegenden Bäckerei geholt hatte, betrat sie das Büro. Sie stand vor dem Whiteboard. Die gesammelten Informationen, die sie und Christian mühevoll zusammengetragen hatten, hingen dort wie ein Puzzle ohne vollständiges Bild. Sie biss gedankenverloren in ihr Brötchen und betrachtete die Notizen. Sofia hatte in ihrer Handschrift einen neuen Punkt ergänzt:

Arne Rink lauert Rammer auf.

Sie strich sich eine lose Strähne aus dem Gesicht und überlegte, wie Christian wohl auf diesen neuen Punkt reagieren würde. Ihr Kollege hatte oft ein Händchen dafür, Verbindungen zu sehen, die sie übersah. Während sie die Zusammenhänge durchging, schlug die Bürotür hinter ihr auf. Christian trat herein, mit seiner üblichen, morgendlichen Energie, eine Tasse schwarzen Kaffee in der Hand.

»Schon so früh da, Montio?«, fragte er grinsend. Sofia drehte sich zu ihm um und hob ihre Kaffeetasse. »Schlaf war überbewertet heute Nacht und warum bist du so früh dran heute?«

»Ich war schon fleißig trainieren, 15km locker laufen standen im Plan und das ging flotter als geplant«, grinste er

»Na, dann erzähl mal, was gibt's Neues?«, fuhr er fort, während er neben sie trat und das Whiteboard musterte.

»Arne Rink und Rammer hatten einen Streit, ziemlich hitzig, und zwar auf dem Parkplatz des Golfclubs. Das hat mir Caro gestern erzählt. Sie hat es mit eigenen Augen gesehen.«

Christian zog eine Augenbraue hoch und nahm einen Schluck von seinem Kaffee. »Caro Fels? Wann hast du das denn ermittelt?«

Sofia grinste, »das Gesetz schläft nie, Spaß, ich war mit ihr und Lotta Wilke gestern noch was essen und trinken, Caro erzählte da von Ihrer Beobachtung.«

»Interessant. Denkst du, das ist genug, um Rammer ein bisschen mehr Druck zu machen?«

Sofia zuckte mit den Schultern. »Vielleicht. Ich glaube, der wird sich da wieder raus winden, dass Rink ihm aufgelauert hat und er gar nicht wisse, wer das sei. Aber ich denke, wir sollten erst mal Arne noch mal ins Verhör holen. Dieser Streit könnte wichtiger sein, als wir denken.»

Christian nickte langsam. »Gut. Dann schnappen wir uns Rink und holen ihn hierher. Vielleicht gibt uns das endlich den nächsten Ansatzpunkt.»

Murat Cetinkaya betrat das Büro, und es war offensichtlich, dass er eine lange Nacht hinter sich hatte. Seine Augen waren gerötet, und er unterdrückte ein Gähnen, während er Sofia und Christian begrüßte.

»Guten Morgen, ihr seid ja früh dran», nuschelte er, während er sich einen Stuhl schnappte und seinen Laptop auf den Tisch stellte.

»Der frühe Vogel und so», grinste Christian und nahm einen Schluck aus seiner Kaffeetasse. Murat lachte leise. »Bei mir eher die Nachteule. Ich habe gestern Abend, beziehungsweise heute Nacht, noch die Videodaten der Spedition Fels zu Ende analysiert.« Sofia, die gerade ihren Kaffee abstellte, war sofort hellwach. »Und, was gibt es zu sehen?«, fragte sie und fixierte Murat mit gespannter Aufmerksamkeit. Murat klappte den Laptop auf und zog eine Datei auf den Bildschirm.

»Das Interessante ist, was man nicht sieht«, begann er und machte eine kurze Pause, um die Spannung zu erhöhen. »Man sieht, wie Arne Rink samstagvormittags gegen 11 Uhr auf den Hof fährt, seinen Wagen vor einem Seiteneingang zur Halle parkt. Er steigt aus und geht durch die Halle in Richtung Bürotrakt. Aber dann…«

Er lehnte sich zurück und schaute in die erwartungsvollen Gesichter seiner Kollegen, »dann ist für 94 Minuten die komplette Kameraanlage ausgeschaltet.»

Christian setzte seine Kaffeetasse mit einem hörbaren Aufsetzen ab. »Was? Die komplette Anlage?«

Murat nickte ernst, »genau. Keine Aufnahme, keine Bewegung. Es sieht so aus, als hätte jemand gezielt die Stromzufuhr zu den Kameras unterbrochen oder das System deaktiviert. Als die

Kameras wieder laufen, sieht man, wie Herr Rink auf dem gleichen Weg die Halle wieder verlässt und vom Hof fährt.«

Sofia verschränkte die Arme vor der Brust und dachte nach. »Das heißt, irgendwas ist in diesen 94 Minuten passiert, und jemand wollte sicherstellen, dass wir nichts davon sehen?«

»Das wäre zumindest meine Vermutung«, ergänzte Murat.

Christian kratzte sich nachdenklich am Kinn. »Das macht Rink definitiv verdächtiger. Er hat kein Alibi, ein Motiv und jetzt noch 94 Minuten Dunkelheit. Das reicht für einen Haftbefehl, ich rufe bei der Staatsanwaltschaft an und kümmere mich drum.«

»Ich stimme Dir zu«, sagte Sofia. »Und vielleicht ist es an der Zeit, den IT-Mitarbeiter der Spedition zu fragen, wer alles Zugang zum Kamerasystem hat.«

Murat nickte. »Schon passiert. Ich habe eine Liste mit Namen, die Zugriff auf die Überwachungsanlage haben. Rink ist einer von ihnen.«

Sofia und Christian tauschten einen Blick. Der Fall nahm Fahrt auf. »Haben wir Rinks Adresse?«, fragte Sofia, während sie sich an Christian wandte. Christian zog eine Mappe aus der Ablage und blätterte kurz darin. »Ja, er ist in Neersen gemeldet. Also gleich hier um die Ecke.«

Sofia nickte, »wir sollten schauen, ob wir ihn zu Hause erwischen. Wir müssen ihn nicht vor versammelter Belegschaft bei seinem Arbeitgeber einkassieren. Wenn Diskretion möglich ist, sollten wir das respektieren.«

»Da gebe ich dir recht. Außerdem könnten wir ihn zu Hause eher überraschen, bevor er sich auf ein Gespräch vorbereiten kann.«, stimmte Christian ihr zu.

Murat, der die ganze Zeit über die Kameraaufzeichnungen nach weiteren Hinweisen durchsucht hatte, schloss seinen Laptop. »Soll ich mitkommen, scheint ja ein ziemlicher Heißsporn zu sein?« Sofia schüttelte den Kopf, »bleib hier und arbeite weiter an den Daten. Vielleicht findest du noch was oder du kannst die Alibis von Stadtfeld und Fischer überprüfen? Christian und ich übernehmen das. Wenn es Ärger gibt und wild wird, lassen wir eine Streife kommen.«

Christian klappte die Mappe zu und stand auf. »Na dann, lass uns loslegen. Mit etwas Glück ist er zu Hause und wir können ein paar Antworten bekommen.« Sofia griff nach ihrer Jacke und ihrer Gürteltasche. »Gut. Wir fahren direkt. Gib uns Bescheid, wenn sich hier noch etwas ergibt, Murat.«

»Mach ich«, sagte er und winkte ihnen nach, während sie das Büro verließen. Als sie auf den Parkplatz des Präsidiums traten, stieg Sofia in den Wagen, während Christian sich ans Steuer setzte. »Neersen also«, sagte er und startete den Motor. »Hoffen wir mal, dass er nicht gerade auf dem Weg zur Arbeit unterwegs ist.«

»Oder er sich nach unserem gestrigen Gespräch aus dem Staub gemacht hat«, fügte Sofia hinzu und zog sich den Sicherheitsgurt fest.

***

Caro saß an ihrem Schreibtisch, die Augen leicht zusammengekniffen, während sie die letzten zehn Schadenakten von Rammers Firma durchging. Vor ihr lagen Ausdrucke, handschriftliche Notizen, Fotos und eine Excel-Tabelle mit auffälligen Fällen. Insgesamt hatte die Spedition Fels im letzten halben Jahr knapp 4500 Sendungen von Rammers Firma abgewickelt. Eine beeindruckende Menge, dachte Caro. Rund 4000 dieser Sendungen gingen nach ganz Europa und wurden über das Netzwerk der Kooperation verteilt, der die Spedition Fels seit Jahren angehörte. Die verbleibenden 500 Sendungen wurden noch klassisch durch die eigenen Fahrzeuge im Großraum Rhein/Ruhr selbst zugestellt. Caro markierte einige Fälle rot, bei denen der Schaden besonders hoch war, jedes Mal knapp unter der Grenze von 2500 Euro, ab der der eingesetzte Versicherer einen Gutachter einsetzte, Zufall oder verdächtig? Sie spürte dieses vertraute Kribbeln, das immer auftrat, wenn sie glaubte, einem größeren Zusammenhang auf der Spur zu sein. Sie biss sich auf die Lippe und lehnte sich kurz zurück, um nachzudenken. Irgendetwas stimmte hier nicht, aber die Puzzleteile wollten sich noch nicht fügen. Caro hielt inne, das Herz klopfte schneller. »Das war doch kein Zufall«, dachte sie, während sie die Daten erneut durchging. Die Gesamtschadensquote der 4500 Sendungen lag bei unter 2 Prozent – ein hervorragender Wert, der für die Qualität der Spedition Fels sprach. Aber bei den 500 Sendungen, die durch den eigenen Fuhrpark im Großraum Rhein/Ruhr zugestellt wurden, lag die Schadensquote bei über 10 Prozent. Sie lehnte sich zurück und ließ die Zahlen auf sich wirken. Fast 90 Prozent aller Schäden betrafen den eigenen Fuhrpark. Warum? Caro griff nach einer der Akten, die sie zuvor herausgesucht hatte. Eine Privatempfängerin in Nettetal, zugestellt durch die Spedition Fels. Die nächste Akte, ein Privatempfänger in Kaarst. Sie arbeitete sich durch die letzten zehn Schadenakten und erkannte das Muster. Alles waren Privatempfänger, alle Schäden entstanden durch den eigenen Fuhrpark, und alle Zieladressen lagen im Umkreis von 70 Kilometern um Mönchengladbach.

Caro spürte, wie sich die Puzzleteile langsam zusammensetzten. Das konnte kein Zufall sein. Jemand nutzte die regionalen Zustellungen für etwas – aber wofür? Sie machte sich weitere Notizen, Schadenquote im eigenen Fuhrpark überdurchschnittlich hoch, Privatempfänger auffällig oft betroffen, geografische Nähe – alle Schäden im Umkreis von 70 km um Mönchengladbach. Caro runzelte die Stirn. Wer hatte etwas davon, gezielt Sendungen in diesem Bereich zu beschädigen? Caro war so vertieft in ihre Gedanken, dass sie ihre übliche Ordnung komplett hinter sich ließ. Das Büro war ein einziges Chaos, aber genau das half ihr, die Verbindungen besser zu sehen. Sie hatte die Akten in Reihen geordnet, oben die Aufträge, darunter die Schadensrechnungen, gefolgt von den Ablieferquittungen und schließlich die Fotos. Sie konnte förmlich spüren, dass sie kurz vor einer Entdeckung stand. Doch die Energie ließ nach – sie brauchte dringend einen Schokoriegel. Sie zog die Schublade ihres Schreibtischs auf, in der sie immer ihren Süßigkeiten Vorrat hatte.

Statt einem Schokoriegel fand sie nur ein Post-it »Danke – war ein Notfall, schulde dir Schoko, hab dich lieb, Lotta.«

Caro lachte trocken. Lotta, die sonst immer so gesund lebte und Schokolade eher verschmähte, musste wirklich einen Notfall gehabt haben. Aber jetzt war nicht der Moment für Nachsicht. Sie schnappte sich ihre Tasche und stürmte zur Tür.

Kaum hatte sie das Büro verlassen, stieß sie mit Thomas Stadtfeld zusammen, der ihr im Flur entgegenkam.

»Immer langsam, junge Frau«, sagte er mit einem süffisanten Lächeln. »Nicht so stürmisch, wobei ich ja weiß, dass ich diese Wirkung auf junge, hübsche Frauen habe.«

Caro kniff die Augen zusammen, murmelte eine schnelle Entschuldigung, richtete ihre Brille und eilte Richtung Treppenhaus, ohne weiter auf ihn einzugehen. Hinter ihr blieb Thomas stehen, sein Blick folgte ihr kurz, bevor er sich ihrem Büro zuwandte. Über Caros Schulter hatte er das Chaos auf dem Boden gesehen, und etwas ließ ihn innehalten. Er zog einen Generalschlüssel aus der Tasche, jeder der Abteilungsleiter hatte einen und öffnete leise die Tür. Er trat ein, betrachtete die verstreuten Dokumente und Akten und fluchte leise. »Scheiße, die Kleine fängt an rumzuschnüffeln.« Schnell zog er sein Smartphone aus der Tasche und machte mehrere Fotos von den sortierten Akten und Notizen, die Caro auf dem Boden ausgebreitet hatte. Dann verließ er das Büro und schloss leise die Tür, als wäre er nie dort gewesen. Mit einem zufriedenen, aber angespannten Gesichtsausdruck verschwand Thomas aus dem Flur, während Caro ahnungslos weiter in Richtung Snackautomat unterwegs war.

Mit zwei Schokoriegeln in der einen und einem leckeren Cappuccino in der anderen Hand kehrte Caro ins Büro zurück. Sie atmete tief durch, ließ sich auf ihren Stuhl fallen und schob ihre Brille zurecht. Es war Zeit, die Puzzleteile endgültig zusammen zu setzen. Die Schadenakten lagen wie ein aufgeschlagenes Buch vor ihr, und sie begann, einen systematischen Überblick zu erstellen. Empfängeradressen, Schadensmeldungen, Fotos der beschädigten Waren – alles wurde akribisch analysiert. Eine Adresse nach der anderen googelte sie, nur um festzustellen, dass jede Einzelne existierte. Es schien nichts Ungewöhnliches dabei zu sein, bis sie plötzlich an einem Foto hängen blieb. Auf dem Bild war eine kitschige Designerlampe aus Glas abgebildet. Der Riss im Lampenschirm war so auffällig platziert, dass ein darauf abgebildeter Flamingo wie geköpft wirkte. Caro hielt inne. Diese Lampe, sie hatte sie schon einmal gesehen! Damals hatte sie sich gefragt, wer sich so etwas abgrundtief Hässliches in die Wohnung stellt. Die Erinnerung ließ sie nicht los. Sie schob die anderen Akten beiseite und konzentrierte sich ausschließlich auf die Designerlampe. Mit wachsender Aufregung durchforstete sie ihre Notizen und stapelte die Akten, die sie bereits bearbeitet hatte. Dann suchte sie sich im System Schadennummern älterer Vorgänge heraus. Sie rief die digitalen Akten im Archiv auf und öffnete die Dokumentenanhänge. Und da war sie wieder, die gleiche Lampe, der gleiche Riss. Aber diesmal war die Adresse eine völlig andere. Zwei verschiedene Empfänger, derselbe Schaden. Caro fühlte, wie sich die Spannung in ihrem Bauch aufbaute. Das konnte kein Zufall sein. Es war, als ob jemand absichtlich immer dieselben beschädigten Waren verschickte – oder zumindest die gleichen Fotos davon nutzte.

Sie lehnte sich zurück, biss gedankenverloren in einen ihrer Schokoriegel und starrte das Bild an. »Was läuft hier wirklich?«, dachte sie laut vor sich hin. Ihre Gedanken rasten, während sie weitere Verbindungen suchte. Caro zögerte kurz, bevor sie die Nummer wählte. Nach viermaligem Klingeln meldete sich eine Frau am anderen Ende »Heinz, hallo?«

»Carolin Fels von der Spedition Fels aus Mönchengladbach, ich wünsche ihnen einen schönen Tag«, flötete Caro in den Hörer, bemüht, professionell zu klingen. »Entschuldigen sie bitte die Störung, ich kümmere mich gerade um die Regulierung des Transportschadens und hätte hierzu noch ein bis zwei Fragen, um den Fall schnell und unbürokratisch abschließen zu können.«

»Transportschaden?«, Die Frau klang verwirrt. »Ich habe keinen offenen Transportschaden.«

»Es geht um die beschädigte Designerlampe, die sie bei GR-Design bestellt hatten und die wir letzte Woche angeliefert haben«, erklärte Caro geduldig.

»Da muss wirklich eine Verwechslung vorliegen«, sagte Frau Heinz mit Nachdruck. »Ich habe nichts bei GR-Design bestellt und auch keine Lieferung erhalten.« Caro runzelte die Stirn. Das kann doch nicht sein. Sie griff nach der Akte, um sicherzugehen, dass sie die richtigen Daten hatte. »Entschuldigen sie, Frau Heinz. Darf ich kurz die Lieferadresse abgleichen?«

»Natürlich.«

Caro las die Adresse vor, und Frau Heinz bestätigte, »ja, das ist meine Adresse. Aber wie gesagt, ich habe nichts bestellt, und es wurde auch nichts geliefert.«

»Verstehe«, murmelte Caro, fühlte sich zunehmend unwohler. »Vielen Dank für ihre Zeit, Frau Heinz. Entschuldigen sie die Störung.«

»Kein Problem. Ich hoffe, sie können den Fehler klären.«

Caro verabschiedete sich und legte auf. Sie war perplex. Die Adresse stimmte, aber die Kundin hatte nichts erhalten. Das passte überhaupt nicht zusammen.

»Ich muss mit Lotta sprechen«, sagte sie wie in Trance zu sich selbst. Entschlossen schnappte sie sich die Akte und verließ ihr Büro. Lotta saß im Erdgeschoss, Caro ging schnellen Schrittes durch das Gebäude und klopfte kurz an Lottas Tür, bevor sie eintrat.

»Lotta, hast du einen Moment? Ich brauche deinen Rat!«

Lotta schaute von ihren zwei Bildschirmen auf und lächelte. »Klar, was gibt's?«

»Es geht um diese Schadenfälle«, begann Caro, während sie die Akte vor Lotta auf den Tisch legte. »Ich habe gerade mit einer Kundin telefoniert, die angeblich eine defekte Lampe erhalten hat – aber sie sagt, sie hat gar nichts bestellt und auch nichts geliefert bekommen.«

Lotta hob die Augenbrauen. »Das klingt seltsam. Zeig mal her.«

Caro begann, die Akte zu erklären, und fühlte, wie sich das Puzzle in ihrem Kopf immer weiter verdichtete – nur dass noch immer ein entscheidendes Stück fehlte. Sie musste unbedingt Sofia informieren, vielleicht war das eine Weitere heiße Spur für ihre Ermittlungen.

✳✳✳

Christian steuerte den Dienstwagen über die Landstraße zwischen Mönchengladbach und Neersen, vorbei an der alten Trabrennbahn. Nach wenigen Minuten erreichten sie das Ortsschild.

»Hinter dem Schloss rechts und dann die zweite links«, navigierte Sofia, ihren Blick auf die Häuser gerichtet. Christian folgte der Anweisung, bog an der beschriebenen Stelle ab und fuhr in die schmale Wohnstraße. »Da hinten, das Wohnhaus auf der linken Seite – das müsste es sein«, sagte Sofia und zeigte auf ein unscheinbares Haus mit roten Klinkern und einer niedrigen Hecke davor. Christian parkte den Wagen am Straßenrand vor dem roten Klinkerhaus.

Gemeinsam traten die beiden Ermittler an die Haustür und klingelten. Aus der Gegensprechanlage ertönte eine tiefe Stimme: »Ja?«

»Renner, Kripo Mönchengladbach. Würden sie uns bitte hereinlassen?«

Ein kurzes Zögern, dann summte die Tür, und sie traten in das helle Treppenhaus. Eine Tür im Erdgeschoss öffnete sich, und Arne Rink stand im Türrahmen. »Guten Morgen. Sie haben Glück, dass sie mich hier antreffen, ich wollte gerade zur Arbeit«, begrüßte er sie mit einem schwachen Lächeln.

»Guten Morgen, Herr Rink«, sagte Sofia mit kühler Professionalität. »Wir würden sie bitten, uns aufs Präsidium zu begleiten. Sie stehen unter Verdacht, Herrn von Backstein erschlagen zu haben.«

Arne Rink wirkte einen Moment geschockt, zog dann aber die Mundwinkel herunter und nickte. Sein Blick glitt kurz zu Sofias Hand, die sich bereits nach den Handschellen an ihrem Gürtel ausgestreckt hatte.

»Die sind nicht nötig«, sagte er ruhig und hob die Hände. »Selbstverständlich begleite ich sie. Das ist ein Missverständnis, das wir sicher aus der Welt schaffen können.« Ohne weiteren Widerstand ging er mit ihnen zum Wagen, wo Christian die hintere Tür öffnete, und Arne einsteigen ließ. Während der Fahrt zum Präsidium summte Sofias Handy in ihrer Tasche. Sie warf einen kurzen Blick auf das Display. Eine WhatsApp-Nachricht von Caro »Wir müssen dringend reden. Ich habe hier in meinen Unterlagen merkwürdige Dinge gefunden. Glaub, ich habe eine Spur für dich.«

Sofia schüttelte leicht den Kopf. Caro konnte es nicht lassen. Sie tippte eine schnelle Antwort »Ich melde mich heute Nachmittag. Können uns heute Abend kurz treffen. Wir haben leider auch noch was herausgefunden, leider keine guten Nachrichten. Wir mussten Arne verhaften. Das ist top-secret. Lotta kannst du es sagen, deinen Vater rufen wir an. Wenn ihr ihm helfen wollt, seid ansonsten still und lasst uns unsere Arbeit machen. Wir sprechen später.« Sie steckte das Handy zurück und seufzte leise. Caro war zweifellos engagiert, aber manchmal ging sie etwas zu weit. Christian bemerkte Sofias Stirnrunzeln und fragte, »alles in Ordnung?«

»Ja«, antwortete Sofia knapp. »Nur ein bisschen Dynamik unter Freundinnen.«

Im Präsidium angekommen, führten Christian und Sofia Arne Rink zielstrebig durch die Flure in einen der Verhörräume. Der Raum war nüchtern eingerichtet, funktional, aber weit entfernt von den düsteren, bedrohlichen Verhörräumen aus Krimiserien. Ein schlichter Tisch, vier Stühle und grelles Licht von LED-Lampen an der Decke dominierten den Raum. In einer Ecke an der Decke war eine Kamera montiert, die alles im Raum aufzeichnete. »Herr Rink, setzen sie sich bitte«, wies Sofia freundlich, aber bestimmt an, während sie auf einen der Stühle deutete. Arne Rink setzte sich ruhig, die Hände gefaltet auf dem Tisch. Sein Blick wanderte kurz durch den Raum, bevor er Sofia ansah. »Bevor wir mit der Vernehmung beginnen, möchte ich sie darauf hinweisen, dass sie als Tatverdächtiger die Möglichkeit haben, rechtlichen Beistand hinzuzuziehen. Möchten sie einen Anwalt hinzuziehen?«, fragte Sofia. Arne schüttelte entschieden den Kopf. »Nein, das ist nicht nötig. Ich habe nichts zu verbergen. Ich habe nichts getan und bin gerne bereit, all Ihre Fragen zu beantworten, um dieses Missverständnis aufzuklären.«

Christian stellte sich ans andere Ende des Tisches und startete das Aufnahmegerät. »Vernehmung von Arne Rink, geführt von Kriminalhauptkommissar Christian Renner und Kriminalkommissarin Sofia Montio. 14.06.23, Uhrzeit 9:47 Uhr. Herr Rink, bitte bestätigen sie, dass sie auf die Möglichkeit hingewiesen wurden, einen Anwalt hinzuzuziehen, und dass sie auf diese Möglichkeit verzichten.«

Arne nickte. »Ja, das bestätige ich.«

Christian schaute kurz zu Sofia, die den nächsten Schritt einleitete, »gut, Herr Rink, den uns vorliegenden Zeugenaussagen nach hatten sie am Tattag am Nachmittag eine heftige

Auseinandersetzung mit Herrn von Backstein am Telefon. Worum ging es in dieser Auseinandersetzung?«

Arne stützte sich mit seinen muskulösen Unterarmen auf den Tisch, sah abwechselnd Sofia und Christian an und antwortete »Herr von Backstein hat einen Förderantrag für ein Stipendium hinsichtlich eines Logistikstudiums in Höhe von 15.000 Euro nicht rechtzeitig bearbeitet. Die Frist ist verstrichen, und ich kam nicht mehr in die Auswahl.«

»Und das hat sie wütend gemacht?«, hakte Christian nach, sein Blick ruhig, aber durchdringend. Arne nickte und seine Stimme wurde lauter, als er weitersprach, »selbstverständlich machte mich das wütend! Das war eine einmalige Chance, mich weiterzuentwickeln, mich weiterzubilden. Und dieser Idiot schafft es in vier Wochen nicht, einen Stempel und eine Unterschrift darunter zu setzen. Das ging ständig so! Ich unterstelle da Absicht und Schikane.«

Sofia machte sich einige Notizen, während Christian weiter bohrte. »Was geschah im Anschluss an das Telefonat?«

Arne zögerte einen Moment, bevor er antwortete. »Ich war so sauer, dass ich ihm im Anschluss an das Gespräch noch eine E-Mail geschrieben habe. Darin habe ich geschrieben, dass ich ihm am liebsten erschlagen würde, weil er unfähig sei.«

»In diesem Wortlaut?«, wollte Christian für das Protokoll wissen. »Ja«, bestätigte Arne, sichtlich angespannt, »das war aus der Emotion heraus. Die Wut musste raus. Und da habe ich den Ärger in Worte gefasst. Es war dumm, aber ehrlich gesagt, dachte ich nicht, dass es Konsequenzen haben könnte.«

»Was geschah nach der E-Mail? Haben sie Herrn von Backstein an diesem Abend noch einmal gesehen oder Kontakt zu ihm aufgenommen?«, Christians, Stimme war kühl und direkt, hatte er in seiner langen Karriere doch schon unzählige Verhöre wie dieses geführt.

»Nein, das habe ich nicht«, antwortete Arne mit Nachdruck. »Ich habe noch bis kurz vor 16 Uhr gearbeitet und bin dann direkt von der Firma ins Fitnessstudio gefahren, um mich zu beruhigen. Da war ich so gegen 17 Uhr. Im Anschluss bin ich von dort direkt nach Hause und habe den Abend allein zu Hause verbracht.«

»Sie sind also direkt von der Arbeit ins Training und dann nach Hause?«, wiederholte Sofia und fixierte Arne mit einem durchdringenden Blick. Sie wusste das er, was ausgelassen hatte und war gespannt, ob er bei seiner Lüge blieb.

»Ja«, bestätigte Arne Rink knapp und verschränkte die Arme vor der Brust. Sofia lehnte sich leicht vor, ihre Augen auf ihn gerichtet, fast schon durchbohrend. »Sicher, Herr Rink? Es gab keinen Zwischenstopp?« Arne seufzte, schüttelte dann den Kopf und antwortete resigniert, »spielen sie auf den Golfplatz an? Das hatte ich schon fast wieder vergessen. Ja, ich war danach noch auf dem Golfplatz. Ich war so wütend, es war einfach ein mieser Tag.«

Christian hob eine Augenbraue. »Ein mieser Tag? Was genau meinen sie damit?« Arne atmete tief ein, bevor er weitersprach: »Ich hatte den Streit mit von Backstein – der hat mich komplett auf die Palme gebracht. Und dann hatte ich mit Caro Fels eine Riesendiskussion wegen dieser verdammten Schäden, die Rammer betreffen. Da bin ich mir auch ziemlich sicher, dass er krumme Dinger dreht. Also wollte ich Dampf ablassen und hab ihm meine Meinung gesagt. Sehr laut.«

»Und danach?«, fragte Sofia, ihre Stimme ruhig, aber unnachgiebig. »Danach, wie ich es schon geschildert habe, ins Gym, ein paar Gewichte gestemmt, und dann auf die Couch. Kontakt hatte ich an diesem Abend nur noch zu Lotta Wilke, über WhatsApp.«

»Können wir die Nachrichten einsehen?«, fragte Christian mit einem prüfenden Blick. Arne nickte langsam, »natürlich. Ich habe nichts zu verbergen«, öffnete die Nachricht auf seinem Smartphone und schob es zu Sofia über den Tisch.

Sofia las die Nachricht, notierte etwas und blickte Arne wieder direkt an. »Herr Rink, wie lange waren sie auf dem Golfplatz?« »Nicht lange«, antwortete Arne zögerlich. »Vielleicht eine halbe Stunde. Ich habe auf dem Parkplatz gewartet, bis Rammer zu seinem Wagen kam, ihm ordentlich meine Meinung gesagt und dann bin ich weiter ins Gym.«

Christian schaltete sich ein. »Warum haben sie diesen Zwischenstopp zuerst verschwiegen?« Arne wich seinem Blick aus und schüttelte langsam den Kopf. »Weil ich es schon wieder vergessen hatte, ehrlich.«

Sofia hielt kurz inne, bevor sie fortfuhr, »sie waren nur dort, um Herrn Rammer die Meinung zu sagen? Sie machen keine Geschäfte oder stehen in sonst einer Verbindung zu Rammer? Von einigen Gesprächen wissen wir, dass Herr Stadtfeld, Herr Fischer und Herr von Backstein öfters mal mit Rammer auch privat verkehrt hatten.«

Arne nickte, sein Gesicht ernst. »Korrekt, ich habe mit jemanden wie Rammer nichts zu schaffen.«

Sofia lehnte sich zurück und lächelte höflich. »Danke, dass sie so offen und kooperativ sind, Herr Rink. Kommen wir nun auf den Samstag zu sprechen.« Arne zog die Augenbrauen zusammen, sein Gesicht zeigte einen Hauch von Verunsicherung. «Wir haben die Bilder der Videoanlage überprüft«, fuhr Sofia fort, ihre Stimme blieb sachlich, »und darauf ist zu sehen, wie sie mit ihrem Privatfahrzeug Samstagvormittag auf den Hof fahren. Sie betreten die Halle und gehen dann Richtung Bürotrakt. Können sie uns erklären, was sie Samstagvormittag in der Firma gemacht haben?«

Arne wirkte überrascht, dann runzelte er die Stirn, als ob er nach einer Antwort suchte. »Samstag?«, wiederholte er langsam, bevor er fortfuhr. »Samstag musste ich ein Update in die Software unserer Videoanlage einspielen.«

Arne Rink verschränkte die Arme und erklärte ruhig »Das heißt, ich musste die Kameras vom Server trennen und dann für die drei Bereiche – Parkfläche, Innenhof und Halle innen – das Update installieren. Pro Bereich hat das etwa 30 Minuten gedauert. Im Anschluss musste ich den Server wieder hochfahren und prüfen, dass alle 122 Kameras wieder online sind.«

Christian Renner nickte. »Das deckt sich mit unseren Ermittlungen. Die Kameras waren 94 Minuten offline. Warum mussten sie das Update machen? Haben sie keine IT-Abteilung?«

Arne Rink lehnte sich leicht zurück. »Der Kollege der IT-Abteilung war im Urlaub, das Update war kurzfristig und dringend. Und da ich mich als Einziger ebenfalls mit der Anlage auskenne, habe ich mich bereit erklärt, das zu machen.«

Christian Renner verschränkte die Arme und sah Arne Rink direkt an. »Herr Rink, wie lange dauert es, einen Auflieger mit Rammer-Ware zu entladen oder zu beladen?«

Arne Rink überlegte kurz und antwortete, »die Paletten haben Euro-Maße, sind knapp 1,80 m hoch. So einen Auflieger hat ein geübter Staplerfahrer in 30 Minuten leer gemacht und wieder beladen.«

Christian blickte ihn ernst an. »Und würden sie sich als erfahrenen Staplerfahrer bezeichnen? Wir haben 94 Minuten keine Kameras. Genug Zeit, die Leiche von Herrn von Backstein aus dem Auto zu schaffen, den Auflieger zu entladen, die Leiche zu platzieren und den Auflieger wieder zu beladen. Oder?«

Arne Rink schluckte und senkte den Blick. »ich hätte dann jetzt doch gerne einen Anwalt.«

***

Caro stand noch immer in Lottas Büro, die Schadensunterlagen waren auf dem kleinen Besprechungstisch verteilt. Sie starrte fassungslos auf ihr Handy und stammelte vor sich hin, »das wollte ich nicht, das ist alles meine Schuld.« Tränen schossen ihr in die Augen, und sie ließ das Handy sinken. Lotta bemerkte die plötzliche Gemütsänderung ihrer Freundin, stand auf, legte eine Hand auf ihre Schulter und fragte besorgt, »was ist los? Du wolltest doch nur Sofia schreiben, ob sie heute Zeit hat, damit wir ihr unsere Entdeckung berichten.« Caro schniefte und brachte kaum einen klaren Satz heraus. »Das habe ich. Und sie hat auch direkt geantwortet. Sie haben Arne abgeholt. Verhaftet. Das ist alles meine Schuld, weil ich das mit Rammer erzählt habe.« Lotta schüttelte den Kopf und versuchte, Caro zu beruhigen. «Quatsch, da muss mehr sein. Du hast doch nur das Richtige getan und mit offenen Karten gespielt. Ich glaube nach wie vor fest daran, dass Arne nichts mit dem Mord zu tun hat. Und ich bin sicher, Sofia ist so gut in ihrem Job, dass sie das schnell herausfinden wird.«

Lotta machte eine kurze Pause, dann sprach sie entschlossen weiter, »und wir werden ihr dabei helfen. Dass Severin tot auf einem Auflieger gefunden wird, der von einer von Rammers Firmen kommt, und wir gleichzeitig noch die Ungereimtheiten in der Versicherung finden? Das kann kein Zufall sein. Severin war in irgendwas mit Rammer verwickelt. Und wenn wir herausfinden, was da wirklich los war, dann können wir der Polizei vielleicht einen Tipp geben, wer der wahre Täter ist. Wir müssen uns heute Abend mit Sofia treffen.« Caro wischte sich die Tränen ab und konnte wieder lächeln. Der Kampfgeist von Lotta hatte sie aus ihrer Schockstarre geholt.

»Jetzt erst recht«, sagte Caro, ihre Stimme fester als zuvor.

»Alles für Arne. Ich schreibe Sofia«, meinte Caro, zückte ihr Smartphone und begann zu tippen, »sind gerade etwas schockiert. Müssen dir was zeigen, in Ruhe. Heute Abend wieder Treffen?« Es dauerte nur wenige Sekunden, bis eine Antwort von Sofia kam, »alles klar, sagen wir 18 Uhr bei mir? Hier meine Adresse. Hole uns bei meinen Eltern im Lokal was zu Essen. Ihr könnt eine Flasche Wein mitbringen. Arne schlägt sich super. Seid mir nicht böse, ich mache nur meinen Job.«

Caro zeigte Lotta die Nachricht, und diese nickte zustimmend.

»Gut, dann haben wir einen Plan«, sagte Lotta. »Und eine Flasche Wein besorge ich.«

Christian Renner sah Arne Rink direkt an, »okay, ich verstehe, dass sie einen Anwalt benötigen. Sie können Ihren Anwalt kontaktieren, und wenn sie noch jemanden anrufen möchten, Herrn Fels zum Beispiel oder jemanden brauchen, der ihnen ein paar Sachen für die U-Haft vorbeibringt, nur zu. Übrigens, das mit dem nur einen Anruf ist auch so ein TV-Mythos.«

Er lehnte sich zurück und fuhr fort, »ich werde dann einen Kollegen von der Wache bitten, ihre Personalien aufzunehmen, und sie in Gewahrsam nehmen. Sobald ihr Anwalt eingetroffen ist, reden wir weiter und gehen den Fall nochmals durch. Aber ich muss ehrlich sein. Alle Indizien sprechen derzeit gegen sie. Über die Vorteile eines Geständnisses sollten sie mit ihrem Anwalt sprechen.« Arne Rink sagte eine Weile nichts, ehe er schließlich anmerkte, »ich würde dann Lotta Wilke anrufen. Sie ist meine engste Freundin. Sie soll sich um einen Verteidiger kümmern, Harald Bescheid geben und mir ein paar Sachen bringen. Sie hat einen Zweitschlüssel zu meiner Wohnung.« Christian gab ihm sein Smartphone zurück. Arne wählte Lotta Wilkes Nummer, und nach nur einmal Klingeln ging sie dran.

»Lotta, ich bin's. Die Polizei hat mich vorläufig wegen des Mordes an Severin festgenommen. Kannst du bitte einen Strafverteidiger besorgen und Harald Bescheid geben? Und packe in meiner Wohnung ein paar Sachen für ein paar Tage zusammen. Danke dir, Liebes.«

Lotta war erleichtert, als sie Arnes Stimme hörte, »Arne, Caro und ich haben etwas gefunden. Du kannst Sofia Montio vertrauen. Wir holen dich da raus. Ich glaube keine Sekunde, dass du das warst.«

Christian Renner gab Arne ein diskretes Zeichen, das Gespräch zu beenden. Arne verabschiedete sich kurz und legte auf. Wenig später nahm ein Streifenbeamter seine Daten auf und führte ihn zur erkennungsdienstlichen Behandlung. Anschließend brachte man ihn ins Untergeschoss in einen der Hafträume.

Sofia sah Christian an. »Ich glaube nicht, dass er der Täter ist. Auch wenn es Indizien gibt, er hat heute so einen ruhigen und intelligenten Eindruck gemacht. Keine Spur von dem Hitzkopf, von dem alle sprechen. Lass uns bitte zweigleisig fahren und weiter ermitteln. Bis jetzt haben wir weder eine Tatwaffe noch einen Tatort oder eindeutige Spuren wie DNA oder Fingerabdrücke.«

Christian nickte zustimmend und lächelte seine Kollegin an, »genau das hatte ich vor. Lass uns mal schauen, was Murat zu den Alibis von Fischer und Stadtfeld herausgefunden hat. Und dann sehen wir weiter.«

***

Caro und Lotta standen vor Harald Fels' Büro, klopften kurz und traten durch die offene Tür ein. Harald Fels saß an seinem Schreibtisch, vertieft in Kennzahlen. Als er die beiden jungen Frauen bemerkte, blickte er über den Rand seiner Lesebrille und begrüßte sie mit einem strahlenden Lächeln. »Lotta, Caro, was verschafft mir die Freude eures Besuchs? Ihr schaut so ernst. Was ist passiert?« Caro setzte an, etwas zu sagen, doch Lotta war schneller. »Arne hat angerufen. Die Polizei war heute Morgen bei ihm und hat ihn vorläufig festgenommen. Es gibt wohl einige Indizien, die auf ihn als Täter hindeuten sollen. Ich glaube das keine Sekunde. Und ich brauche einen Anwalt für ihn.«

Harald setzte seine Brille ab, sein zuvor strahlendes Gesicht wurde ernst, »Arne wurde verhaftet? Wie kann das sein? Was denkt die Polizei sich dabei?«

Er hielt einen Moment inne, dann sprach er entschlossen weiter. »Um den Anwalt kümmere ich mich. Ich rufe Alexander an. Dr. Leinen ist einer der besten Rechtsanwälte der Stadt. Und ihr bewahrt Ruhe. Lotta, du rufst bitte die Abteilungsleiter-Runde zusammen. In zehn Minuten im Besprechungsraum Bökelberg. Wir werden die Führungsmannschaft informieren.«

Er wandte sich an Caro. »Caro, Liebes, du gehst bitte in die Personalabteilung und sagst den Damen, dass Arne sich für zwei Wochen krankgemeldet hat.«

Mit einem kurzen Handzeichen gab Harald den beiden zu verstehen, dass sie loslegen sollten. Dann griff er zum Telefonhörer und wählte die Nummer seines Golffreundes, Rechtsanwalt Dr. Alexander Leinen.

***

Jörg Fischer, Gerda Feld, Thomas Stadtfeld und Lotta Wilke warteten im Besprechungsraum. »Weiß man, was der Alte will?«, ätzte Thomas Stadtfeld. »So kurzfristig kann ja nichts Gutes bedeuten. Und wo ist unser Überflieger von Betriebsleiter eigentlich?«, fügte er sarkastisch hinzu.

Lotta kochte innerlich. »Dieses arrogante Arschloch«, dachte sie. Sie wollte gerade zu einer scharfen Antwort ansetzen, als Harald Fels den Raum betrat, »guten Morgen. Setzt euch bitte kurz. Was ich euch jetzt sage, verlässt nicht diesen Raum. Haben wir uns da verstanden?»

Alle nickten, und Harald fuhr mit ernster Miene fort, »ich wurde informiert, dass Arne Rink heute Morgen von der Polizei als Tatverdächtiger für den Mord an Severin von Backstein verhaftet wurde. Ich selbst glaube keine Sekunde daran und bitte euch, immer daran zu denken, dass jeder so lange unschuldig ist, bis seine Schuld bewiesen ist. Im Haus geht ihr damit diskret um. Offiziell gilt, Arne hat sich krankgemeldet. Wenn euch irgendetwas einfällt, was der Polizei weiterhelfen könnte, kooperiert bitte. Ich muss jetzt zurück an meinen Schreibtisch, ich warte auf einen Rückruf des Anwalts.«

Mit diesen Worten stand Harald auf und verließ den Raum. Thomas Stadtfeld feixte höhnisch. »Ist dem Assi endgültig die Sicherung durchgebrannt und er hat zugeschlagen? Ohne

Worte. Und der Chef glaubt immer noch an das Gute im Menschen ...« Er stand auf und marschierte ebenfalls aus dem Besprechungsraum.

Lotta war wütend. Sie wollte Stadtfeld zur Rede stellen, aber nicht vor versammelter Mannschaft. Sie atmete dreimal tief ein und aus, um ihre Emotionen zu kontrollieren, und folgte ihm schließlich ins Erdgeschoss. Als sie um die Ecke bog, sah sie, wie er telefonierte.

»Die Bullen haben den Proleten aus der Halle einkassiert. Kann uns nur recht sein. Das können wir nutzen«, hörte sie ihn sagen. Lotta spürte, wie ihr Puls schneller wurde. Schritte näherten sich aus einem anderen Gang. Wenn sie jetzt jemand ansprach, würde Stadtfeld mitbekommen, dass sie ihm gefolgt war und gelauscht hatte. Sie suchte hastig nach einer Ausweichmöglichkeit und verschwand in der nächstbesten Tür. Mit wem hatte Stadtfeld gesprochen? Was plante er? Und vor allem, was war hier los?

∗∗∗

Sofia und Christian gingen zurück in ihr Büro. Murat Cetinkaya saß konzentriert an seinem PC und durchforstete Unterlagen. Als er die beiden Kollegen eintreten sah, drehte er sich zu ihnen um. »Die Alibis von Fischer und Stadtfeld konnten halbwegs bestätigt werden«, begann Murat. »Stadtfeld war mit seiner Frau bis 22:00 Uhr auf der Poolparty. Das habe ich auch gegen gecheckt. Im Anschluss war er mit ihr zu Hause. Was danach war konnte sie nicht mehr so genau sagen, sie hätte eine Schlaftablette genommen und sofort geschlafen. Die Hitze, der Wein, das alles hätte sie sehr aufgedreht.«

Er wechselte den Blick zwischen Sofia und Christian, bevor er fortfuhr. »Fischer hat den Abend mit seinen Söhnen zu Hause verbracht. Die hatten so viel Spaß, dass die Nachbarn gegen

22:30 Uhr geklingelt und höflich gebeten haben, ob es etwas leiser ginge.«

Sofia runzelte die Stirn. »Bei Fischer bleibt aber die Möglichkeit, dass er danach noch das Haus verlassen hat und Stadtfeld hätte auch noch mal losgekonnt, oder?«

Murat nickte zögernd. »Theoretisch ja. Aber ehrlich gesagt bezweifle ich das. Fischer ist nicht der Typ, der seine zwei kleinen Kinder mitten in der Nacht allein zu Hause lässt, nur um jemanden zu erschlagen. So abgebrüht schätze ich ihn nicht ein. Bei Thomas Stadtfeld gebe ich dir recht.«

Christian lehnte sich an den Türrahmen, die Arme verschränkt. »Das wäre wirklich riskant. Aber wir sollten es nicht ganz ausschließen. Fischer hat finanzielle Probleme und steht unter Druck. Vielleicht hat er sich zu etwas hinreißen lassen.«

Sofia seufzte, »es passt alles noch nicht richtig zusammen. Wir müssen weiter graben. Gibt es sonst noch etwas, Murat?«

»Noch nichts Handfestes, aber ich bleibe dran«, antwortete Murat entschlossen und wandte sich wieder seinem Bildschirm zu. Sofia und Christian tauschten einen nachdenklichen Blick, bevor sie ihre nächsten Schritte planten.

»Wie gehen wir weiter vor?«, wollte Sofia wissen.

Christian dachte kurz nach, bevor er antwortete. »Ich würde vorschlagen, dass wir zuerst Frau von Backstein einen Besuch abstatten. Um ihr Alibi zu überprüfen, brauchen wir den Namen und die Adresse des Hotels, in dem das Yoga-Seminar stattfand. Außerdem würde ich sie vorsichtig darauf ansprechen, ob sie von der Affäre ihres Mannes wusste. Zum einen wäre das ein mögliches Motiv, zum anderen könnten wir über die Unbekannte vielleicht weitere Informationen bekommen.«

Sofia nickte zustimmend. »Und danach?«

»Im Anschluss würde ich gerne zu Harald Fels fahren und die Geschichte mit der Videoanlage prüfen«, fuhr Christian fort. »Wenn es da wirklich eine Lücke gibt, müssen wir genau wissen, warum und wie sie entstanden ist.«

Sofia lächelte leicht, »das klingt nach einem guten Plan. Dann packen wir's an.«

Die beiden griffen nach ihren Sachen und machten sich auf den Weg, um Licht ins Dunkel zu bringen.

***

Frau von Backstein öffnete die Tür, erneut sah sie aus wie aus dem Ei gepellt. Sie trug ein schlichtes, aber edles Sommerkleid, das muss ein Vermögen gekostet haben, dachte sich Sofia.

»Frau Montio, Herr Renner, willkommen! Haben sie etwas hinsichtlich des Mordes an meinem Mann herausfinden können? Aber wie unhöflich, kommen Sie doch rein. Ich sitze gerade im Garten.« Mit einer einladenden Geste bat sie die beiden herein und führte sie durch das elegant eingerichtete Wohnzimmer hinaus auf die Terrasse. »Möchten sie etwas trinken?«, fragte sie höflich. Sofia und Christian verneinten. Christian kam direkt zur Sache, »leider können wir den Fall noch nicht final abschließen, aber wir hätten noch ein paar Fragen an sie, um die Puzzleteile möglichst genau zusammenzusetzen.«

Frau von Backstein lächelte höflich, »gerne, wie kann ich ihnen weiterhelfen?«

»Frau von Backstein«, begann Christian, »ich muss ihnen eine unangenehme Frage stellen. Bei der Obduktion ihres Mannes wurde festgestellt, dass er am Abend der Tat noch ungeschützten Geschlechtsverkehr hatte. Da sie ausgesagt haben, dass sie in Holland auf einem Yoga-Retreat waren, stellt sich uns die Frage, mit wem.«

Das höfliche Lächeln verschwand von ihrem Gesicht, und für einen Moment wirkte sie überrascht, fast verletzt. Doch sie fing sich schnell wieder. »Wissen sie«, begann sie kühl, »das ist ja eine interessante Feststellung. Ja ich wusste von einer Affäre meines Mannes. Eine Zeit lang dachte ich, es wären belanglose Seitensprünge, wenn er mit seinen Freunden unterwegs war, dann stellte sich heraus das es immer ein und dieselbe Frau war.«

»Wissen sie, wer es war? Also mit wem er die Affäre hatte?«, hakte Christian nach. »Haben sie was mitbekommen – Anrufe, heimliche Treffen, Verhaltensänderungen?«

Sie schüttelte den Kopf. »Mein Mann war da scheinbar, wie soll ich es sagen, sehr diskret. Ich vermute sehr stark, dass er ein weiteres Handy hatte. Sein privates als auch sein Smartphone von der Firma lagen immer offen rum. Wenn hier whatsapp oder Anrufe erfolgt wären, das hätte ich mitbekommen.«

»Wenn sie von der Affäre ihres Mannes wussten«, begann Christian vorsichtig, »hatten sie dann nicht Angst, dass er sie für die andere Frau verlässt? Eifersucht ist schließlich ein sehr starkes Motiv.«

Susanne von Backstein lachte laut auf, ein kaltes, beinahe spöttisches Lachen. »Severin hätte mich nie verlassen«, sagte sie selbstsicher. »Das Haus, das Vermögen, unser gut situiertes Leben. All das wird durch mich finanziert, durch das Geld meiner Familie. Mein Vater hat bei unserer Hochzeit auf einen Ehevertrag bestanden. Im Falle einer Scheidung hätte Severin keinen Cent gesehen, wäre arm wie eine Kirchenmaus gewesen. So wie sein Kumpel Fischer.«

Sie machte eine abwertende Geste, als würde der Gedanke allein sie belustigen. »Nein, Herr Renner, über Scheidung und Eifersucht musste ich mir keine Gedanken machen. Was auch immer Severin gemacht hat, er wusste, wo seine Prioritäten lagen.«

Christian fragte gezielt weiter, »können sie uns noch einmal die Details ihres Aufenthalts in Holland geben? Das Hotel, der Yogakurs – alles, was ihnen einfällt.«

Frau von Backstein nickte. »Natürlich. Ich war im Van der Valk Hotel in Maastricht. Und da sie das sicherlich nachprüfen, ich war nicht mit meinen Freundinnen dort, sondern mit einem Mann, wir haben ein Wellness Wochenende verbracht, es gab also keinen Yoga-Kurs. Ich habe nichts zu verbergen, ein weiterer Grund, der gegen Eifersucht spricht.«

Sofia notierte die Informationen und fragte weiter »Hat ihr Bekannter auch einen Namen?«

»Der tut erst mal nichts zur Sache, er ist ebenfalls verheiratet, ich möchte ihn nicht mit hineinziehen. Aber das Zimmer war auf meinen Namen gebucht und man kann ihnen sicherlich bestätigen, dass ich das ganze Wochenende vor Ort war.«

Sofia und Christian tauschten einen kurzen Blick, während Susanne von Backstein ihre kühle Haltung beibehielt. Es schien, als habe sie die Situation unter völliger Kontrolle oder zumindest wollte sie diesen Eindruck erwecken. »Vielen Dank, Frau von Backstein. Wir wissen ihre Hilfe zu schätzen.«

Frau von Backstein sah sie an, ihre Maske wieder perfekt.

Christian und Sofia verabschiedeten sich und gingen zurück zum Wagen. »Was denkst du?«, wollte Sofia wissen, während sie sich mit Christian auf den Weg zum Auto machte.

»Die ist eiskalt«, antwortete Christian nachdenklich. »Sie hat zu Hause das sagen, sie finanziert das Luxusleben. Du glaubst doch nicht das sie zugelassen hätte das ihr Mann sie verlässt? Glaube aber, wenn sie aus Eifersucht mit drinstecken würde, hätten wir noch eine weibliche Leiche. Und ich denke, das Schicksal von Fischer hat Severin ziemlich abgeschreckt. Weswegen er so diskret mit seiner Liebschaft war.«

Sofia stimmte ihm zu, »das klingt plausibel. Aber es bleibt die Frage, wer seine Geliebte war.«

»Genau!«, sagte Christian. »Die Theorie mit dem weiteren Handy finde ich interessant. Der sollten wir unbedingt nachgehen. Wenn er ein zweites Handy für die Affäre benutzt hat, könnten darauf wichtige Hinweise sein. Vielleicht lässt Harald Fels uns im Büro nachsehen.«

»Das wäre ein guter Ansatz«, stimmte Sofia zu. »Wenn es existiert, ist es entweder noch da oder jemand hat es verschwinden lassen. Beides könnte uns weiterhelfen.«

»Wir sollten Fels als Nächstes besuchen«, entschied Christian, »er war Severins Vorgesetzter und scheint alles gut im Blick zu haben. Vielleicht hat er auch etwas über Severins Kontakte und Gewohnheiten, was uns weiterbringt.«

»Abgemacht«, sagte Sofia, entschlossen. »Lass uns sehen, ob wir den nächsten Puzzlestein finden.«

Sofia kündigte ihren Besuch kurz telefonisch bei Harald Fels an. Als sie bei der Spedition Fels eintrafen, wartete er bereits im Foyer seiner Firma. »Willkommen lassen sie uns direkt in mein Büro gehen. Da klären wir dann ihre offenen Fragen«, sagte er freundlich und fügte hinzu, »auch wenn ich eigentlich sauer auf sie sein müsste, da sie meinen Betriebsleiter verhaftet haben. Ich glaube keine Sekunde daran, dass es Arne war. Aber auch das können wir in Ruhe besprechen.«

Sie gingen gemeinsam in Harald Fels' Büro. Er versorgte seine Gäste mit Kaffee und setzte sich dann mit ihnen an den Besprechungstisch. »Was kann ich für sie tun?«, begann er. Christian lächelte höflich. »Herr Fels, zuallererst vielen Dank, dass sie uns so gut unterstützen und auch so kurzfristig Zeit haben. Ich würde mit ein paar Fragen zu Arne Rink anfangen, wenn es ihnen recht ist.«

Harald Fels nickte zustimmend. »Herr Rink war am Samstagvormittag in der Firma. Zu diesem Zeitpunkt waren die Kameras für 94 Minuten ausgeschaltet. Er hätte also ohne Weiteres die Leiche von Severin von Backstein in den Auflieger laden können, ohne dass es aufgezeichnet wurde. Ist es üblich, dass Ihre Mitarbeiter auch samstags hier sind, beziehungsweise dass die Kameraanlage heruntergefahren wird?«

Harald Fels runzelte die Stirn, dachte einen Moment nach, und stand dann auf. Er ging zu seinem Schreibtisch, nahm sein iPad, und setzte sich wieder zu den Ermittlern. »Unser Betriebsgelände ist von Sonntagabend um 22 Uhr bis Samstagmorgen um 7 Uhr durchgängig besetzt. Am Wochenende selbst ist niemand da, außer es stehen Wartungsarbeiten an. Jetzt am Wochenende

war es die Videoanlage, die kurzfristig umgestellt werden musste. Arne hatte sich hier bereit erklärt, das zu machen.«
Er hielt kurz inne und fügte hinzu, »bevor das jetzt wieder verdächtig wirkt, er meldet sich eigentlich immer freiwillig für solche Themen, weil er ein Perfektionist ist. Er kontrolliert gerne selbst, ob alles funktioniert hat.«

Sofia fragte nach, »die Kameras waren also gezielt abgeschaltet? Können sie uns mehr über diese Wartungsarbeiten erzählen? Wer hat sie angeordnet, und gibt es Berichte dazu?«

Harald scrollte auf seinem iPad und zeigte ihnen eine E-Mail. »Das kam am Donnerstagabend vom Dienstleister. Es ging um ein notwendiges Update, um eine Sicherheitslücke zu schließen. Arne hat sofort zugesagt, dass am Samstag zu machen, damit der Betrieb unter der Woche nicht gestört wird. Ich kann ihnen diese E-Mail und die Berichte des Dienstleisters zuschicken.« Christian nickte. »Das wäre hilfreich. Aber eine letzte Frage dazu. Ist es üblich, dass solche Arbeiten von nur einer Person durchgeführt werden, oder hätte Arne Unterstützung haben müssen?«

»Arne kennt die Anlage wie seine Westentasche. Wenn er sagt, er macht es allein, vertraue ich ihm. Aber sie haben recht, hätte ich jemand mitgeschickt, wäre Arne jetzt nicht in Schwierigkeiten, weil es einen Zeugen für seine Unschuld gäbe«, gab Harald nachdenklich zu. Sofia blickte zu Christian, bevor sie sich wieder an Fels wandte. »Hatte Arne Rink beruflich mit Gerd Rammer zu tun?« Harald Fels schüttelte den Kopf. »Nein, Arne hat keinen direkten Kundenkontakt. Es gibt Ausnahmen, wenn Kunden die Halle besuchen und wir ihnen Abläufe und Prozesse erklären. Aber Gerd Rammer war noch nie hier, das wüsste ich.«

Sofia nickte, »okay, das hilft uns schon mal weiter. Kommen wir zu Severin von Backstein, ist ihnen in den letzten Wochen bei ihm etwas aufgefallen? Wirkte er verändert? Hatte er Sorgen oder hat er von privaten Problemen gesprochen?«

Harald Fels kratzte sich nachdenklich am Hinterkopf, bevor er antwortete, »nein, eigentlich nicht. Ich würde sogar sagen, es war eher das Gegenteil. Seit vier, vielleicht fünf Wochen war er besser drauf, gut gelaunt und fast fröhlich – wie jemand, der frisch verliebt ist. Obwohl ich weiß, dass er und Susanne schon seit Jahren glücklich verheiratet sind.«

Sofia konnte sich ein sarkastisches, »so glücklich auch nicht, sie geht fremd und er geht fremd« gerade noch verkneifen.

Stattdessen wechselte Christian das Thema. »Herr Fels, wäre es möglich, dass wir uns in Herrn von Backsteins Büro umsehen? Seine persönlichen Unterlagen könnten uns helfen und an Arne Rinks Arbeitsplatz würden wir auch gerne mal vorbeischauen. Wir verstehen, wenn sie Nein sagen, dann müssten wir einen Durchsuchungsbeschluss anfordern.«

Harald Fels zögerte, und man konnte sehen, wie er die Vor- und Nachteile abwägte. Schließlich nickte er. »Ja, okay, das bekommen wir hin. Aber ich möchte sie bitten, sich bei Severins Platz nur auf seine persönlichen Unterlagen zu konzentrieren. Keine Personalakten oder sensible Daten, die meine anderen Mitarbeiter betreffen. Und bei Arne ebenfalls äußerste Diskretion. Ich würde sie am liebsten begleiten, leider habe ich einen wichtigen Termin. Wäre es Ok für sie, wenn Frau Feld sie begleitet? Sie ist neben meiner Tochter die einzige Person, der ich blind vertraue in der Firma.«

Christian versprach, »das ist kein Problem. Wir beschränken uns auf das absolut Nötige. Und Frau Feld kann uns sehr gerne begleiten.«

»Gut«, sagte Fels und erhob sich, »ich zeige ihnen den Weg in das Büro von Severin von Backstein und schicken ihnen dann Frau Feld.«

Severin von Backsteins Büro lag im ersten Obergeschoss des Verwaltungsgebäudes. Es war ein kompakter, etwa 10 Quadratmeter großer Raum, der vor Effizienz nur so strotzte. Auf dem Schreibtisch standen zwei Monitore, ein Notebook und ein

Telefon. Persönliche Gegenstände wie Bilder oder Deko? Fehlanzeige. Alles wirkte clean, steril und geschäftsmäßig. Vor dem Schreibtisch stand ein kleiner Besprechungstisch mit drei Stühlen. In der Ecke befand sich ein verschlossener Aktenschrank.

»Wow, der hatte wirklich Ordnung«, staunte Sofia Montio, während sie sich im Raum umsah. Mit einem schelmischen Lächeln fügte sie hinzu, »da könntest du dir echt mal eine Scheibe abschneiden.« Christian schnaubte gespielt verächtlich.

»Ich habe auch Ordnung. Meine Ordnung ist nur um einiges kreativer.«

In diesem Moment klopfte es kurz an der Tür, und eine Frau Ende fünfzig, vielleicht Anfang sechzig, trat ein. Sie trug eine schlichte, aber zweckmäßige Bluse und eine bequeme Hose. Mit freundlichem Gesichtsausdruck und einer gewissen Autorität in ihrer Haltung stellte sie sich vor. »Guten Tag, ich bin Gerda Feld. Herr Fels hat mich gebeten, sie zu unterstützen.« Sofia trat einen Schritt vor und reichte ihr die Hand.

»Hallo Frau Feld, schön, sie kennenzulernen. Ich bin Sofia Montio, und das ist mein Kollege Christian Renner.«

Christian lächelte freundlich »Herr Fels hat sie wirklich in den höchsten Tönen gelobt.« Frau Feld strahlte ihn an, Christian wurde schon öfters nachgesagt bei Damen Ende fünfzig sehr gut anzukommen. »Das freut mich zu hören. Was genau kann ich für sie tun?«

»Wir wollten prüfen, ob wir etwas finden, das uns bei den Ermittlungen im Zusammenhang mit Herrn von Backsteins Tod weiterhelfen könnte«, begann Sofia höflich. »Hinweise darauf, wo er sich am Abend der Tat aufgehalten hat, oder mit wem er sich getroffen haben könnte. Es wäre hilfreich, wenn wir einen Blick in seinen Rollcontainer werfen könnten. Sein Notebook und seine E-Mails hat unser Kollege bereits überprüft. Aber viele nutzen ja noch einen klassischen analogen Kalender oder ein Notizbuch.«

Gerda Feld nickte verständnisvoll und lächelte, »ich zum Beispiel bin ein großer Fan von Kalendern aus Papier. Wenn Herr von Backstein so etwas gehabt hat, dann wird es mit Sicherheit in seinem Rollcontainer sein, ich habe ihn allerdings immer nur mit seinem IPad gesehen.« Sie deutete auf den unscheinbaren Schrank unter dem Schreibtisch. »Ich kann ihn für sie öffnen lassen«, bot sie an. »Allerdings bleiben die Schränke mit den Personalakten tabu. Herr Fels war da sehr deutlich.«

Christian hob beschwichtigend die Hände. »Selbstverständlich Frau Feld, wir respektieren das. Es geht uns nur um persönliche Gegenstände von Herrn von Backstein.« Gerda Feld griff zum Telefon, um einen Mitarbeiter zu rufen, der den Container öffnen konnte. »Das dauert nur einen Moment«, sagte sie freundlich. »Ich hoffe, sie finden, wonach sie suchen.«

Während sie auf den Mitarbeiter mit den Zweitschlüsseln für die Rollcontainer warteten, fragte Christian Gerda Feld, »wie standen sie zu Severin von Backstein?«

Sie schaute Christian freundlich an und antwortete, »wenn ich ehrlich bin, ich mochte ihn nicht sonderlich. Er hat nach oben immer gekuscht, war zu den Mitarbeitern bei uns im Haus aber überheblich. Hat nicht gegrüßt und sich für etwas Besseres gehalten. Seine Leistung war in meinen Augen eher unterdurchschnittlich, aber er konnte sich gegenüber Harald gut verkaufen. Wissen sie, ich habe damals, als Harald diese Firma gegründet hat, als Buchhalterin und rechte Hand angefangen. Und dann in den letzten drei Jahrzehnten hochgearbeitet. Ich behandle unsere Reinigungskraft mit der gleichen Freundlichkeit wie den Chef. Das gehört sich so. Caro hat er während ihrer Zeit in der Personalabteilung das Leben zur Hölle gemacht. Herr von Backstein wollte noch hoch hinaus und hat sich insgeheim Hoffnungen gemacht, meinen Job zu übernehmen, wenn ich in Rente gehe – Verwaltungschef, Stellvertreter vom Chef, die Personalabteilung in die Verwaltung integriert. Aber dafür ist Caro Fels vorgesehen. Erst der Verwaltungspart und dann irgendwann die komplette Firma.«

In diesem Moment trat ein junger Mann ins Büro. Sofia vermutete, dass es ein Auszubildender war, der Frau Feld einen Schlüsselbund mit den Zweitschlüsseln für den Rollcontainer brachte. Sie prüfte anhand einer Nummer am Schloss, welcher Schlüssel benötigt wurde, suchte ihn heraus und öffnete den Container. »Hier bitte«, sagte Gerda Feld und trat zur Seite. »Wenn sie etwas finden oder Hilfe benötigen, lassen sie es mich wissen.« Sofia und Christian begannen, den Inhalt zu durchsuchen. In der obersten Schublade fanden sie klassische Büromaterialien. Stifte, Notizblöcke und ein paar lose Zettel.

»Bis auf den Montblanc Füller alles ziemlich unspektakulär«, stellte Sofia enttäuscht fest. In der zweiten Schublade stießen sie auf ein Notizbuch mit Ledereinband. Christian zog es heraus und öffnete es vorsichtig. Das private Journal von Severin von Backstein. »Das hingegen ist interessant«, sagte er und schlug den Tag der Tat auf. »Das müssen wir uns näher anschauen. Scheinbar hat er regelmäßig Journal geschrieben, der letzte Eintrag ist von letzter Woche Donnerstag. Unter 3 Dinge, für die ich dankbar bin, steht dreimal der gleiche Name. Leni, Leni, Leni. Sie gibt mir Kraft und Energie auf zu hören. Unter Pain Points steht - Arne Rink, die Diskussionen treiben mich in den Wahnsinn und „mein Fluch", es passt jedenfalls zu seiner Stimmung in den letzten Wochen.«

»Leni könnte seine Geliebte sein«, stellte Sofia fest, »das Buch nehmen wir mit. Vielleicht kennt jemand diese Frau.«

Gerda Feld trat näher. »Ich kenne sie nicht. Das ist auf jeden Fall niemand aus der Firma.«

»Dann klären wir das woanders«, sagte Sofia entschlossen, während sie das Notizbuch sicherte. »Das bringt uns auf jeden Fall ein Stück weiter. Das Notizbuch kann sich Murat näher ansehen und auswerten.« Christian wandte sich an Gerda Feld, »könnten sie uns dann bitte noch zum Büro von Arne Rink bringen?« »Aber gerne«, sagte Gerda Feld. »Auch wenn ich keine Sekunde daran glaube, dass Arne irgendetwas damit zu tun hat. Ich kenne ihn, seit er hier die Ausbildung gemacht hat. Immer engagiert, ehrgeizig, höflich – ist sich für keine Aufgabe zu schade!« Sofia und Christian traten mit Gerda Feld aus dem Büro des Personalleiters. Plötzlich stieß Sofia mit einem Mann zusammen, der gerade aus dem gegenüberliegenden Büro der Personalabteilung kam. Der Mann war Mitte 40, hatte dunkle Haare und eine auffällige Narbe auf der rechten Wange. Er trug eine schwarze, kurze Arbeitshose, dazu ein schwarzes T-Shirt mit dem roten Aufdruck „Spedition Fels" auf der Brust.

»Pass doch auf! Keine Augen im Kopf, du dusselige Kuh«, zischte er Sofia an. Die beiden blickten sich für eine Sekunde an, und Sofia spürte ein seltsames Gefühl, als ob sie ihm schon einmal begegnet war. Noch bevor sie etwas erwidern konnte, drehte sich der Mann um und stampfte wütend Richtung Treppenhaus.

»Einer unserer Fahrer, Nick. Kein sonderlich sympathischer Zeitgenosse«, entschuldigte sich Gerda Feld mit einem leichten Kopfschütteln. »Alles gut«, beschwichtigte Sofia, obwohl sie innerlich noch immer über die Begegnung nachdachte. »Aber irgendwie kommt der mir bekannt vor. Ich komme nur nicht darauf, woher.«

Sie gingen durch das Treppenhaus, traten durch den Hinterausgang in den Hof und überquerten diesen in Richtung Halle. »Arne hat sein Büro direkt in der Halle«, erklärte Gerda Feld, während sie zielstrebig vorging.

Nach wenigen Minuten hatten sie das Büro erreicht. Der Unterschied zwischen Arne Rink und Severin von Backstein war nicht nur charakterlich, sondern spiegelte sich auch deutlich in der Einrichtung wider. Obwohl das Büro von Arne Rink ebenfalls knapp 10 Quadratmeter groß war und eine ähnliche Grundausstattung aufwies, wirkte es deutlich persönlicher und lebendiger.

Ein großes Whiteboard dominierte die Rückwand des Büros. Darauf hing ein detaillierter Plan des Umschlagbereichs, versehen mit zahlreichen handschriftlichen Notizen und Markierungen. Neben dem Whiteboard war ein Foto angebracht, das Arne zusammen mit Lotta Wilke und Caro Fels zeigte. Es sah aus, als wäre es in einem Bowlingcenter aufgenommen worden. Unter dem Bild stand handschriftlich - Du bist der Beste! Lotta -. Auf dem Schreibtisch türmten sich Unterlagen – Wartungsberichte für Flurförderfahrzeuge, Schichtpläne und Urlaubsübersichten lagen wild durcheinander. »Das ist definitiv die gleiche kreative Ordnung wie du sie pflegst«, bemerkte Sofia mit einem Schmunzeln, während sie sich umsah. Christian erklärte Gerda Feld, dass sie auch hier hauptsächlich einen Blick in den Rollcontainer werfen wollten, da sie Arne Rinks E-Mails bereits geprüft hatten. Gerda nickte und öffnete den Rollcontainer mit einem Schlüssel, den sie aus der Tasche ihrer Jacke zog. Die erste Schublade enthielt typische Büroutensilien Stifte, Heftklammern, eine Schere und Notizblöcke. In der zweiten fanden sie ein ganzes Sortiment an Proteinriegeln, Pulver, Koffeintabletten, Kaffeekapseln – und ein paar Gummibärchen, die einen Kontrast zu den Fitnessprodukten bildeten.

Die dritte Schublade war interessanter. Darin lag ein Arbeitsshirt der Spedition Fels, ein Mobiltelefon und ein dicker Umschlag. Christian zog sich Einweghandschuhe an, bevor er den Umschlag vorsichtig öffnete. Er stieß einen leisen Pfiff durch die Zähne aus. »Nicht schlecht. Das sind locker 20 bis 25.000 Euro in bar. Das muss uns Herr Rink mal erklären.«

Sofia hob eine Augenbraue. »Das ist definitiv ungewöhnlich. Und das Smartphone? Privat oder geschäftlich?« Gerda Feld warf einen Blick auf das Smartphone, »auf jeden Fall kein Gerät aus der Firma, wir nutzen eine andere Marke. Diese Marke sagt mir nicht einmal was.«

Christian schaltete das Mobiltelefon ein, das keinerlei Bildschirmsperre hatte. Man konnte direkt auf alle Programme und

Nachrichten zugreifen. »Ist eine chinesische Marke, ein sehr günstiges Model. Das überlasse ich Murat«, sagte Christian, während er den Umschlag und das Telefon vorsichtig in Beweismittelbeutel packte. »Der wird sicher ein paar interessante Details daraus ziehen können.«

Gerda Feld brachte die beiden Kommissare zum Ausgang, und sie bedankten sich herzlich für ihre Unterstützung. »Vielen Dank, Frau Feld, das war wirklich hilfreich«, sagte Christian freundlich. Sofia ergänzte, »ja, ohne ihre Unterstützung wären wir nicht so weit gekommen. Danke ihnen!«

Als sie das Gelände verließen und zu ihrem Auto gingen, blieb Sofia plötzlich stehen. »Treutner, Nick Treutner!«, rief sie unvermittelt. Christian warf ihr einen verwirrten Blick zu. »Was?«

»Der Fahrer, der mich vorhin angerempelt und dann, als dusselige Kuh beleidigt hat. Ich weiß jetzt, woher ich ihn kenne! Das war eine der ersten Verhaftungen, die ich damals durchgeführt habe. Diebstahl und Betrug. Ich glaube, er hat vier Jahre bekommen. So klein ist die Welt.«

Christian war überrascht, Mönchengladbach war wirklich ein Dorf, »interessant. Und jetzt fährt er hier für die Spedition? Scheint sich ja resozialisiert zu haben.«

»Sieht so aus. Immerhin scheint er jetzt einen ehrlichen Job zu machen.« Die beiden stiegen ins Auto, und Christian warf einen Blick auf die Uhr, »15:30 Uhr. Der Tag verging wie im Flug. Aber wir haben einiges herausgefunden.« Sofia lehnte sich im Sitz zurück. »Ja, definitiv. Und wenn wir erst einmal wissen, was es mit dem Geld und dem Handy auf sich hat, kommen wir sicher weiter.«

Christian startete den Wagen und warf einen Blick in den Rückspiegel. »Bis wir im Präsidium sind, ist es locker 16:15 Uhr – bei dem Verkehr hier. Ich würde sagen, wir machen für heute Schluss. Morgen sehen wir uns mit Murat das Handy an und fragen Arne Rink, was es mit dem Geld auf sich hat. Danach schauen wir weiter.« Sofia nickte zustimmend. »Klingt nach einem Plan. So langsam tut sich was in dem Fall.«

Mit einem letzten Blick auf das Gelände der Spedition fuhren sie vom Hof.

***

Gegen 18 Uhr klingelte es bei Sofia. Caro und Lotta standen vor der Tür, bewaffnet mit zwei Flaschen Weißwein und einem Stapel Unterlagen. »Kommt rein«, begrüßte sie Sofia, umarmte die beiden und führte sie in ihre kleine, aber gemütliche Wohnung. Beni, ihr Kater, kam gelangweilt auf die zwei jungen Frauen zu geschlendert. Mit einem Blick, der zu sagen schien, »das ist meine Wohnung«, schnurrte er um Lottas Beine und verzog sich dann majestätisch auf die Fensterbank. »Das ist Beni«, lachte Sofia. »Mein dicker, verwöhnter Kater – und der einzige Mann in meinem Leben.«

»Sympathisch«, erwiderte Lotta und strich Beni über den Rücken, bevor sie sich neben Caro an den Küchentisch setzte.

»Ich habe euch einiges zu erzählen und noch mehr Fragen. Aber erst mal, hoffe ich, ihr habt Hunger. Ich habe bei meinen Eltern im Restaurant Pizza für uns organisiert. Mein Vater müsste jeden Moment vorbeikommen. Normalerweise liefern sie nicht, aber für die Lieblingstochter machen sie eine Ausnahme.«, legte Sofia los.

Caro und Lotta lachten, während Sofia Gläser aus dem Schrank holte und den Wein öffnete. Es fühlte sich für sie so an, als würde sie die beiden schon ewig kennen, obwohl sie sie erst im Zuge des Mordfalls kennengelernt hatte. Die drei Frauen saßen um den Küchentisch, jeder ein Glas Wein vor sich.

»Wer möchte anfangen?«, fragte Caro neugierig. Sofia überlegte kurz und begann dann, von ihrem Tag zu erzählen. »Das mit Arne Rink wisst ihr ja schon. Es gibt leider zu viele Indizien, die gegen ihn sprechen. Die Mail, der Streit mit Rammer, und er war am Wochenende allein in der Firma, als alle Kameras aus waren. Dein Vater hat zwar bestätigt, dass er dort gearbeitet hat, Caro, aber das heißt ja nicht, dass er die Situation nicht ausgenutzt haben könnte.« Caro nickte nachdenklich, doch Lotta runzelte die Stirn. Sofia fuhr fort, »in von Backsteins Büro haben wir ein Journal gefunden – oder wie wir es früher genannt haben, ein Tagebuch. Gelesen habe ich es allerdings noch nicht.« Caro grinste breit über das ganze Gesicht, »das Tagebuch des feinen Severin von Backstein? Was würde ich dafür geben, das mal zu lesen.« »Den Wunsch kann ich dir leider nicht erfüllen«, entgegnete Sofia schmunzelnd. »Ich erzähle euch ja schon mehr, als ich eigentlich darf.«

Dann wechselte sie das Thema. »Was mich heute wirklich überrascht hat, war, Nick Treutner bei euch zu treffen.«

»Treutner? Der Fahrer?«, fragte Lotta. »Ein Ekel, glotzt mir immer auf den Hintern, wenn ich an ihm vorbei gehe. Aber es ist schwer, Fahrer zu finden. Warum überrascht dich das?«

»Treutner war eine meiner ersten Verhaftungen«, erklärte Sofia. »Er hat vier Jahre für schweren Diebstahl und Betrug bekommen. Ich hätte nie gedacht, dass der mal ehrlicher Arbeit nachgeht – und auch nicht, dass ihr jemanden mit so einer Vergangenheit einstellt.«

Caro runzelte die Stirn. »Treutner saß im Knast? Und wir haben den eingestellt?« »Anscheinend!«, sagte Sofia.

»Das wundert mich«, bemerkte Caro nachdenklich. »Mein Vater achtet bei so was sehr darauf, gerade weil wir hohe Warenwerte transportieren. Jeder, der bei uns anfängt, muss ein polizeiliches Führungszeugnis vorlegen. Das musste sogar ich machen, weil die Regel für alle gilt. Und Papa sollte wissen, dass ich nicht vorbestraft bin. Dass jemand wie Treutner da durchgerutscht ist, ist wirklich merkwürdig.«

Bevor Sofia etwas erwidern konnte, wurden die drei von der Türklingel unterbrochen. »Wenn man von Vätern spricht...«, sagte Sofia lachend. »Das muss meiner sein, mit unserem Essen.« Giovanni Montio stand mit drei dampfenden

Pizzakartons vor der Tür, der Duft von frischen Tomaten, Mozzarella und Basilikum erfüllte sofort die kleine Wohnung.

»Hallo, meine Liebe! Wie versprochen, drei Mal Pizza Caprese«, sagte er mit einem breiten Lächeln, während er die Kartons auf dem Küchentisch abstellte.

»Lotta, Caro, das ist mein Vater. Papa, das sind Lotta und Caro. Ich habe die beiden bei meinem neuen Fall kennengelernt, und wir haben uns sofort verstanden«, stellte Sofia ihre neuen Freundinnen vor.

»Freut mich, euch kennenzulernen«, sagte Giovanni höflich und warf den beiden Frauen ein warmes Lächeln zu. »Ich würde ja bleiben, aber deine Mama ist allein im Restaurant. Lasst es euch schmecken!« »Danke, Papa«, sagte Sofia, und Giovanni verabschiedete sich mit einem kurzen Winken. Die drei Frauen machten sich sofort über die Pizza her, und der Geschmack war so gut, wie der Duft es versprochen hatte.

»Die Pizza ist köstlich!«, sagte Lotta begeistert, während sie genüsslich ein Stück abbrach. »Das ist das Geheimrezept meiner Mama«, erwiderte Sofia stolz.

Beim Essen kamen sie wieder auf Nick Treutner zu sprechen. »Also, dass Treutner eine kriminelle Vergangenheit hat, wirft wirklich Fragen auf«, meinte Lotta und nahm einen Schluck Wein. Caro nickte nachdenklich. »Dazu noch die Sache, auf die ich heute gestoßen bin. Das kann doch alles kein Zufall mehr sein. Sofia, wir hatten in letzter Zeit immer wieder Ärger mit Transportschäden. Es gibt Auffälligkeiten bei GR-Design, Rammers Firma. Es waren nie große Summen, immer unter der Grenze von 2500 Euro, so dass der Versicherer keine Fragen stellt, aber heute habe ich mir die Schäden mal genauer angesehen.«

»Was genau meinst du mit Transportschäden?«, interessierte sich Sofia die keine Ahnung von den Abläufen in einer Spedition hatte. »Naja, beschädigte Paletten, defekte Waren, manchmal auch Dinge, die komplett fehlen. Aber das ist hier alles nicht wichtig. Das Seltsame ist, das es gar keine beschädigte Ware gibt. Ich habe mir heute mal die Akten genauer angesehen, schau dir das mal an«, erklärte Caro, während sie wie schon am Vormittag im Büro die Fotos und die Zustellnachweise nebeneinander auf den Boden legte.

»Trotz unterschiedlicher Empfänger ist die Unterschrift immer sehr ähnlich und auch die Schrift von beschädigt oder Karton fehlt, ist fast immer die Gleiche. Ich habe heute 3 Kunden angerufen, niemand hat Ware bestellt, geschweige denn beschädigte Ware zugestellt bekommen. Laut GPS-Daten war der Fahrer aber immer bei diesen Empfängern und jetzt haltet euch fest«, Caro legte eine kurze Pause ein, »immer nur für knapp 2 Minuten, immer am Ende der Tour und immer ist danach das GPS aus.«

»Das klingt nach einer Menge Zufälle«, warf Lotta ein. »Oder nach jemandem, der ziemlich clever ist«, ergänzte Sofia.

»Wenn du mir jetzt noch sagst, dass Treutner die Touren gefahren ist, würde es ins Bild passen.«

Caro zuckte mit den Schultern. »Nein, Treutner ist diese Touren nicht gefahren. Der Fahrer war immer Steffen Sander.«

Lotta verdrehte die Augen, »der ist aber vom gleichen Schlag wie Treutner, auch kein allzu freundlicher Zeitgenosse.«

Sofia war jetzt hellwach, »Steffen Sander? Ende dreißig, Glatze, kleines Tattoo auf Glatze und den Armen, blonder Vollbart?»

Caro war ganz überrascht, »ja genau der Typ, woher weißt du das?«

»Weil der auch schon mal Kunde bei mir war«, erklärte Sofia und zeigte eine kleine Narbe an der Innenseite ihres Oberarms. »Ich habe sogar noch eine kleine Erinnerung von ihm, der saß, seit er strafmündig ist, mehr als die Hälfte seines Lebens im Knast. Mädels, das kann jetzt wirklich kein Zufall mehr sein.«

Caro schaute entsetzt und stellte ihre Pizza ab. »Zwei Ex-Knackis arbeiten bei uns in der Firma? Da kann doch irgendwas nicht stimmen!« »Zwei, von denen wir jetzt wissen«, korrigierte

Sofia ruhig. »Caro, könnt ihr mir eine Liste mit allen Mitarbeitern aus eurer Firma besorgen? Dann kann ich die Namen mal mit unserer Datenbank abgleichen.«

Caro überlegte kurz, »ich kann das über Gerda oder die Personalabteilung versuchen.« Lotta runzelte die Stirn und schnippte plötzlich mit den Fingern. »Wartet mal, ich habe die Liste doch sofort parat! Es gab für die Abteilungsleitungen eine Abfrage für die Teilnahme am Sommerfest, und auf der Liste stehen alle Mitarbeiter drauf.« »Super!«, sagte Sofia, und Lotta zog ihr iPad aus der Tasche. Sie meldete sich schnell auf ihrem Firmenkonto an, fand die Datei und mailte sie direkt an Sofia.

»Schon angekommen«, lobte Sofia, während sie eine Benachrichtigung über den Eingang der Mail auf ihrem Handy sah. »Wie läuft bei euch eigentlich der Einstellungsprozess?«, wollte Sofia wissen, während Lotta ihr iPad weglegte.

»Das ist so«, erklärte Lotta, »die Personalabteilung sammelt die Unterlagen der Bewerber und sortiert vor. Danach schaute Severin von Backstein drüber. Da legte er ganz viel Wert drauf. Er führte dann gemeinsam mit dem zuständigen Abteilungsleiter die Bewerbungsgespräche. Das Führungszeugnis wird erst angefordert, wenn es zu einem Vertrag kommt, und das lief dann über Severin.«

Sofia dachte nach, »das heißt also, Fischer und die anderen Abteilungsleiter bekommen weder die Unterlagen noch das Führungszeugnis zu sehen?« »Die relevanten Bewerbungsunterlagen schon, Sozialversicherung, Bankverbindung und Führungszeugnis? Nein, das bleibt in der Personalabteilung.«, bestätigte Lotta.

»Okay«, sagte Sofia, während sie die Informationen sortierte. »Ich werde mich morgen trotzdem mal mit Fischer unterhalten. Vielleicht kann er etwas Licht ins Dunkel bringen.«

Caro lehnte sich zurück und seufzte. »Ich verstehe wirklich nicht, wie das passieren konnte. Mein Vater ist bei so was immer so streng – da stimmt doch was nicht.« Sofia nahm einen letzten Schluck Wein und setzte ein beruhigendes Lächeln auf. »Das werden wir schon herausfinden. Ich glaube, wir sind an etwas dran, das größer ist, als es auf den ersten Blick scheint.« Sofia setzte ein ernstes Gesicht auf und richtete sich leicht auf. »Aber kommen wir mal wieder zu den Schäden. An wen meldet ihr es, wenn ein Kunde auffällig ist?«, wollte sie weitere Insights bekommen. Caro nahm einen Schluck Wein und erklärte, »normalerweise an Gerda, weil sie meine Vorgesetzte ist. Dann an Lotta, weil sie mit ihrem Bereich die Kunden betreut. Außerdem an Arne, damit er mit seiner Mannschaft sorgfältiger mit der Ware umgeht und ein Auge drauf wirft. Und natürlich auch an den zuständigen Verkäufer – in diesem Fall Thomas Stadtfeld.« Sie hielt kurz inne und verzog das Gesicht. »Der winkte in der Vergangenheit allerdings jeden Schaden ohne Gutachter durch. Ich hatte mal vorgeschlagen, wegen der Häufigkeit einen Gutachter einzusetzen, aber das ging gar nicht. Der hat mich so was von abgekanzelt und mich wie ein kleines Schulmädchen behandelt.« Sofia hob die Augenbrauen, während sie sich Notizen machte. »Das klingt ziemlich suspekt. Morgen wird ein arbeitsreicher Tag. Fischer, Sander, Stadtfeld – und vielleicht noch Rammer.« Lotta nickte zustimmend, während Caro sich etwas in ihren Stuhl sinken ließ und seufzte.

»Es ist echt frustrierend, wenn niemand einem zuhört, obwohl man den Eindruck hat, dass etwas im Argen liegt.« Sofia legte den Stift weg und schaute die beiden an. »Ihr beide seid wirklich eine große Hilfe. Ich glaube immer weniger daran, dass Arne Rink in die Sache verwickelt ist.« Sie zögerte kurz, bevor sie weitersprach. »Ich erzähle euch das jetzt im Vertrauen, aber wir haben in Arnes Rollcontainer 25.000 Euro in bar und ein Handy gefunden. Außerdem scheint es da diese ‚Leni' zu geben, eine Geliebte von Severin von Backstein. Es passt alles noch nicht ganz zusammen, aber es fühlt sich an, als würde sich langsam ein Bild ergeben.«

Die beiden Frauen starrten sie überrascht an. »25.000 Euro? Im Rollcontainer?«, wiederholte Lotta ungläubig. »Das klingt so gar nicht nach Arne. Der hasst Bargeld.« Sofia zuckte mit den Schultern. »Deshalb müssen wir herausfinden, wo das Geld herkommt. Und wer Leni ist.«

Es war mittlerweile fast 22 Uhr, als sich Caro und Lotta schließlich verabschiedeten. Caro umarmte Sofia herzlich. »Das war so ein toller Abend, Sofia. Danke vielmals! Und es macht so viel Spaß, dir beim Ermitteln zu helfen.« Sofia grinste, aber ihre Stimme war streng, »aber keine Alleingänge, Caro! Versprochen?« Caro hob die Hände wie zur Kapitulation und lachte. »Versprochen!«

Donnerstag,15.06.2023

Als Sofia morgens ins Büro kam, waren Murat Cetinkaya und Christian Renner bereits da. Christian begrüßte sie aufgeregt »Da bist du ja endlich! Wir haben dir sehr viel zu erzählen. Murat hat sich das Handy angesehen, und ich habe mir das Notizbuch näher angeschaut.«

Sofia sah ihn verdutzt an. »Guten Morgen. Was heißt hier endlich? Seit wann seid ihr da? Wir haben gerade mal 8:20 Uhr!« Sie schüttelte den Kopf, ging zur Kaffeemaschine und schenkte sich einen Kaffee ein. Ich brauche jetzt erst mal einen Kaffee, dann könnt ihr loslegen. Und danach habe ich euch ebenfalls einiges zu berichten. Es war gestern Abend noch ein sehr aufschlussreicher Abend.«

Mit ihrer dampfenden Tasse setzte sie sich an den Tisch, nahm einen tiefen Schluck und gab Christian ein Zeichen, loszulegen. »Also, zuerst das Handy«, begann Christian. »Das Handy gehörte nicht Arne Rink, sondern eindeutig Severin von Backstein. Auf dem Gerät haben wir Chatverläufe zwischen ihm und einer mutmaßlichen Geliebten gefunden. Leider waren die

Nachrichten so eingestellt, dass sie sich nach einer Woche selbst löschen. Dadurch konnten wir nur die Konversationen vom Tag seines Todes lesen. Murat musste das Handy auch nicht knacken, es war keinerlei Bildschirmsperre eingestellt. Was ebenfalls merkwürdig war, es waren keinerlei Fingerabdrücke oder sonstige Spuren auf dem Telefon. Arne Rink ist so unvorsichtig und sperrt es in seinen Rollcontainer aber entfernt alle Fingerabdrücke? Das Gleiche gilt auch für das Geld.«

»Was war auf dem Handy drauf«, wollte Sofia wissen.

»Morgens hatte Severin ihr neben romantischen Liebesbekundungen geschrieben, dass er sich sehr auf den Abend freue. Er erwähnte, dass seine Frau verreist sei und er für sie beide einen Tisch in ihrem Lieblingslokal reserviert habe. Die Antworten von ihr waren voller Herzchen und ebenfalls Vorfreude. Verabredet hatten sie sich für 19 Uhr. Dann gibt es jedoch eine Nachricht von Severin, die wirklich merkwürdig klingt. Und nach dem Essen befreie ich mich von dem Fluch, mache Schluss damit, dann sind wir frei. Mit dir schaffe ich das.«

Sofia runzelte die Stirn und nahm einen tiefen Schluck Kaffee.

»Warum kann er sich nicht normal ausdrücken? Diese dramatische Sprache – was meint er mit ‚Fluch ablegen‘?«

Christian lachte kurz auf. »Vielleicht wollte er sagen, dass er mit irgendetwas Dunklem abschließen wollte.«

»Aber das Handy wirft auch andere Fragen auf. Wer ist diese Frau? Und warum war das Handy nach dem Mord bei Arne Rink? Hat er es nach der Tat mitgenommen oder wollte ihn jemand damit belasten?«

Murat ergänzte, »wir haben bereits versucht, die Nummer von dieser Frau, dieser Leni, anzurufen. Aber die Leitung ist tot. Scheinbar hat sie ihre Nummer deaktiviert.«

»Das passt zu jemandem, der sich verstecken will«, überlegte Sofia laut. »Aber das macht es umso dringender, diese Leni zu finden. Sie könnte der Schlüssel zu allem sein.«

Christian nickte zustimmend, beugte sich dann aber vor und meinte, »bevor wir uns auf das Notizbuch stürzen, was hast du gestern Abend herausgefunden? Du hast doch erwähnt, dass du ebenfalls einiges zu berichten hast.«

Sofia sah ihn ernst an, sie lehnte sich zurück, trank einen weiteren Schluck ihres Kaffees und begann, den gestrigen Abend Revue passieren zu lassen. »Nachdem ich Feierabend hatte, haben Caro und Lotta mich in meiner Wohnung besucht. Ein netter Mädels Abend mit Weißwein, Pizza und jede Menge Unterlagen und Informationen im Gepäck. Es war ein aufschlussreicher Abend.« Christian grinste, »Weißwein und Unterlagen – das sind ja merkwürdige Ermittlungsmethoden. Was hast Du herausgefunden?«

»Wir haben auch über Nick Treutner gesprochen. Ihr erinnert euch, der Fahrer, der mich bei unserem Besuch in der Firma über den Haufen gerannt hat? Ich habe den beiden gesagt, dass ich es ungewöhnlich finde, dass sie Ex Häftlinge als Fahrer einsetzen, aber das durchaus gut finde, dass man ihnen eine zweite Chance gibt. Caro Fels erzählte mir dann, dass sie sich das nicht vorstellen kann, da ihr Vater bei jeder Neueinstellung ein polizeiliches Führungszeugnis einfordert. Das hat er selbst bei Caro gemacht. Kontrolliert werden diese Dokumente von der Personalleitung, also Severin von Backstein.«

Christian wirkte nachdenklich, »das könnte ein Zufall sein, er könnte es vergessen haben oder Treutner hat ein gefälschtes vorgelegt.«

»DAS dachte ich auch. Die beiden sind aber bei der Bearbeitung von Transportschäden einem Betrug auf die Spur gekommen«, fuhr Sofia fort.

Sofia erklärte Ihren beiden Kollegen wie die Transportschäden von GR-Design eingereicht und abgewickelt worden, dass keiner der angerufenen Empfänger je beschädigte Ware erhalten, geschweige denn einen Transportschaden eingereicht habe.

Und das mit Steffen Sander ein weiterer Exhäftling als Fahrer beschäftigt wurde.

»Severin von Backstein übersieht es bei einem Fahrer, mag sein, ein Fehler, ein Versehen. Dass es bei zwei Fahrern passiert? Da glaube ich nicht an einen Zufall. Und Severin von Backstein hing da irgendwie mit drin. Lotta Wilke hat mir eine Liste mit allen Mitarbeitern gemailt, Murat, kannst du die bitte mal durch den Computer laufen lassen?«

Murat nickte, »immer her damit, das geht ziemlich schnell.«

Sofia sendete ihm mit dem Handy die Liste und fuhr fort, »wir haben Versicherungsbetrug, zwei Ex Knackis und einen toten Personalleiter, der scheinbar darin verwickelt war.«

Murat lehnte sich zurück, den Blick weiterhin auf den Bildschirm gerichtet, als ob er die Daten noch einmal überprüfen wollte. »Das ist irre«, murmelte er. »13 Treffer? Das muss ein durchdachtes Netzwerk sein. Wer auch immer dahintersteckt, hat diese Leute strategisch platziert.«

Sofia fuhr sich durch die Haare und starrte Murat an.

»Dreizehn! Das ist kein Zufall mehr. Da steckt System dahinter.« Murat nickte. »Ganz sicher. Und wenn wir uns die Verurteilungen anschauen – Diebstahl, Erpressung, Betrug – das sind keine Zufallstaten. Diese Leute haben kriminelle Erfahrung.«

Sofia griff nach dem Telefon auf ihrem Schreibtisch und wählte Lottas Nummer im Büro. »Ich muss mit Lotta und Caro sprechen«, sagte sie, während das Freizeichen ertönte. Nach ein paar Sekunden meldete sich Lotta am anderen Ende der Leitung. »Hallo Sofia, alles okay?«

»Hi Lotta, ja, aber wir haben gerade etwas herausgefunden, das dich interessieren dürfte«, begann Sofia. »Wir haben die Mitarbeiterliste geprüft, und es gab 13 Treffer in der Datenbank – ja, dreizehn! Das sind alles Leute mit Vorstrafen.«

»Das ist nicht dein Ernst«, sagte Lotta ungläubig. »Doch«, bestätigte Sofia. »Jetzt brauche ich deine Hilfe. Kannst du mir sagen, in welchen Bereichen diese Leute arbeiten?«

»Natürlich!«, antwortete Lotta und man hörte, wie sie sich etwas notierte. Sofia begann, die Namen aus Murats Liste vorzulesen, und Lotta überlegte bei jedem Namen kurz, bevor sie Sofia die jeweiligen Abteilungen nannte. Nachdem sie alle durchgegangen waren, bedankte sich Sofia und legte auf. Sie drehte sich zu Christian und Murat um und erklärte, »neben Treutner und Sander haben wir noch drei weitere Fahrer, einen Mitarbeiter an der Pforte, vier Lagerarbeiter, einen stellvertretenden Schichtführer und zwei Disponenten. Sie alle arbeiten in entscheidenden Positionen, um die Transporte zu organisieren, zu kontrollieren.« Christian pfiff leise, »das klingt fast schon wie in einem Mafia Film.«

»Und ich bin mir sicher, dass Rammer der Drahtzieher ist.« sagte Sofia mit fester Stimme. »Er hat diese Leute gezielt eingestellt oder einstellen lassen, um sich ein Netzwerk aufzubauen. Wahrscheinlich, um irgendwelche illegalen Geschäfte zu tarnen oder zu erleichtern.«

Murat nickte zustimmend. »Das passt zu dem, was wir bisher über ihn wissen. Nur bis jetzt können wir nichts beweisen. Die Verbindung ist sehr dünn.«

Sofia lehnte sich nachdenklich zurück. »Ich weiß, wir müssen tiefer bohren, den Haufen aufschrecken. Wenn wir jetzt nachweisen können, dass Rammer diese Leute gezielt eingesetzt hat und warum, dann haben wir nicht nur ein starkes Motiv für ihn, sondern auch die Chance, dieses ganze Netzwerk zu zerschlagen.«

Christian grinste, »hört sich nach einer Menge Arbeit an. Aber wenn das stimmt, dann haben wir den Fall fast gelöst.«

»Wie gehen wir weiter vor?«, wollte Sofia wissen, ihre Stimme ruhig, aber voller Entschlossenheit. Christian verschränkte die Arme, während er nachdachte. »Wir müssen strukturiert vorgehen. Als Erstes sollten wir Arne Rink befragen. Wir müssen herausfinden, wie er an das Handy und die 25.000 Euro gekommen ist. Steckt er womöglich tiefer drin, als wir bisher glauben?« Sofia nickte zustimmend, und Christian fuhr fort, »dann ist Fischer dran. Als Verantwortlicher für die Fahrer und Disponenten könnte er mehr wissen, als er uns bisher erzählt hat – oder er hat etwas übersehen, absichtlich oder nicht. Harald Fels sollten wir ebenfalls ins Boot holen, zumindest informieren. Er ist der Geschäftsführer, und er muss wissen, was hier läuft.«

Murat lehnte sich zurück und ergänzte, »und Sander und Treutner. Die zwei gehören definitiv auf unsere Liste. Wenn wir sie hier ordentlich ins Kreuzverhör nehmen, könnten wir Druck aufbauen. Vielleicht reichen ihre Aussagen aus, um endlich Rammer mit einem Durchsuchungsbeschluss besuchen zu können.« Sofia stimmte zu, ihre Gedanken rasten bereits weiter. »Wenn wir Rammer in seinem Büro aufschrecken, könnten wir einen entscheidenden Schritt vorankommen. Seine Reaktion wird uns viel verraten, und vielleicht finden wir etwas Handfestes.«

Christian gefiel die Dynamik, mit der seine zwei Kollegen an den Fall ran gehen wollten, musste sie aber etwas bremsen. »Bevor wir uns Rammer, Treutner und Sander vornehmen, sie aufschrecken, sammeln wir erst diskret Informationen, indem wir mit Fischer und Fels sprechen.« Er schob ein weiteres Blatt Papier über den Tisch. »Noch kurz zu dem Notizbuch von Severin von Backstein. Wirklich viel gab es da nicht, aber einige Einträge sind bemerkenswert. Er spricht wiederholt von einem ‚Fluch‘ und einer ‚Dunkelheit‘, die er loswerden wollte. Außerdem erwähnt er, wie dankbar er ist, in Leni seine ‚Seelenverwandte‘ gefunden zu haben.«

Sofia runzelte die Stirn. »Dieser ‚Fluch‘… das klingt schon fast mystisch. Meint er das im übertragenen Sinne oder doch konkret?« Christian zuckte mit den Schultern. »Vielleicht beides. Jedenfalls hat er in der letzten Woche unter der Rubrik ‚Was ich endlich noch lernen muss‘ einen Eintrag gemacht: ‚TS nicht mehr trauen.‘ das könnte für Thomas Stadtfeld stehen. Der

Mann wird immer interessanter, wir sollten ihn uns ebenfalls schnappen.« Sofia notierte die Namen auf ihrer Liste und sah auf. »Okay. Wir haben genug Ansatzpunkte, um ordentlich voranzukommen. Arne Rink, Fischer, Sander, Treutner, Stadtfeld und dann Rammer. Das wird ein langer Tag. Wir sollten uns aufteilen, ich fahre in die Spedition und rede mit Fischer und Harald Fels, ihr könnt in der Zeit mit Arne Rink sprechen.«

»Wenn du eh schon zur Spedition Fels fährst, möchtest du Thomas Stadtfeld nicht auch direkt befragen«, wollte Christian wissen. Sofia grinste, »den Treutner und Sander holen wir hier her. Ich glaube, die Arroganz des Thomas Stadtfeld verfliegt ganz schnell, wenn er hier im Verhörraum sitzt.«

Christian nickte anerkennend, »gute Idee, dann mal los.«

∗∗∗

Auf dem Weg zur Spedition Fels griff Sofia zum Telefon und wählte Caro Fels' Nummer. »Hallo Caro, ich bin in etwa 20 Minuten bei euch. Ich muss dringend mit deinem Vater sprechen. Wenn du möchtest, kannst du gerne dabei sein.«

Caro zögerte keine Sekunde. »Alles klar, ich kümmere mich darum und sage ihm Bescheid.«

Als Sofia auf den Parkplatz der Spedition fuhr, sah sie Caro bereits wartend vor dem Eingang. »Papa meinte, wir sollen direkt zu ihm hoch«, sagte sie, während sie Sofia ins Gebäude führte. Oben im Büro von Harald Fels begrüßte der Geschäftsführer Sofia freundlich und bot ihr einen Platz an. Die Atmosphäre war jedoch angespannt. Caro hatte ihrem Vater wohl schon angedeutet, dass es um ernste Angelegenheiten ging. Sofia ließ keinen Raum für Smalltalk und kam direkt zur Sache. Sie legte die Liste mit den Namen der vorbestraften Mitarbeiter vor Harald Fels auf den Tisch. »Herr Fels, wir haben Grund zu der Annahme, dass der Tod von Herrn von Backtein mit den Abläufen in ihrem Betrieb zusammenhängt. Diese Personen auf der Liste – insgesamt dreizehn – sind alle vorbestraft. Die

Vorwürfe reichen von Diebstahl über Betrug bis hin zur Erpressung.«

Harald Fels' Gesicht verlor sichtbar an Farbe, als er die Namen überflog. »Das kann nicht wahr sein«, stammelte er entsetzt. »Das sind meine Mitarbeiter? In meinem Unternehmen, aber wie kann das sein, wir fordern von jedem neuen Mitarbeiter bei Vertragsabschluss ein Führungszeugnis?«

Sofia nickte. »Wir vermuten, dass diese Personen an ihrer Anweisung vorbei eingestellt wurden, um ein Netzwerk aufzubauen. Sie befinden sich in Bereichen wie Lager, Disposition und Transport überall dort, wo sie Zugriff auf Waren und Transportplanung haben.«

Harald lehnte sich schwer zurück und rieb sich die Schläfen. »Ich habe mich nie in die Personalplanung eingemischt, Severin von Backstein hat das mit den Abteilungsleitern eigenständig durchgeführt, eigene Personalentscheidungen getroffen, aber das hier«

»Sie hatten keine Ahnung?«, fragte Sofia.

»Nein«, antwortete Harald bitter. »Severin war für die Personalabteilung zuständig. Ich habe ihm vertraut. Wir haben so lange zusammengearbeitet. Er hat mich offenbar vollständig hintergangen.« Caro, die bisher still zugehört hatte, legte ihrem Vater tröstend eine Hand auf den Arm. »Papa, das wäre jedem passiert, du kannst nicht alles allein machen.«

Sofia nickte zustimmend. »Herr Fels, wir brauchen ihre Unterstützung. Können sie mir Auskunft über die internen Abläufe geben? Wie werden neue Mitarbeiter ausgewählt, und wer hat letztlich das Sagen bei den Einstellungen?«

Harald seufzte tief. »Die Personalabteilung schlägt vor, Severin hat die Unterlagen geprüft und Gespräche zusammen mit den zuständigen Abteilungsleitern geführt. Wenn der Gehaltsrahmen und die Vorkenntnisse gepasst haben und der jeweilige Abteilungsleiter zugestimmt hat, habe ich das ganze ohne

große Prüfung abgenickt. Nur wenn wir Führungskräfte eingestellt haben, habe ich die Gespräche selbst geführt.«

Sofia machte sich während des Gesprächs eifrig Notizen. Harald Fels hatte Severin von Backstein offenkundig vertraut und
war von ihm hintergangen worden. War das ein Motiv? Sie
schüttelte leicht den Kopf. Fels' Überraschung und Entsetzen
wirkten echt, doch sie notierte sich dennoch das Wort Motiv
mit einem Fragezeichen in ihrem Notizbuch.

Mit einem freundlichen Lächeln blickte sie zu Harald Fels.
»Wichtig ist, dass sie vorerst alles so weiterlaufen lassen wie
bisher. Wenn wir das System auffliegen lassen wollen, darf niemand Verdacht schöpfen. Allerdings können sie die Arbeit in
den betroffenen Bereichen kontrollieren lassen – natürlich von
jemandem, dem sie absolut vertrauen. Ich nehme an, Caro ist
eine solche Person? Und vielleicht auch Frau Feld?«

Harald nickte sofort. »Ja, Caro vertraue ich natürlich blind, und
Gerda Feld ebenso. Die beiden sind absolut loyal.«

Sofia nickte zustimmend, »perfekt.«

»Und was Arne Rink betrifft – gibt es bei ihm Neuigkeiten?
Gibt es da etwas, was ich wissen sollte, war er auch darin verwickelt?«, Harald runzelte die Stirn.

»Mein Kollege wird ihn heute noch mal befragen«, erklärte Sofia. »Es sind ein paar neue Hinweise aufgetaucht, die einige
Fragen aufwerfen. Aber das ist noch nicht spruchreif.«

Dann wechselte sie das Thema. »Könnte ich gleich auch mit
Herrn Fischer sprechen? Am besten so, dass niemand etwas davon mitbekommt.«

»Sicher«, antwortete Harald sofort. »Ich rufe ihn hier hoch in
mein Büro. Sie können den Raum gerne nutzen.«

Sofia lächelte dankbar, »vielen Dank. Es wäre gut, wenn sie
vielleicht auch dabei sein könnten. Das könnte für sie ebenfalls
interessant sein.« Harald überlegte kurz und nickte.

»Einverstanden. Ich bin gespannt, was Herr Fischer dazu sagen
wird.« Harald griff zum Telefonhörer und verständigte Jörg

Fischer. Während sie auf dessen Eintreffen warteten, ging Sofia nochmals ihre Notizen durch und strukturierte die Punkte, die sie bei der Befragung ansprechen wollte.

***

Christian Renner stand nachdenklich in der Ecke des Verhörraums und blickte hinaus auf das geschäftige Treiben der Krefelder Straße. Die Morgensonne spiegelte sich auf den vorbeifahrenden Autos, doch seine Gedanken waren ganz auf das bevorstehende Gespräch gerichtet. Als Arne Rink von einem Kollegen hereingeführt wurde, drehte sich Christian um und deutete auf einen der Stühle.

»Guten Morgen, Herr Rink. Bitte setzen sie sich. Es gibt ein paar Dinge, die wir mit ihnen besprechen möchten. Ich hoffe, das ist in Ordnung für sie?«

Arne Rink nahm Platz und sah Christian direkt in die Augen. Sein Blick war freundlich, aber wach und aufmerksam.

»Natürlich. Wie ich gestern bereits gesagt habe, bin ich absolut bereit zu kooperieren. Ich habe nichts zu verbergen und möchte dieses Missverständnis so schnell wie möglich aufklären.«

Christian nickte zustimmend. »Das klingt gut. Bevor wir beginnen, kann ich ihnen etwas anbieten? Ein Wasser oder vielleicht einen Kaffee?«

»Ein Kaffee und ein Glas Wasser wären wunderbar, danke.«

Christian trat zur Tür und gab dem Kollegen Bescheid, der draußen wartete. »Ein Kaffee und ein Glas Wasser für Herrn Rink, bitte.« Der Kollege nickte und machte sich sofort auf den Weg, um die Getränke zu holen. Christian kehrte zurück und nahm selbst Platz gegenüber von Arne Rink. Er legte einen Block und einen Stift vor sich ab, lehnte sich dann entspannt zurück und musterte den Mann vor ihm.

»Herr Rink, ich möchte das Gespräch mit einer einfachen Frage beginnen. Wie erklären sie sich, dass das Handy des Opfers in Ihrem Rollcontainer gefunden wurde? Und dazu 25.000 Euro in bar?« Arne zog eine Augenbraue hoch und schüttelte verwirrt den Kopf. »Sie haben in meinem Rollcontainer bitte was gefunden? Ich habe keine Ahnung, wie das Handy oder das Geld in meinen Container gekommen sein sollen. Sie müssen mir glauben, ich habe das weder gesehen noch dort hineingelegt.«

Christian lehnte sich etwas nach vorne, seine Stimme ruhig, aber fest. »Das Handy gehört Severin von Backstein, und die 25.000 Euro sprechen für eine größere Angelegenheit. Sie müssen verstehen, dass das Fragen aufwirft. Aber gehen wir einfach mal davon aus, ich glaube ihnen. Jemand anderes hat diese Sachen bei ihnen deponiert, wer könnte das gewesen sein und wie kann dies passiert sein?«

Noch bevor Arne antworten konnte, öffnete sich die Tür, und der Kollege brachte den Kaffee und das Wasser herein. Christian nahm die Tasse, schob sie über den Tisch zu Arne und sagte, »lassen sie sich Zeit, Herr Rink. Aber denken sie daran, dass jedes Detail wichtig ist.«

Arne zögerte einen Moment, bevor er antwortete. »Mein Büro ist eigentlich immer offen, da wir ja in der Halle in drei Schichten arbeiten und sich in meinem Büro auch die Ersatzschlüssel für die Flurförderfahrzeuge und den Materialschrank befinden, auf den die Schichtführer zugreifen müssen. Und mein Rollcontainer? Der Schlüssel befindet sich unter meiner Schreibtischunterlage, da kommt auch jeder der Schichtführer ran.«

Christian notierte sich die Antwort, während er Arne weiter ins Auge fasste. »Wir werden das genau prüfen, Herr Rink. Heißt das, das nur die Schichtführer Zugang zu ihrem Büro haben oder generell alle Mitarbeiter?« Arne Rink schüttelte den Kopf »Nein nur die Schichtführer und ihre Stellvertreter haben Zugang zum Bürotrakt in der Halle, das war erforderlich, da die Mitarbeiter sonst zu jeder Tages- und Nachtzeit ins Büro reinkommen. Und natürlich die Abteilungsleiter mit Generalschlüssel, also Stadtfeld, Fischer, Lotta, Frau Feld, Herr von

Backstein und natürlich der Chef. Dazu noch der Sicherheitsdienst, der geht aber nur am Wochenende seine Runde durchs Gebäude.«

Christian Renner lehnte sich zurück, seine Gedanken überschlugen sich. Sein scharf arbeitender Verstand und sein Bauchgefühl zogen ihn in entgegengesetzte Richtungen. Doch dieses Bauchgefühl – das ihm mittlerweile sagte, dass Arne Rink nichts mit der Sache zu tun hatte und nur hineingezogen worden war – ließ sich nicht ignorieren. Er stand auf und begann, im Raum auf und abzugehen. Sein Blick glitt dabei immer wieder zu Arne Rink, der ihn aufmerksam beobachtete. Christian konnte sich nicht vorstellen, dass jemand, der so gründlich war, Handy und Geld von allen Fingerabdrücken zu befreien, dann so dumm sein sollte, die Beweise in einem Rollcontainer zu lagern, zu dem mindestens zehn Personen Zugang hatten. Er seufzte innerlich. Schade, dass Sofia nicht hier ist. Bauchgefühl ist ihr Fachgebiet. Christian blieb stehen, legte eine Hand auf den Stuhl und blickte Arne direkt an. Er setzte sich wieder hin, legte die Hände vor sich auf den Tisch und dachte an seine Erfahrungen im Triathlon. Manchmal musste man im Rennen die Taktik ändern, Risiken eingehen, sich anpassen, selbst wenn der Plan ursprünglich ein anderer war.

»Okay, Herr Rink«, fuhr Christian schließlich fort, seine Stimme ruhig, aber bestimmt. »Entschuldigen sie bitte, ich musste kurz nachdenken. Ich ziehe jetzt komplett blank und spiele mit offenen Karten.« Arne hob leicht die Augenbrauen, sein Blick wurde noch wacher, doch er sagte nichts.

»Mein Bauchgefühl sagt mir, dass sie hier reingeraten sind und jemand anderes versucht, sie zum Bauernopfer zu machen. Aber ich brauche Beweise, um das zu untermauern, und ich hoffe, dass sie mir dabei helfen können. Bevor ich ihnen die aktuellen Ergebnisse unserer Ermittlungen preisgebe, eine Frage, von deren Beantwortung der weitere Verlauf unseres Gespräches abhängt. Was wollten sie tatsächlich von Gerd Rammer, als sie ihm am Parkplatz des Golfplatzes auflauerten und ihn zur Rede stellten?« Arne Rink schaute Christian Renner verwirrt an. Er atmete tief ein, lehnte sich mit seinen muskulösen Unterarmen auf den Tisch. »Ich habe Gerd Rammer zur Rede gestellt. Seit ein paar Monaten habe ich das Gefühl, das er einen Teil meiner Mitarbeiter besticht, erpresst oder sonst wie unter Druck setzt. Ich habe letztens ein paar Wortfetzen von einem Gespräch zwei meiner Verlader mitbekommen, dazu auffällig viel Schäden an der Ware seiner Firma GR-Design für die immer die Versicherung bezahlt. Ich habe ihm auf den Kopf zugesagt, was ich denke und er meine Männer in Ruhe lassen soll. Und wenn ich rausbekomme, dass er sich in die Abläufe meiner Abteilung einmischt, er mich richtig kennenlernt.«

Christian grinste, »Herr Rink, richtige Antwort.«

»Durch ihre zwei Kolleginnen Lotta Wilke und Caro Fels haben wir herausgefunden, dass insgesamt 13 Mitarbeiter in der Firma eine kriminelle Vergangenheit haben. Alle mit schwerwiegenden Vorstrafen. Erpressung, Betrug, Einbruch und Diebstahl. Frau Wilke und Frau Fels haben uns drauf hingewiesen, dass Herr Fels bei Einstellung auf ein polizeiliches Führungszeugnis besteht, es demnach unwahrscheinlich sei, dass jemand mit einer mehrjährigen Haftstrafe einen Arbeitsvertrag bekommen würde. Passiert es einmal, könnte man von einem Versehen sprechen, ok. Aber dreizehn? Das Muster ist eindeutig.« Arne runzelte die Stirn, eine Mischung aus Überraschung und Unglauben spiegelte sich in seinem Gesicht wider.

»Dreizehn Ex Kriminelle? In unserer Firma? Das klingt unglaublich. Wer? Auch jemand aus meinem Bereich?«

Christian lehnte sich etwas nach vorne und schob Arne Rink die Liste über den Tisch. »Ja, es sind auch Personen aus ihrem Bereich dabei, vier Mitarbeiter und ein stellvertretender Schichtführer, der laut ihrer Aussage auch Zugriff auf Ihr Büro gehabt hätte. Severin von Backstein war vielleicht ein Teil davon. Das versuchen wir herauszufinden. Und dann gibt es noch

Rammer. Wir wissen, dass er skrupellos ist. Bis jetzt können wir ihn jedoch nicht mit den ganzen Vorfällen in Verbindung bringen.« Arne nickte langsam, seine Stirn in tiefen Falten.

»Ich… Ich weiß nicht, was ich dazu sagen soll. Ich bin geschockt, alle fünf habe ich eingestellt, nicht die besten meiner Mitarbeiter aber der Arbeitsmarkt ist schwierig und man hat bei den Bewerbungen nicht die ganz große Auswahl, die Vorstellungsgespräche habe ich alle mit Herrn von Backstein geführt, da bestand der feine Herr drauf, dass der Personalleiter beim Recruiting wie er es nannte, dabei ist. Für den Papierkram, also Vertrag und Unterlagen wie Krankenkasse, Bankverbindung, Sozialversicherung und auch das Führungszeugnis war dann die Personalabteilung allein verantwortlich. Ich will ihnen helfen. Was genau brauchen sie von mir?«

Christian musste schmunzeln. Arne Rink gewann immer mehr seine Sympathie, auch wenn dessen impulsive Art eine Herausforderung darstellte. »Herr Rink, wenn ich sie jetzt gehen lasse, wie hoch schätzen sie die Wahrscheinlichkeit ein, dass sie in die Firma fahren, sich ihre fünf Mitarbeiter vorknöpfen und danach direkt zu Rammer gehen, um ihm Ihre Meinung zu sagen?«

Ein breites Grinsen zog sich über Arne Rinks Gesicht. »Auf einer Skala von eins bis zehn? Elf, würde ich sagen.« Christian lachte kurz auf, obwohl er versuchte, ernst zu bleiben.

»Und genau das ist die Antwort, die ich nicht hören wollte.«

Er verschränkte die Arme, sein Tonfall wurde ruhiger und eindringlicher. »Hören sie, Herr Rink, es ist gerade ein enormer Vorteil für unsere Ermittlungen, dass alle denken, wir hätten sie ins Visier genommen und vorsorglich in Gewahrsam genommen. Das gibt uns die Möglichkeit, in Ruhe die Fäden zu entwirren, ohne dass jemand gewarnt wird. Deswegen brauche ich ihr Versprechen, dass sie unsichtbar bleiben. Sie können nach unserem Gespräch gerne nach Hause gehen, aber sie müssen dafür sorgen, dass niemand sie sieht. Kein Besuch in der

Firma, kein Treffen mit Kollegen – gar nichts. Wenn sie etwas brauchen, können sie sich an Lotta Wilke wenden. Sie wird ihnen sicher alles Notwendige organisieren.«

Arne hob seine rechte Hand und formte mit den Fingern eine Geste, die Christian sofort als den Pfadfindereid erkannte. »Ganz großes Pfadfinderehrenwort.« Christian nickte zufrieden, stand auf und öffnete die Tür. Er gab dem Kollegen draußen Bescheid, die Papiere für Arne fertigzumachen und ihn mit einer Streife nach Hause zu bringen.

»Herr Rink«, sagte Christian und reichte ihm die Hand, »ich danke ihnen für Ihre Offenheit und entschuldige mich für die Unannehmlichkeiten. Wir tun nur unseren Job, und ich hoffe, dass wir bald Fortschritte machen.« Arne nahm die Hand und schüttelte sie fest. »Kein Problem, Herr Hauptkommissar. Ich verstehe das. Ich hoffe nur, dass sie die Täter bald fassen und die Hintermänner gleich mit.« Christian nickte, »das ist unser Ziel. Vertrauen sie uns Herr Rink, und halten sie sich an den Deal.«

Mit einem letzten, ernsten Blick verabschiedete er Arne, während in seinem Hinterkopf bereits die nächsten Schritte für die Ermittlungen Gestalt annahmen.

***

Kurz nach dem Anruf von Harald Fels klopfte es an der Tür, und Jörg Fischer trat ein. Er trug wie gewohnt eine leicht verknitterte Chino Hose, abgetretene Turnschuhe und ein Poloshirt, auf dessen rechter Brust ein gut sichtbarer Kaffeefleck prangte.

»Guten Morgen, Harald. Du wolltest mich sprechen?«, begrüßte er seinen Chef freundlich, blieb aber abrupt stehen, als er Sofia Montio und Caro Fels in der Ecke des Büros bemerkte. Seine Miene wurde etwas ernster, doch er zwang sich zu einem Lächeln.

»Oh, guten Morgen, Frau Montio. Hallo, Caro. Gibt es ein Problem?«

Caro erhob sich aus ihrem Stuhl, ihre Hände falteten sich nervös. »Ich lass euch besser allein. Ich wollte sowieso noch mal runter ins Büro ...«, begann sie, doch Harald Fels schüttelte energisch den Kopf. »Caro, bleib bitte hier«, sagte er mit ruhiger, aber bestimmter Stimme. »Ich erzähle dir nachher doch sowieso alles, und wie ich es verstanden habe, tauschst du dich ohne hin mit Frau Montio aus.« Caro zögerte kurz, setzte sich dann aber wieder auf ihren Stuhl. Ihre Augen wanderten zu Sofia, die die Szene aufmerksam beobachtete. Die Kommissarin nickte Caro kurz ermutigend zu, bevor sie sich an Jörg Fischer wandte. »Herr Fischer, vielen lieben Dank, dass es so kurzfristig funktioniert, hat«, begrüßte Sofia Montio Jörg Fischer mit einem freundlichen, aber bestimmten Ton. Sie legte ihr Notizbuch vor sich auf den Tisch und sah ihn direkt an. »Ich habe nur noch ein paar Fragen. Zuallererst, konnten sie bereits herausfinden, welcher Ihrer Fahrer die Nachttour nach Rotterdam vergangene Woche gefahren ist?«

Jörg Fischer wirkte einen Moment lang verlegen. Er strich sich nervös über den Kaffeefleck auf seinem Poloshirt, bevor er antwortete, »entschuldigen sie bitte, Frau Montio. Ich habe es tatsächlich herausgesucht, aber es dann völlig vergessen, ihnen Bescheid zu geben. Nick Treutner ist die Tour gefahren. Er ist auch diese Woche wieder für diese Strecke eingeteilt.«

Sofia nickte und notierte den Namen sorgfältig in ihr Buch. Sie wartete einen Moment, ließ die Information sacken, bevor sie ruhig nachhakte. »Nick Treutner also. Was können sie mir über ihn sagen? Arbeitet er schon lange als Fahrer bei ihnen? Ist er ein zuverlässiger Mitarbeiter? Wie schätzen sie ihn insgesamt ein?«

Jörg Fischer zog die Stirn in Falten und dachte kurz nach.

»Nick Treutner ist seit knapp einem Jahr bei uns. Er ist zuverlässig, pünktlich, mit der Freundlichkeit hat er manchmal etwas Probleme, gerade wenn er im Nahverkehr Zustelltouren fährt. Da gab es das ein oder andere Mal eine Beschwerde. Aber ansonsten keine großen Probleme. Ich würde ihn als einen soliden Fahrer in unserem Team bezeichnen.«

Sofia spürte Caros Blick und sah aus dem Augenwinkel, wie ihre Wangen vor Aufregung immer roter wurden.

»Haben sie Herrn Treutner selbst eingestellt oder wie lief das ab?«, fragte Sofia weiter. Jörg Fischer kratzte sich nachdenklich am Kopf. »Ja, das Gespräch habe ich mit Severin von Backstein geführt. Bei Fahrern läuft das Ganze immer etwas unbürokratischer. Er hatte laut Lebenslauf Erfahrung als Fahrer, ist, vorher in einem Entsorgungsbetrieb von Gerd Rammer gefahren, hat von da auch ein gutes Zeugnis bekommen, war kurzfristig verfügbar und spricht Deutsch. Glauben sie mir, das ist mittlerweile ein großer Pluspunkt.«

Sofia wunderte sich etwas über diese Aussage. Die Zeit, bevor Nick Treutner bei der Spedition Fels gearbeitet hatte, war er Gast in der JVA Aachen. Zeugnisse und Lebenslauf mussten also falsch sein. Sie blickte Caro an, die sich auf die Lippe biss und nervös an ihrer Kaffeetasse herumspielte. Sofia sah ihr an, dass sie kurz vor dem Platzen war.

»Herr Fischer, wissen sie, warum Herr Treutner von der Entsorgungsfirma in die Spedition Fels gewechselt ist?«

Fischer nickte, »das frage ich rein interessehalber immer im Gespräch. Bei uns gibt es auch Nachttouren, was steuerfreien Nachtzuschlag bringt, und körperlich ist es weniger anstrengend als auf dem Müllauto. Entschuldigen Sie bitte den Begriff.« »Ah, okay, das verstehe ich natürlich. Überprüfen sie die Angaben, also Lebenslauf, Zeugnisse und so weiter?«

Fischer schüttelte den Kopf. »Nein, das ist ja gar nicht möglich. Ich weiß aber noch, in diesem Fall hat Severin vorgeschlagen, dass Thomas Stadtfeld bei Rammer anruft und sich erkundigt. Die haben einen guten Draht zueinander. Herr Rammer hat

Herrn Treutner in den höchsten Tönen gelobt, was für uns dann ein weiterer Grund war, ihn einzustellen.«

Caro verschluckte sich fast an ihrem Kaffee, als sie das hörte. Sofia warf ihr einen Blick zu, der sagte, Caro, bleib ruhig und lass mich machen.

»Ich verstehe. Ich finde es toll, dass sie sich noch an so viele Details erinnern, Herr Fischer, das hilft uns sehr«, sagte Sofia Montio mit einem anerkennenden Lächeln. »Das ist richtig hilfreich und bringt uns in diesem Fall weiter. Wenn sie einen Fahrer einstellen, muss der Fahrer dann ein polizeiliches Führungszeugnis vorlegen?«

Jörg Fischer nickte und zeigte dabei auf Harald Fels, »ja, das ist obligatorisch und eine ganz klare Anweisung von Harald – ich meine Herrn Fels. Auch wenn Resozialisierung wichtig und richtig ist, ist die Versuchung bei den Waren, die wir für unsere Kunden transportieren, einfach zu hoch. Die Fahrer sind den ganzen Tag alleine unterwegs.«

Sofia lächelte. Jetzt hatte sie Jörg Fischer an der Angel. Gleich würde sich zeigen, ob er wie Harald Fels getäuscht wurde oder ob er mit drinsteckte. »Das klingt sehr plausibel. Wie sah denn das Führungszeugnis von Herrn Treutner aus?« Fischer zuckte mit den Schultern, »das kann ich ihnen nicht sagen, das habe ich nie gesehen. Da er einen Vertrag erhalten hat, gehe ich davon aus, dass es keine Einträge hatte. Severin war da immer sehr genau.«

Auf diesen Moment hatte Sofia Montio gewartet. Sie öffnete eine Aktenmappe und entnahm zwei Seiten. Das erste Dokument war eine Kopie des Führungszeugnisses von Nick Treutner, das zweite ein Ausdruck aus der Datenbank mit den Vergehen und Haftstrafen. »Herr Fischer«, begann Sofia ruhig, während sie die Dokumente vor ihm auf den Tisch legte, »hier sehen sie das polizeiliche Führungszeugnis von Herrn Treutner. Und hier sind die dazugehörigen Daten aus dem Strafregister. Einbruch, Erpressung, Betrug und Diebstahl, das volle Programm. Wie erklären sie sich, dass Herr Treutner trotz einer mehrjährigen Haftstrafe bei ihnen angestellt wurde, obwohl so viele Vorstrafen im Führungszeugnis vermerkt sind?« Fischer starrte auf die Papiere, und seine Gesichtszüge veränderten sich. Er wirkte verunsichert, aber nicht unbedingt schockiert. »Das... das kann ich mir nicht erklären«, sagte er schließlich und fuhr sich mit einer Hand durch die Haare. »Das muss ein Fehler sein. Ich weiß wirklich nichts davon.« Sofia ließ nicht locker, »sie haben doch selbst gesagt, dass Severin von Backstein hier sehr genau war. Wie kommt es dann, dass ein Mann mit einer derartigen Vorgeschichte eingestellt wurde?»

Fischers Hände begannen zu zittern. »Ich weiß es nicht, ehrlich. Vielleicht hat Severin... vielleicht hat er...«

»Vielleicht hat er was?«, hakte Sofia scharf nach.

»Einfach einen Fehler gemacht, ja er war genau, aber Fehler macht doch jeder, oder?«, platzte Fischer heraus, offensichtlich unter Druck. »Severin war dafür verantwortlich. Vielleicht hat der da irgendwas... keine Ahnung... ich habe das nicht überprüft!« Sofia und Caro tauschten einen Blick. Sofia wusste, dass sie jetzt vorsichtig sein musste, um Fischer nicht komplett zu verschrecken, denn wenn er tatsächlich unschuldig war, war er einer der wenigen, die möglicherweise mehr Licht ins Dunkel bringen konnten.

Sofia beobachtete aufmerksam, wie Jörg Fischer immer nervöser wurde. Schweißflecken bildeten sich unter den Achseln seines Poloshirts, und er schien mit jeder Frage mehr ins Schwimmen zu geraten. Doch sie bewahrte einen ruhigen Tonfall, um ihn nicht noch weiter zu verunsichern.

»Sie sagten, Herr Stadtfeld habe sich bei Gerd Rammer über Nick Treutner erkundigt. Und von dort kam die Information, dass er ein sehr guter Fahrer sei«, führte Sofia aus. »Vergleicht man jedoch den Zeitraum, der im Lebenslauf angegeben wurde, mit den Vorstrafen, so gibt es eine offensichtliche Diskrepanz. Herr Treutner saß in genau dieser Zeit in der JVA.

Waren sie dabei, als Thomas Stadtfeld mit Gerd Rammer gesprochen hat?«

Fischer schluckte schwer und wich Sofias Blick aus.

»Nein«, sagte er schließlich leise. »Ich war nicht dabei. Severin hat Thomas eine E-Mail geschrieben und ihm gesagt, er solle sich bei Rammer melden. Ich verstehe das alles nicht. Wie konnte Severin so ein Fehler unterlaufen?«

Sofia bemerkte, wie angespannt er war, und wechselte kurz die Strategie. Sie lehnte sich ein wenig zurück und sprach sanfter: »Herr Fischer, ich merke, das Ganze ist auch für sie eine Überraschung. Sollen wir eine kleine Pause machen? Oder möchten sie vielleicht ein Glas Wasser?«

Bevor Jörg antworten konnte, stand Caro auf. Sie ging zum kleinen Kühlschrank im Sideboard, in dem die Kaffeemaschine stand, und holte eine Cola sowie ein Glas heraus. Mit einem freundlichen Lächeln stellte sie beides vor Fischer hin. »Hier, Jörg«, sagte Caro warm, »vielleicht hilft dir das, ein bisschen runterzukommen.«

Jörg nahm die Cola dankbar entgegen, öffnete sie und goss sich ein Glas ein. Nach einem tiefen Schluck schien er sich etwas zu sammeln. »Danke, Caro«, murmelte er. Dann sah er Sofia wieder an. »Ich weiß wirklich nicht, wie das passieren konnte. Severin war immer so genau. Vielleicht hat er sich auf Thomas verlassen? Oder… ich weiß es nicht.«

Sofia zog die Aktenmappe wieder zu sich heran, öffnete sie und legte sorgfältig vier weitere Seiten vor Jörg Fischer aus. Ihr Blick war fest, aber nicht feindselig. »Steffen Sander, Timo Wolter, Oleg Naumann, Pavel Jablonski«, las sie die Namen bewusst langsam vor.

Sie schob die Unterlagen nacheinander vor Fischer hin, sodass er jedes Dokument sehen konnte. »Das gleiche Muster wie bei Herrn Treutner, alle mit Vorstrafen, alle mit Haftstrafen. Diebstahl, Betrug, Erpressung, Körperverletzung – alles dabei.«

Jörg Fischer starrte auf die Papiere, als hätte jemand einen Eimer kaltes Wasser über ihm ausgeschüttet. Sein Gesicht wurde bleich, Schweiß stand ihm auf der Stirn, und er wirkte, als würde er jeden Moment zusammenbrechen. »Was? Wie kann das sein? Das wusste ich nicht!«

Er drehte sich verzweifelt zu Harald Fels um, seine Stimme klang fast flehend. »Harald, du musst mir glauben, ich habe mit all dem nichts zu tun!« Harald Fels, der bisher schweigend zugehört hatte, stand auf und ging langsam zum Fenster. Er blieb einige Momente dort stehen, seine Hände hinter dem Rücken verschränkt, bevor er sich schließlich zu Fischer umdrehte. Sein Blick war prüfend, fast bohrend. »Jörg«, begann Harald ernst, »mir ging es genauso, als die Kommissarin mir hiervon erzählt hat. Ich verstehe nicht, was Severin da gemacht hat oder in was er reingeraten ist. Aber ich frage dich jetzt direkt, unter Männern, hast du davon gewusst? Ja oder nein?«

Sofia und Caro schauten sich bei Haralds letzter Bemerkung kurz an, beide unterdrückten ein amüsiertes Grinsen. Ein Schwur unter Männern? Das klang wie etwas aus einem alten Film aus den Achtzigern. Dennoch hielten sie sich mit Kommentaren zurück. Jörg Fischer hob den Kopf, blickte Harald direkt in die Augen und antwortete mit fester Stimme, »Harald, ich versichere dir: Ich habe nichts davon gewusst.«

Harald Fels musterte ihn noch einen Moment lang, dann nickte er langsam. »Das reicht mir persönlich. Ich glaube dir, Jörg.«

Sofia ließ die Szene auf sich wirken, während sie innerlich die Dynamik zwischen den beiden Männern bewertete. Es war klar, dass Harald Fels Jörg Fischer vertraute – zumindest bis das Gegenteil bewiesen war. Aber ob das wirklich klug war, würde sich noch zeigen.

»Herr Fischer, es waren nicht nur die Fahrer. Wir haben alle Mitarbeiter, die bei der Spedition Fels beschäftigt sind, untersucht. Kathrin Kemer und Karl Czurpas, sind die auch in ihrem Bereich eingesetzt?«

Jörg Fischer verstand die Welt nicht mehr, die Situation überforderte ihn. »Ja, Kathy macht die Dispo im Nahverkehr, ist für den Eigenfuhrpark zuständig, und Karl disponiert unsere Nachttouren. Sie wollen mir doch jetzt nicht sagen, dass diese beiden ebenfalls …«

Sofia schob ihm zwei weitere Blätter zu. »Frau Kemer hat zwei Jahre auf Bewährung bekommen, für Internetbetrug und Unterschlagung. Herr Czurpas saß fünf Jahre im Gefängnis wegen räuberischer Erpressung. Auch hier haben sie nichts von den Vorstrafen oder der Vergangenheit gewusst?«

Jörg Fischer schüttelte heftig den Kopf, schlug die Hände vors Gesicht und war den Tränen nahe. »Nein, wirklich nicht, das müssen sie mir glauben! Ja, ich habe die beiden eingestellt, ich war auch bei den Gesprächen mit dabei. Bei Kathrin Kemer habe ich Thomas einen Gefallen getan, er sagte, das wäre eine Bekannte seiner Frau, die einen Job sucht. Die Vorkenntnisse im Lebenslauf haben gepasst. Zeugnisse, muss ich ehrlich sagen, habe ich nicht geprüft. Das Wort von Thomas hat mir gereicht. Mir ist es wichtiger, den Menschen im Gespräch kennenzulernen, zu sehen, dass es passt. Was bringt das beste Zeugnis, wenn es menschlich nicht passt?« Er stockte kurz, bevor er fortfuhr, »und Karl hat den kompletten Bewerbungsprozess durchlaufen. Da war alles dabei – Zeugnisse, Lebenslauf, Referenzen. Ich hatte keinen Grund, irgendetwas zu hinterfragen.«

Sofia nickte langsam, machte sich Notizen und ließ Jörg Fischer einen Moment durchatmen. »Herr Fischer, ich kann nachvollziehen, dass sie sich auf die Angaben ihrer Kollegen verlassen haben. Aber die Häufung von Fällen mit einer solchen Vorgeschichte ist mehr als ungewöhnlich. Haben sie jemals mitbekommen, dass Severin von Backstein speziell auf die Anstellung dieser Personen gedrängt hat?«

Jörg Fischer blickte nervös zu Harald Fels, der regungslos auf seinem Stuhl saß. »Jetzt da sie es sagen, bei Karl Czurpas ja, ich wollte einen anderen Bewerber einstellen, jemand jüngeren mit weniger Erfahrung, aber noch formbar. Severin hat da lange mit mir diskutiert, was von Chancen erfahrene Fachkräfte zu bekommen, Entwicklungen auf dem Arbeitsmarkt, erzählt.«

»Gab es sonst noch Auffälligkeiten? Irgendwelche Hinweise darauf, dass Severin von Backstein in diesen Entscheidungen eine stärkere Rolle gespielt haben könnte?«

Fischer überlegte angestrengt. »Es gab in der Vergangenheit noch zwei Situationen, in denen ich Bewerber für den Bereich Zoll abgelehnt hatte, Severin mich aber quasi angefleht hat, sie einzustellen. Ich hatte nach dem Gespräch aber das Gefühl, dass es menschlich nicht passt, und bin bei meiner Entscheidung geblieben. Die Bewerbung hat er mir in den darauffolgenden Wochen mehrfach nochmals zukommen lassen, er wurde teilweise richtig sauer.«

Sofias Verstand arbeitete auf Hochtouren. Wie sollten sie und Christian am besten weiter vorgehen? Was sie bisher ermittelt hatten, würde zu drei oder vier kleineren Verhaftungen führen. Den Versicherungsbetrug konnten sie nachweisen, und Sofia war sich sicher, dass sie mit einem gezielten Verhör eines der Beteiligten eine belastende Aussage erzwingen könnten. Doch das würde den Mord nicht aufklären. Und die Hintermänner blieben weiterhin im Dunkeln. Sie musste sich dringend mit Christian abstimmen, bevor sie weitere Schritte unternahmen.

»Herr Fischer, vielen lieben Dank für die Informationen. Wir müssen das Ganze jetzt auswerten und unsere nächsten Schritte planen. Es kann sein, dass wir mit den genannten Mitarbeitern sprechen müssen, aber das muss ich erst mit meinem Partner abstimmen. Deswegen ist es äußerst wichtig, dass sie kein Wort zu niemandem sagen! Was wir hier besprochen haben, ist streng vertraulich. Auch nicht zu ihrem Freund, Herrn Stadtfeld.« Sofia blickte Fischer streng an, »habe ich mich klar ausgedrückt?«

Jörg Fischer nickte heftig. Sein Poloshirt war mittlerweile schweißgebadet, und sein Gesicht hatte jede Farbe verloren.

»Verstanden, versprochen«, stammelte er. Dann wandte er sich an Harald Fels. »Harald, nochmals, ich wusste es nicht, wirklich. Ich liebe meinen Job hier, das weißt du.« Fischer blickte an sich hinunter und seufzte. »So kann ich nicht mehr ins Büro gehen. Wäre es in Ordnung, wenn ich von zu Hause aus weiterarbeite?« Harald Fels sah ihn aufmunternd an, »Jörg, ich habe dir gesagt, ich glaube dir. Ich kann dir keine Vorwürfe machen. Ich bin ebenso getäuscht worden wie du. Fahr nach Hause. Ich muss das alles auch erst einmal verarbeiten.«

Harald stand auf, ging zu Caro und legte die Hand auf die Schulter seiner Tochter. »Und das alles kam heraus, weil du dir die Versicherungsfälle genauer angesehen hast? Caro, ich bin dir so unendlich dankbar.«

Dann wandte er sich an Sofia Montio. »Ich hoffe, dass sie den gesamten Fall aufklären und wir hier intern ebenfalls aufräumen können. Jeder, der direkt damit zu tun hat, kann sich einen neuen Job suchen. Und in Zukunft werde ich wohl wieder mehr in Personalthemen mitarbeiten müssen – oder zumindest genauer prüfen, wem ich mein Vertrauen schenke.«

✱✱✱

Lotta Wilke saß an ihrem Schreibtisch, die Stirn in Falten gelegt. Der Tag war bislang schon anstrengend genug gewesen – ein Termin jagte den nächsten. Der Nachmittag versprach nicht besser zu werden, denn ein Reklamationsgespräch mit einem besonders unangenehmen, aber wichtigen Kunden stand an. Sie hatte sich daher ausnahmsweise für einen sehr figurbetonten, grauen Hosenanzug und eine schlichte weiße Bluse entschieden, die ihre Tattoos am Unterarm verdeckten. Die blonden Haare hatte sie ordentlich zu einem Zopf geflochten, ein seltener Anblick bei ihr. Jetzt lehnte sie sich in ihrem Bürostuhl zurück, schloss die Augen und begann eine Atemübung, um den Stress loszulassen. Doch das entspannte Gefühl währte nur kurz, denn ihr Handy begann, laut zu klingeln.

Lotta warf einen Blick auf das Display und erstarrte. Der Name auf dem Bildschirm jagte ihr fast einen Schock durch den Körper. »Arne? Was zum Teufel… bist du draußen? Wie kommt das?«

Die Antwort kam sofort, begleitet von Arnes typischem rauem Lachen. »Lotta, ich habe keine Zeit zu erklären. Ich habe den Renner niedergeschlagen und bin auf der Flucht. Du musst mir helfen!« Lotta stieß einen spitzen Schrei aus, »was hast du gemacht? Bist du völlig übergeschnappt?!«

Arne lachte noch lauter. »War nur Spaß! Ich durfte gehen.« Doch bevor er etwas hinzufügen konnte, ließ Lotta ihrer Wut freien Lauf und überschüttete ihn mit einer Tirade übler Beschimpfungen. »Das ist nicht witzig, Arne! Ich habe fast einen Nervenzusammenbruch bekommen!«

»Okay, okay, sorry. War vielleicht ein schlechter Scherz«, gab er kleinlaut zu. Dann fügte er ernst hinzu, »hör zu, du darfst niemandem sagen, dass ich draußen bin. Herr Renner möchte, dass alle denken, es wird noch gegen mich ermittelt. Das bedeutet, ich darf meine Wohnung nicht verlassen. Kannst du mir ein paar Sachen besorgen? Und komm heute Abend mal vorbei. Bring mich auf den aktuellen Stand – was läuft bei uns in der Firma?« Lotta schnaubte genervt. »Eigentlich sollte ich dich für diesen Schreck verhungern lassen«, zischte sie. Doch nach einem Moment des Schweigens fügte sie widerwillig hinzu »Aber ich bin ja ein besserer Mensch als du. Ich komme heute Abend vorbei. Und ich bringe Caro mit – wenn das okay ist.«

»Ja klar, bring sie mit«, antwortete Arne. «Bis später.«

Mit einem dumpfen Piepen endete das Gespräch. Lotta lehnte sich wieder zurück und rieb sich die Schläfen. Ein dicker Knoten hatte sich in ihrem Magen gebildet. Worin hatte sie Caro Fels da bloß wieder reingezogen?

***

Sofia hatte sich von Caro und Harald Fels verabschiedet, nachdem Caro sie zum Ausgang gebracht hatte. Die beiden umarmten sich freundschaftlich und Sofia ging zum Dienstwagen, stieg ein und machte sich auf den Weg zurück zum Präsidium. Als sie auf die Autobahn auffuhr, nahm sie ihr Handy und wählte Christians Nummer.

»Hey, Partner, ich bin auf dem Rückweg«, meldete sie sich als er abhob. »Ich habe mit Caro, Harald Fels und Jörg Fischer gesprochen und sehr viele Informationen erhalten. Bist du mit Arne Rink fertig? Wir müssen reden und schauen, wie wir weiter vorgehen.« »Ich bin im Präsidium und mit Herrn Rink fertig. Warte nur noch auf dich«, antwortete Christian am anderen Ende der Leitung.

Sie schaute kurz auf die Uhr. »Ich fliege, aber du kannst dich ja schon mal nützlich machen und uns was zu essen besorgen. Ich habe Lust auf Döner, mit allem, scharfe Soße, dazu eine Portion Pommes.«

Sofia grinste, während sie auf der Autobahn Richtung Präsidium fuhr. Der Tag war bisher stressig gewesen, aber sie hatte das Gefühl, dass sie endlich Fortschritte machten. Christians mürrisches, »ich bin kein Lieferdienst« war ihr inzwischen so vertraut, dass sie es schon hörte, ohne dass er etwas sagen musste.

Im Präsidium angekommen, parkte sie den Wagen und schnappte sich ihre Akten. Sie betrat den Haupteingang und steuerte direkt auf ihr gemeinsames Büro zu. Als sie die Tür öffnete, stand Christian tatsächlich mit zwei Dönertaschen und einem skeptischen Blick auf sie wartend da.

»Ich bin beeindruckt, Renner. Du bist doch zu mehr fähig, als nur Verdächtige einzuschüchtern«, begrüßte sie ihn mit einem breiten Grinsen.

»Sehr witzig, Montio«, brummte er, verteilte das Essen und zog einen Stuhl für sie heran. »Aber jetzt erzähl. Was hast du rausgefunden?« Sofia ließ sich in den Stuhl fallen, zog ihre Akten hervor und begann zu erzählen, während sie in den Döner biss.

»Also, erstens, Jörg Fischer ist komplett am Ende. Der Mann hat offenbar keine Ahnung gehabt, was um ihn herum passierte.« Sofia fuhr fort, während Christian eifrig Notizen auf dem Whiteboard machte, »interessant war, dass Treutner früher für Rammer gefahren ist und laut Aussage von Herrn Fischer Stadtfeld sich bei Gerd Rammer über dessen Arbeitsweise und Verhalten erkundigen wollte. Treutner wurde in den höchsten Tönen gelobt, der Wechsel erfolgte nur, da aufgrund der Nachtzuschläge die Bezahlung bei Fels besser und die körperliche Belastung geringer ist. Dumm nur, dass zu dem Zeitpunkt, zu dem Nick Treutner bei Rammer laut Lebenslauf beschäftigt war, er Dauergast in der JVA war. Im geschlossenen Vollzug.« Christian nickte und schrieb auf dem Whiteboard:

Nick Treutner involviert? – Thomas Stadtfeld befragen.

»Genau«, fuhr Sofia fort, »bei der Disponentin Kathrin Kemer handelt es sich um eine angebliche Bekannte von Thomas Stadtfelds Frau. Er hat hier Fischer nach einem Gefallen gefragt. Und von Backstein hat auch hier bei allen die Unterlagen überprüft. Oder besser gesagt, auch nicht. Bei einem Bewerber, den Fischer nicht wollte, ist er sauer geworden und hat es immer wieder versucht.« Sie blickte auf das Whiteboard, bevor sie weitersprach, »und was hast du bei Arne Rink herausgefunden?«

»Ich habe ihn auf das Geld und das Handy angesprochen. Er konnte mir erklären, wer alles Zugriff auf sein Büro und den Rollcontainer hatte. Es waren mindestens zehn Personen, darunter mindestens einer, der auf unserer Liste steht. Ich habe ihn auch gefragt, was er von Rammer auf dem Golfplatz wollte. Er hatte Rammer ebenfalls in Verdacht irgendwelche krummen

Geschäfte zu Lasten der Spedition zu machen. Und er glaubte, dass Rammer seine Leute besticht. Das hat er ihm halt alles auf den Kopf zugesagt, wird Rammer nicht sonderlich beeindruckt haben. Hatte er ja gar nicht mal so unrecht. Letztendlich habe ich ihn nach Hause geschickt, da wir keinerlei handfeste Beweise haben, die ihn als Täter überführen. Er musste mir versprechen, keine Dummheiten zu machen und sich in Deckung zu halten. Ich möchte, dass jeder glaubt, er sei noch hier in Gewahrsam.«

Sofia blickte ihren Partner überrascht an. »Das ist riskant, Christian. Wenn er tatsächlich involviert ist, könnte er jetzt schon im Auto zu den Drahtziehern unterwegs sein und vielleicht Dummheiten machen.«

Christian legte ein Pokerface auf, »bin ich etwa so naiv, liebste Sofia? Natürlich überwache ich das Haus von Arne Rink. Wenn er sich an die Bitte hält, unterzutauchen, dann weiß ich, dass er unschuldig ist und seine Finger nicht mit im Spiel hat. Macht er jedoch Dummheiten, führt uns das vielleicht direkt zu seinen Mittätern.« »Christian Renner, du bist ein Fuchs.« Sofia konnte ein Lächeln nicht unterdrücken, beeindruckt von dem Plan. »Aber wie gehen wir jetzt weiter vor? Schnappen wir uns die Mitarbeiter auf der Liste und verhören sie? Dann wissen sofort alle Bescheid. Eine gleichzeitige Verhaftung würde uns zwar helfen, aber uns fehlt die rechtliche Grundlage. Außerdem würde das die Spedition Fels in Verruf bringen – Harald Fels hat ohnehin schon genug Probleme.«

»Ich habe da eine Idee«, Christian tat geheimnisvoll, während er sich an seinen Schreibtisch setzte und eine Nummer wählte. »Hallo, Herr Fischer, Renner hier. Ich habe eine kurze Frage: Wo ist Nick Treutner derzeit im Einsatz? … Ah, okay, perfekt. Und um wie viel Uhr ist er heute Nacht von der Tour zurück? Gegen 2:00 Uhr? Super. Vielen Dank!«

Sofia schaute ihren Partner irritiert an, »was war das denn jetzt?«

Christian grinste und spannte sie nicht länger auf die Folter. »Einzeln schnappen und die Leute nach und nach zum Verhör laden – das würde uns nicht weiterbringen. Was wir aber können, ist, einzelne LKW auf der Straße kontrollieren. Da findet man immer irgendwas, und genau das gibt uns die Gelegenheit, mit Treutner zu reden.« Sofia verstand erst nicht, was ihr Partner vor hatte, doch dann begann sie, die Idee zu verstehen. »Liebe Sofia«, fuhr Christian fort, »wir machen jetzt Feierabend. Heute Abend warten wir direkt an der holländischen Grenze auf Herrn Treutner. Fahr nach Hause, leg dich hin und ruh dich aus. Ich kläre noch alles mit den Kollegen der Bundespolizei, und dann sehen wir uns heute Nacht wieder.«

Sofia sah Christian mit hochgezogenen Augenbrauen an. »Der Plan könnte tatsächlich funktionieren. Aber ich bin gespannt, ob wir überhaupt etwas finden. Wenn nicht, bleibt es nur bei einer allgemeinen Kontrolle, und wir haben keinerlei Handhabe, nach irgendetwas anderem zu fragen.«

Sie verschränkte die Arme und musterte Christian kritisch. »Mal ganz abgesehen davon, wie wir das morgen unserem Chef erklären sollen.«

Christian lehnte sich entspannt in seinem Stuhl zurück, ein schelmisches Lächeln auf den Lippen. »Sofia, du solltest mir langsam vertrauen. Wenn wir etwas finden und ich bin ziemlich sicher, dass wir das werden, dann hat sich die Sache von selbst erledigt. Und falls nicht? Dann war es eben eine Routinekontrolle, unterstützt von der Bundespolizei. Niemand kann uns daraus einen Strick drehen.«

Sofia schnaubte leise und schüttelte den Kopf, »die Mordkommission übernimmt Routinekontrollen an LKW vor, nachts. Ist ein normaler Vorgang? Du bist manchmal ein echter Zocker, Christian. Aber ich hoffe, dass dein Bauchgefühl dich diesmal nicht im Stich lässt.«

»Hat es noch nie«, entgegnete Christian selbstbewusst. »Also, fahr nach Hause, ruh dich aus. Heute Nacht wird spannend.«

Feierabend. Lotta Wilke parkte ihren VW ID.3 in einer freien Parklücke direkt vor dem Wohnhaus, in dem Arne Rink seine Wohnung hatte. Den Wagen hatte sie erst vor wenigen Monaten als Firmenwagen von Harald Fels erhalten. Kurz zuvor hatte sie Caro abgeholt, und die beiden Frauen stiegen lachend aus dem Auto und gingen auf das Haus zu.

»Gott sei Dank hat der Wagen eine Rückfahrkamera, sonst hätte ich diese enge Lücke nie erwischt«, scherzte Lotta, während sie aus ihrer Handtasche einen Zweitschlüssel hervorbrachte, den hatte Arne Rink ihr vor einiger Zeit für alle Fälle gegeben. »Falls jemand die Wohnung beobachtet, wäre Klingeln ja ziemlich unklug. Es soll schließlich jeder denken, dass er noch bei der Polizei ist«, erklärte sie Caro leise und schloss die Haustür auf.

Vor der Wohnungstür klingelte sie dann jedoch. Nur wenige Augenblicke später öffnete Arne die Tür. Barfuß, nur mit einer kurzen Cargo-Hose bekleidet, und der Oberkörper noch nass vom Duschen, begrüßte er die beiden mit einem lockeren »Kommt rein! Macht es euch schon mal bequem. Ich trockne mich nur schnell ab und ziehe mir was über.«

Die Wohnung war aufgeräumt, Caro, die das erste Mal bei Arne zu Hause war, mochte den modernen, aber dennoch gemütlichen Stil in dem Arne seine Wohnung eingerichtet hat. In der kleinen Küche summte leise der Kühlschrank, und auf dem Couchtisch im Wohnzimmer lag ein aufgeschlagenes Buch.

»Na, der Herr Rink liest also doch«, lästerte Lotta mit einem schelmischen Grinsen, als sie sich auf die Couch setzte.

Wenig später kam Arne zurück ins Wohnzimmer. Er trug jetzt ein schwarzes T-Shirt und nickte den beiden Frauen zu.

»So, was gibt's Neues?«, Caro begann, Lotta und Arne auf den neuesten Stand zu bringen.

»Wir wissen jetzt, dass Severin Leute mit Vorstrafen eingestellt hat. Wir haben auch einen Versicherungsbetrug aufdecken können. Sofia hat heute Jörg Fischer ganz schön in die Mangel genommen. Der tat mir richtig leid. Aber seine Aussage hat bestätigt, dass unser lieber Herr von Backstein beim Bewerbungsprozess sein eigenes Ding gemacht hat. Und Stadtfeld scheint auch mit drin zu hängen. Nur zu Rammer gibt es zwar Hinweise, aber keine direkten Spuren. Mich würde brennend interessieren, wie das alles zusammenhängt.«

Arne der aufmerksam zugehört hatte, ergänzte, »genau das hat mir Christian Renner auch erzählt. In meinem Rollcontainer wurden 25.000 Euro in bar und ein Handy von Severin gefunden.« Lotta schaute ihn an. »Davon hat uns Sofia erzählt. Da gibt sich jemand richtig viel Mühe, dich mit reinzuziehen und alle in dem Glauben zu lassen, du hättest es getan. Aber so doof bist selbst du nicht, solche Beweise in deinem Rollcontainer zu lassen«, neckte sie ihn zum Schluss.

Arne grinste schief, aber Caro blickte sehr ernst. »Das ist glaub ich eine Riesensache. Ich wette, der Mord an Severin und die Vorkommnisse in der Firma hängen zusammen. Ich hoffe nur, dass es keine negativen Folgen für die Firma meines Vaters hat. Das ist sein Leben. Er hat da so viel Zeit, Energie und auch Geld reingesteckt, das macht mir Angst.«

Lotta zögerte kurz, dann fiel ihr etwas ein, »und das habe ich euch noch gar nicht erzählt, ich dumme Kuh! Ich habe Stadtfeld belauscht, während er am Telefon war. Nachdem Harald uns erzählt hat, dass Arne verhaftet wurde, stand Stadtfeld draußen und hat mit jemandem darüber gesprochen. So etwas wie ‚Guter Plan‘ und auch ‚Caro hat wegen der Versicherung was entdeckt und schnüffelt jetzt herum.‘«

Caro riss die Augen auf. »Das ist ja unglaublich! Hast du mitbekommen, mit wem er gesprochen hat?«

Lotta schüttelte den Kopf. »Leider nicht. Er hat den Namen nicht erwähnt, es war auch nur ein kurzes Gespräch, hat sich auch wieder aalglatt wie immer ausgedrückt. So, wie er gesprochen hat, klang es, als wüsste er wesentlich mehr.«

Arne zog die Stirn in Falten, »das passt zu dem, was ich mir schon gedacht habe. Die ganze Sache mit dem Geld und dem Handy in meinem Rollcontainer, das ist eine gezielte Aktion, um mich reinzureiten. Ich wette, sie wollten sicherstellen, dass die Polizei mich im Visier hat, während sie in Ruhe ihr Ding durchziehen können.« Caro blickte nachdenklich, »und wenn Stadtfeld wirklich Teil der Nummer ist, erklärt das auch, warum er so unauffällig wie möglich agiert. Er lässt andere die Drecksarbeit machen, während er die Fäden zieht.«

Lotta lachte trocken. »Na ja, zumindest war er dumm genug, in Hörweite zu telefonieren. Wir wissen jetzt, dass wir auf der richtigen Spur sind.«

»Ich frage mich nur«, sagte Caro langsam, »wie tief Severin wirklich drinsteckte. Wenn er sogar Vorbestrafte eingestellt hat und die Sache mit dem Versicherungsbetrug vertuscht hat, dann ist er entweder unglaublich skrupellos oder selbst eine Schachfigur in einem größeren Spiel. Und warum wurde er plötzlich umgebracht, wenn er doch Teil von dem Ganzen war?«

Arne verschränkte die Arme, »das heißt, wir haben mindestens drei große Spieler. Severin, Stadtfeld und Rammer. Und wer weiß, wie viele kleine Fische da noch herumschwimmen.«

»Und das alles läuft über die Spedition«, ergänzte Lotta.

»Harald hatte gar keine Ahnung, was da alles in seiner Firma abgeht.« Lotta stand auf und ging unruhig im Zimmer auf und ab. »Es muss eine Verbindung geben. Irgendjemand hat die Kontrolle über all das, und ich wette, Stadtfeld weiß mehr, als er zugibt.« Caro klopfte mit ihren Fingern auf den Tisch. »Das bringt uns wieder zu unserer Hauptfrage. Wie hängt das alles zusammen? Wir sollten Thomas Stadtfeld näher unter die Lupe nehmen.«

»Wir sollten das der Polizei überlassen, so wie wir es Sofia versprochen haben«, tadelte Lotta lachend Caro. »Wie du es versprochen hast.«

Caro grinste, »lassen wir ja auch, aber wenn wir im Büro die Augen offenhalten und mal die ein oder andere belanglose Frage stellen. Ich wollte auch schon immer mal freitags in den Black & White Club.«

»Caro!«, warnte Lotta. »Du machst keine Alleingänge! Verstanden?« Caro blickte ihre Freundin mit großen unschuldigen Augen an. »Alleine? Ich? Nein, auf gar keinen Fall. Du kommst mit, dann sind wir schon einmal zu zweit.« Arne Rink schwieg Stirn runzelnd. »Ich halte das für keine gute Idee. Ich würde ja mitkommen und auf euch aufpassen, aber ich kann hier nicht weg.« Lotta funkelte ihn an, »was sollen denn diese Machosprüche, wir können ganz gut allein auf uns aufpassen, großer Muskelmann!« Caro lachte, »also ist es abgemacht, morgen geht es in den Black & White Club, etwas feiern und vielleicht treffen wir ganz zufällig Thomas Stadtfeld.«

Freitag, 16.06.23

Christian holte Sofia kurz nach Mitternacht ab. Sie wartete bereits vor ihrer Wohnung, obwohl es eine schwüle Sommernacht war, hatte sie sich einen schwarzen Hoodie übergezogen. »Pünktlich wie immer«, sagte sie mit einem Lächeln, als sie ins Auto stieg. »Ich hätte es mir nie verziehen, dich warten zu lassen«, entgegnete Christian mit gespieltem Ernst, bevor er ihr eine Thermoskanne reichte. »Hat Julia für uns gemacht, Kaffee, stark und heiß. Wir werden ihn brauchen.«

Nach einer kurzen Fahrt kamen sie an der Dienststelle der Bundespolizei in Kempen an. Dort wurden sie bereits von einer kleinen Gruppe Beamter erwartet. »Guten Abend, Kollegen«, begrüßte Christian die Runde, als sie das Gebäude betraten. Einer der Beamten, ein stämmiger Mann mit grauem Haar, trat vor und schüttelte Christians Hand. »Christian Renner, das ist ja eine Überraschung. Wie lange ist es her? Zwei Jahre?«

»Mindestens, Andreas. Schön, dich wiederzusehen«, antwortete Christian, bevor er Sofia vorstellte. »Das ist meine Kollegin, Kriminalkommissarin Sofia Montio.« Andreas nickte ihr freundlich zu, »willkommen, Sofia. Christian hat uns schon grob eingeweiht, aber ich bin gespannt auf die Details.«

Nach einer kurzen Vorstellungsrunde setzten sich alle um einen großen Tisch im Besprechungsraum. Christian übernahm das Wort. »Danke, dass ihr euch so kurzfristig auf diesen Einsatz eingelassen habt. Hier ist der Plan. Unser Ziel ist ein LKW der Spedition Fels, der heute Nacht aus Rotterdam zurückkommt. Fahrer ist Nick Treutner, einschlägig vorbestraft, unter anderem wegen Diebstahls, Erpressung und Betrug. Er hat sich mit falschen Angaben bei der Spedition eingeschlichen. Der LKW transportiert Ware im Auftrag von GR-Design – einer Firma, die Gerd Rammer gehört.«

Er legte eine kurze Pause ein, während die Beamten aufmerksam zuhören. »Vergangenes Wochenende wurde eine Leiche, Severin von Backstein, in einem dieser LKWs gefunden. Die Spurenlage ist dünn, aber wir gehen davon aus, dass die Leiche nach der Rückkehr nach Mönchengladbach in den LKW gebracht wurde. Wir wollen die Drahtzieher nicht alarmieren, deswegen greifen wir zu einer allgemeinen Verkehrskontrolle. Offiziell geht es nur um Papiere, Ladung, Ladungssicherung, Lenkzeiten, Routinekram eben – inoffiziell um eine Gelegenheit Herrn Treutner, ohne viel Aufsehen in unseren Verhörraum zu bekommen.« Andreas runzelte die Stirn. »Und wenn Treutner sich querstellt? Oder wenn ihr nichts findet?«

Christian nickte. »Wenn er dichtmacht, können wir nicht viel machen. Falls wir etwas Illegales entdecken, behandeln wir es nach Protokoll. Dann ist es eurer Entdeckung, die ihr bei einer Routine Kontrolle gemacht habt. Es ist wichtig, dass die Kontrolle unauffällig bleibt, um nicht die Hintermänner zu warnen.

Mein Bauchgefühl sagt mir aber, dass wir was finden werden.« Der Einsatzleiter der Bundespolizei, ein scharf wirkender Mann, klopfte auf den Tisch. »Alles klar. Wir positionieren uns mit euch und einem Einsatzwagen von uns, inklusive Hundeführer, an der Kontrollstelle nahe der Grenze. Ein Zivilteam wird den LKW ab der Grenze im Auge behalten, um sicherzustellen, dass er auf der richtigen Route bleibt. Sobald er im Kontrollbereich ist, ziehen ihn die Kollegen raus und wir übernehmen.«

Ein anderer Beamter reichte Christian und Sofia Einsatzwesten mit der Aufschrift „Polizei". »Bitte, wie gewünscht, habt ihr so etwas nicht bei euch?«

»Danke, perfekt, ich sage mal so, ich wollte bei uns nicht allzu viel Menschen einweihen, weswegen ich nicht in der Materialausgabe nach Westen gefragt habe«, erklärte Christian, als er die Weste überzog. Sofia folgte seinem Beispiel. Die Besprechung endete, und das Team machte sich bereit, ihre Positionen einzunehmen. Auf dem Weg zum Einsatzwagen drehte Christian sich zu Sofia. »Noch Fragen?«

»Nur eine. Wann fängt der Spaß an?«

Christian lachte leise. »Gleich, Sofia. Gleich.«

***

Nick Treutner steuerte den LKW über die Autobahn, noch 25 Kilometer dann wäre diese Tour auch erledigt. Ein Autobahnschild kündigte die Grenze nach Deutschland in zwei Kilometern an. Er zündete sich eine Zigarette an, ignorierte dabei die Regel, dass in den LKWs der Spedition nicht geraucht werden durfte. Jörg Fischer hatte das ausdrücklich verboten, aber das war ihm egal. »Was will der schon machen? Mich rausschmeißen? Für so ‚nen Mist bestimmt nicht.« Die Bezahlung als Fahrer war miserabel, doch das störte ihn kaum – schließlich verdiente er sich mit Sonderaufgaben ordentlich etwas dazu. Und das Beste daran, alles bar und steuerfrei.

Er passierte mit seinem 40 Tonner die Grenze. Die Autobahn war nahezu leer, nur ein paar weitere LKWs waren unterwegs. Plötzlich scherte ein schwarzer Mercedes-Kombi vor ihn und reduzierte die Geschwindigkeit. Im Heckfenster des Wagens flammte eine rote Schrift auf: „Polizei – Bitte folgen". »Scheiße!«, stöhnte Nick und drückte die Zigarette in seinem Aschenbecher aus. »Auf so ‚nen Scheiß habe ich jetzt keinen Bock.«

Seine Gedanken rasten. Eine Kontrolle der Ladungssicherung, die Fahrerkarte, das übliche Fragespiel der Bullen. Alles nur unnötige Zeitverschwendung. »Bedeutet mindestens 45 Minuten später Feierabend«, dachte er genervt.

Er folgte dem Polizeifahrzeug zur nächsten Ausfahrt. Die Ausfahrt Kaldenkirchen führte zu einer provisorischen Kontrollstelle, die am Straßenrand errichtet worden war. Scheinwerfer tauchten den Bereich in grelles Licht, und weitere Polizeiwagen standen bereit. Nick hielt den LKW an, stellte den Motor ab und wartete, was als Nächstes passieren würde. Sein Puls beschleunigte sich leicht, aber er zwang sich zur Ruhe. »Alles cool. Routinekontrolle. Die finden eh nix«, beruhigte er sich selbst, während er die Fahrertür öffnete, um die Polizisten zu empfangen.

***

Der LKW kam zum Stehen, und die Beamten der Bundespolizei traten zügig an die Fahrertür. Einer von ihnen klopfte höflich, während ein anderer mit strenger Miene danebenstand. Nick Treutner öffnete die Tür, blickte genervt nach unten und bekam die Anweisung, den Motor abzustellen. Ohne Begeisterung kam er der Aufforderung nach. »Guten Abend. Führerschein, Fahrerkarte und Frachtpapiere, bitte«, verlangte der diensthabende Beamte in routiniertem Ton. Nick grummelte etwas Unverständliches, kramte aber nach den gewünschten Dokumenten und reichte sie widerwillig herunter. Während einer der Beamten die Papiere überprüfte, traten zwei weitere Polizisten an ihn heran, darunter der Hundeführer mit seinem wachsamen, deutschen Schäferhund. »Bitte öffnen sie den Auflieger. Wir müssen die Ladung und die Ladefläche inspizieren«, sagte einer der Polizisten höflich, aber bestimmt. Nick zog hörbar die Luft ein, sprang von der Fahrerkabine und marschierte träge in Richtung des Anhängers.

»Muss das jetzt wirklich sein? Ich habe gleich Feierabend, ich will nur nach Hause«, ätzte er, während er mühsam die Verriegelung des Aufliegers öffnete.

Mit einem metallischen Klacken schwang die Tür des Anhängers auf. Die Beamten leuchteten mit Taschenlampen hinein, ihre Lichtkegel glitten über die teilweise losen gestapelten Paletten. »Die Ladungssicherung hätte besser sein können«, bemerkte einer von ihnen trocken, während er die unzureichend fixierten Waren musterte.

Christian Renner und Sofia Montio hielten sich abseits, unauffällig in der Dunkelheit, beobachteten das Geschehen und warteten auf einen entscheidenden Moment. Bislang hatte sich noch keine Gelegenheit ergeben, aktiv einzugreifen. Christian murmelte leise vor sich hin, »komm schon, irgendwas muss es doch geben. Ein kleiner Grund reicht, damit wir dich allein erwischen, ohne dass gleich die halbe Spedition Bescheid weiß.«

Der Hundeführer begann, mit seinem Schäferhund die Außenbereiche des Aufliegers zu kontrollieren. Der Hund schnupperte konzentriert an der Ladefläche entlang, als er plötzlich bei etwa der Hälfte abrupt stehen blieb, sich lang machte und sich dann hinlegte – ein eindeutiges Signal, dass, er etwas entdeckt hatte. Christian ballte die Faust in seiner Tasche zusammen und konnte ein triumphierendes »Yes!«, kaum unterdrücken. Sofia warf ihm einen schnellen Seitenblick zu, bevor sie sich wieder auf das Geschehen konzentrierte.

Nick Treutner spürte, dass sich die Atmosphäre schlagartig verändert hatte. Die Beamten wurden aufmerksamer, die Stimmung angespannter. Einer der Polizisten trat an ihn heran und wies ihn an, zum Einsatzwagen mitzukommen. Doch Nick hatte andere Pläne. In einer raschen Bewegung drehte er sich nach links, duckte sich und sprintete los, über das angrenzende brachliegende Feld, hinein in die Dunkelheit.

»Verdammt, der verschwindet!«, fluchte Christian und riss sein Funkgerät hervor. »Kümmert euch um die Ladung! Ich schnappe mir Treutner!«, rief er, während er die Verfolgung aufnahm. Der Fluchtversuch von Nick Treutner war von Anfang an zum Scheitern verurteilt. Ein offenes Feld ohne Deckung, keine Möglichkeit, sich irgendwo zu verstecken – und die körperlichen Voraussetzungen spielten auch nicht zu seinen Gunsten. Treutner, ein unsportlicher Raucher mit einer Vorliebe für Fast Food, hatte keine Chance gegen Christian Renner, dessen durchtrainierter Körper auf jahrelanges Lauf- und Krafttraining zurückzuführen war. Christian benötigte nur wenige Meter, um den Flüchtenden einzuholen. Mit einem gezielten Schubser seiner rechten Hand brachte er Treutner aus dem Gleichgewicht. Der verdächtige Fahrer stolperte, ruderte mit den Armen, um die Balance zu halten, und ging schließlich der Länge nach auf dem Feld zu Boden.

Schnell war Christian bei ihm. Er kniete sich nieder, packte Treutners Arm und drehte ihn ohne große Gegenwehr auf den Bauch. Mit geübtem Griff zog er die Handschellen aus der Seitentasche seiner Einsatzweste und klickte sie dem schnaufenden Mann an. »Keine gute Idee, abzuhauen«, bemerkte Christian trocken, während er Treutners schwitzenden und schwer atmenden Körper abschätzend betrachtete.

Sofia war wenige Sekunden später bei den beiden angekommen. »Schon erledigt?«, fragte sie, während sie sich mit einem amüsierten Blick auf Treutner bückte.

»Er hat es mir nicht gerade schwer gemacht«, antwortete Christian mit einem Anflug von Ironie. Treutner drehte den Kopf zur Seite und keuchte, »ich wollte mir nur... die Beine etwas vertreten.«

»Na klar, im vollen Sprint«, erwiderte Sofia spöttisch.

»Lass uns ihn zurück zur Kontrolle bringen.« Christian half dem Verdächtigen auf die Beine und führte ihn zurück zur Kontrollstelle, während Sofia per Funk die Festnahme meldete. Treutner wusste, dass er sich in einer denkbar schlechten Lage befand und das war erst der Anfang. Zurück an der Kontrollstelle bot sich Christian und Sofia ein hektisches Bild. Ihre Kollegen waren eifrig damit beschäftigt, die Ladung des LKWs genauer zu untersuchen. Taschenlampen leuchteten in alle Richtungen, und einer der Beamten hob gerade etwas aus einer der Paletten, während der Hundeführer neben ihm stand. »Treffer!«, rief einer der Bundespolizisten triumphierend, als er eine gut verschnürte Plastiktüte mit einem weißen, pulverartigen Inhalt hochhielt. »Das hier sieht stark nach Kokain aus.« Christian tauschte einen kurzen, bedeutsamen Blick mit Sofia, bevor er Treutner fest am Arm packte und ihn näher zur Ladung führte.

»Was haben wir denn da, Nick?«, fragte Christian mit einem Tonfall, der irgendwo zwischen beiläufig und vorwurfsvoll lag. Treutners Blick wanderte nervös zwischen den Beamten und der beschlagnahmten Ware hin und her. »Ich habe keine Ahnung, was das ist!«, verteidigte er sich hastig. »Natürlich nicht«, murmelte Sofia trocken. Ein weiterer Beamter trat zu Christian und Sofia. »Das war nicht alles«, informierte er die beiden.

»Wir haben mehrere ähnliche Päckchen gefunden. Insgesamt schätzen wir die Menge auf mindestens fünfundzwanzig Kilogramm.« »Das ist eine Menge«, bemerkte Christian, während er Treutner ins Gesicht sah. Treutner schüttelte bockig den Kopf. »Ich weiß von nichts, verdammt nochmal! Ich fahr nur die LKWs, mehr nicht! Ich bin bei der Beladung nicht dabei. Ich übernehme die verplombt und stelle sie verplombt ab.«

Sofia ließ sich nicht täuschen, »und warum bist du dann geflüchtet? Reine Vorsicht, oder hast du da noch mehr zu verbergen?« Treutner schwieg, der Druck war ihm anzusehen.

Christian seufzte und wandte sich an die Beamten. »Bringt ihn erst mal in die Wache. Wir haben einiges zu besprechen, und ich wette, Herr Treutner überlegt sich auf dem Weg dorthin, was er uns alles erzählen möchte.«

»Alles klar«, bestätigte einer der Polizisten, bevor er Treutner abführte. Christian und Sofia blieben kurz bei der Ladung stehen, während der Hundeführer weiter um den LKW ging.

Nick Treutner saß inzwischen apathisch auf der Rückbank des Streifenwagens, die Hände immer noch in Handschellen. Seine Flucht hatte nicht nur körperlich, sondern auch psychisch bei ihm Spuren hinterlassen. Der unaufhörliche Gedankenstrom, wie er in diese Lage geraten war und wie er da wieder herauskommen könnte, ließ ihn nicht zur Ruhe kommen.

Christian und Sofia folgten dem Wagen in ihrem Dienstfahrzeug, beide sichtbar erschöpft. Es war mittlerweile halb vier Uhr morgens, als sie auf den Parkplatz des Polizeipräsidiums in Mönchengladbach einbogen. Die Straßen waren leer, die Stadt wirkte wie in einen tiefen Schlaf gefallen – ein Kontrast zu dem Adrenalinschub der letzten Stunden. Christian stellte den Wagen ab und streckte sich kurz, bevor er ausstieg.

»Gut, dann liefern wir unseren Freund ab, besorgen ihm ein nettes Plätzchen in einer unserer Zellen, und morgen früh legen wir los.«

Sofia, die ebenfalls müde ausstieg, nickte zustimmend. »Einverstanden«, gähnte sie und schaffte es gerade noch die Hand vor den Mund zu halten.

Sie begleiteten Treutner ins Gebäude, wo ein Bereitschaftsbeamter schon auf sie wartete. »Christian, Sofia«, grüßte er müde, »Na, hattet ihr eine spannende Nacht?«

»Und wie«, antwortete Christian trocken, während er die Formalitäten für die Überstellung unterschrieb. »Der Herr hier bekommt ein Bett in einer unserer Zellen, und wir kümmern uns morgen um alles Weitere. Ich kläre das mit dem Zuständigkeitskram noch mit unserem Chef, aber ich denke, das KK11 wird sich freuen, Treutner verhören zu dürfen. Und die Kollegen von der Bundespolizei haben sicher nichts dagegen, wenn sie die Lorbeeren für den Drogenfund einstreichen.«

»Hört sich nach einem Plan an«, meinte der Beamte und übernahm Treutner. Sofia streckte sich und sah auf die Uhr.

»Ich glaube, ich werde jetzt jede Minute Schlaf brauchen, die ich kriegen kann. Morgen wird bestimmt wieder spannend.« Christian grinste. »Keine Sorge, Sofia. Morgen früh gibt's erst mal Kaffee – viel Kaffee.« Mit einem müden Lächeln verabschiedeten sich die beiden, um endlich ein paar Stunden Schlaf zu bekommen, bevor die nächste Runde ihrer Ermittlungen begann.

***

Christian schaute von seinen Unterlagen auf, ein schiefes Lächeln auf den Lippen. »Morgen, Sofia. Gut geschlafen? Oder besser gefragt, hast du überhaupt geschlafen?« Sofia hob ihren Kaffeebecher, nippte daran und schmunzelte. »Vier Stunden. Reicht, wenn man genug Koffein hat.« Sie drehte sich leicht zu Murat um, der ihr ein sympathisches Lächeln zuwarf.

»Guten Morgen, Sofia. Schön zu sehen, dass du so motiviert bist. Ich habe gehört, ihr hattet eine spannende Nacht«, sagte Murat, während er einige Akten auf seinem Tisch sortierte.

»Das kann man wohl sagen«, antwortete Sofia. »Also, was ist? Wollen wir Treutner direkt vornehmen?«

Christian nickte und schob seinen Stuhl zurück. »Ja legen wir los. Treutner wird langsam nervös, was gut für uns ist. Lass uns schauen, wie viel er redet, bevor wir die richtigen Daumenschrauben anlegen.«

Murat stand auf und griff nach einem Tablet. »Ich komme mit. Ich werde euch von der anderen Seite durch den Spiegel zuschauen und auf seine Körpersprache achten.« Sofia stellte ihren Kaffeebecher ab und schnappte sich ihren Notizblock. »Gut, dann los.«

Die drei verließen gemeinsam das Büro und machten sich auf den Weg zu den Vernehmungsräumen. Es lag eine Mischung aus Spannung und Vorfreude in der Luft – vielleicht würde dieser Morgen endlich ein paar Antworten bringen.

***

Nick Treutner saß bereits im Verhörraum, als Christian Renner und Sofia Montio das kleine, abgedunkelte Zimmer betraten. Die Luft im fensterlosen Raum stand, und es war stickig – Christian hatte angewiesen, die Klimaanlage auszuschalten. Langsam nahmen die beiden Ermittler auf der anderen Seite des Tisches Platz und musterten ihren gegenüber. Treutner sah furchtbar aus. Seine schlaflose Nacht war ihm deutlich anzusehen. Sein Gesicht war blass, Schweißperlen liefen ihm über die Stirn, und seine Hände zitterten leicht. Der muffige Geruch von kaltem Schweiß hing in der Luft.

Christian begann ruhig, aber bestimmt, »guten Morgen, Herr Treutner. Mein Name ist Christian Renner, und das hier ist meine Kollegin Sofia Montio. Wir vernehmen sie als Tatverdächtigen aufgrund eines Verstoßes gegen das Betäubungsmittelgesetz. Ich bin verpflichtet, sie darüber zu informieren, dass sie keine Aussage machen müssen. Sie können zu den Vorwürfen schweigen. Alles, was sie sagen, kann jedoch gegen sie verwendet werden.« Nachdem Christian die Formalitäten und die Überprüfung von Treutners Personalien abgeschlossen hatte, legte Sofia los. Sie beugte sich leicht vor und sah Treutner direkt in die Augen. »Herr Treutner, in wessen Auftrag haben sie die 25 Kilogramm Kokain transportiert? Bei wem sollten sie die Ware abliefern? Oder lief das in eigener Sache?«

Treutner lehnte sich zurück und verzog sein Gesicht zu einem spöttischen Grinsen. »Ich weiß nicht, wovon sie reden«, sagte er betont lässig. »Ich habe einen vorgeladenen Auflieger übernommen, bringe den nach Mönchengladbach, stelle ihn ab –

und das war's. Was irgendwelche anderen Vögel da draufladen, geht mich nichts an.«

Sofia ließ sich nicht aus der Ruhe bringen. »Interessante Geschichte«, sagte sie kühl. »Das Problem ist nur, dass wir ihnen das nicht abkaufen. Sie haben doch früher schon das ein oder andere Ding gedreht, sie wissen doch, wie es läuft. Wer sind ihre Auftraggeber? Reden sie mit uns, sie interessieren uns nicht, wir wollen die, die im Hintergrund die Fäden ziehen.«

Treutner zog die Schultern hoch und suchte bewusst den Blickkontakt zu Sofia. »Ich habe keine Ahnung, wovon ihr redet«, sagte er mit einem breiten Grinsen. »Ich fahr einfach nur.«

Christian übernahm jetzt von Sofia, Treutner war eine harte Nuss, hier mussten härtere Geschütze her. »Sie fahren also nur, komisch ist allerdings das jede Woche, wenn sie aus Rotterdam zurückkommen, eine andere Überraschung auf ihrem Auflieger zu finden ist.«

Treutner blickte Christian verwirrt an, »häh? Was heißt hier Überraschung, ich weiß nicht, wovon ihr redet. Verdammt nochmal ich fahre nur LKW.« Unbeirrt fuhr Christian fort, »diese Woche das Koks, letzte Woche eine Leiche.«

Nick Treutner wurde merklich nervös. Seine Hände, die ohnehin schon zitterten, ballten sich zu Fäusten, und Schweiß tropfte von seiner Stirn. »Was für eine Leiche? Ich weiß nichts von einer Leiche! Ich fahre nur den Lkw. Was soll der Scheiß?«

Seine Stimme war angespannt, fast panisch. Christian ignorierte die Fragen und drehte sich mit einem gespielt nachdenklichen Blick zu Sofia. Mit einer theatralischen Handbewegung kombinierte er »Sofia, ich glaube, ich habe den Fall gelöst. Herr von Backstein fand heraus, dass unser Freund hier, der gute Nick Treutner, in seinem Lebenslauf geschwindelt hat. Sein Führungszeugnis war gefälscht. Und als Herr von Backstein ihn deswegen feuern wollte, hat es unserem Herrn Treutner nicht gepasst. Er hat ihm kurzerhand eins übergezogen, ihn auf die Ladefläche geworfen und dort zum Sterben zurückgelassen.«

Sofia hob eine Augenbraue und stieg direkt in das Spiel ein. Sie nickte zustimmend und sagte mit einem scheinbar überraschten Ton, »Mensch, Christian, dann wäre der Fall ja tatsächlich gelöst. Super Arbeit!«

Treutner starrte sie ungläubig an, sein Blick wanderte hektisch zwischen den beiden Ermittlern hin und her. »Ich habe den von Backstein nicht umgebracht!«, rief er empört. »Wie kommen sie auf diesen Schwachsinn? Ihr wollt mir doch irgendwas anhängen! Ich habe mit der Sache nichts zu tun!«

Sofia schlug plötzlich mit der flachen Hand auf den Tisch, das laute Klatschen hallte durch den stickigen Raum. Treutner zuckte zusammen. »Dann rede endlich!«, zischte sie scharf.

Christian lehnte sich nach vorne, seine Stimme war jetzt ruhiger, aber voller Druck. »Hören sie, Nick, wir können hier den ganzen Tag sitzen und darüber spekulieren, was sie getan haben und was nicht. Aber je länger sie schweigen oder uns diese Märchen auftischen, desto tiefer schaufeln sie ihr eigenes Loch. Also, wer hat die Drogen auf den Lkw geladen? Und was wissen sie über von Backstein?«

Treutners Blick flackerte. Sein Kiefer mahlte, und er wirkte, als würde er mit sich selbst ringen. »Ich... ich fahre nur den verdammten Lkw«, stammelte er schließlich, seine Stimme nun leiser. Sofia fixierte ihn mit einem durchdringenden Blick.

»Nick, niemand glaubt ihnen diese Geschichte. Wir haben genug Beweise, um sie richtig in die Klemme zu bringen. Aber wenn sie kooperieren, dann könnten sie vielleicht glimpflich davonkommen. Ich mache ihnen einen Vorschlag, ich rufe den Beamten von draußen kurz rein, der geht mit ihnen nach draußen, sie rauchen in Ruhe eine Zigarette, denken nochmals über alles nach und dann reden wir weiter.«, schlug Sofia nun sanftere Töne an. Treutner nickte »eine Kippe wäre jetzt nicht schlecht.«

Während Treutner mit einem Beamten vor der Tür eine Zigarette rauchte, nutzten Sofia und Christian die Gelegenheit für ein kurzes Gespräch. »Ich glaube, wir haben ihn gleich«, begann Sofia leise, während sie sich an den Tisch lehnte.

»Wenn er wirklich etwas weiß, dann wird er uns das gleich erzählen. Deine Mordtheorie war echt stark – damit hast du ihn richtig aus dem Konzept gebracht.« Christian nickte und zog nachdenklich die Stirn kraus. »Ja, das hat ihn definitiv aus der Reserve gelockt. Aber seine Antworten zu den Drogen, die klangen tatsächlich einstudiert. Als ob er genau wüsste, was er in so einer Situation sagen muss.«

Sofia verschränkte die Arme und dachte kurz nach. «Ich wette, die instruieren ihre Fahrer für den Fall, dass sie mal kontrolliert werden. ‚Ich habe nichts geladen, ich bin nur der Fahrer‘ – das ist zu glatt. Aber bei der Sache mit der Leiche hört der Spaß für ihn auf. Darauf hatte er keine vorbereiteten Antworten.«

»Das stimmt«, stimmte Christian ihr zu. »Er wirkte wirklich überrascht, als wir das angesprochen haben. Jetzt müssen wir nur noch herausfinden, ob das echte Ahnungslosigkeit war oder ob er verdammt gut darin ist, uns etwas vorzuspielen.«

Sofia lächelte kurz und richtete sich auf. «Ich denke, wir finden es gleich heraus. Er ist nervös genug. Lass uns sehen, ob wir ihn knacken können.« Christian nickte, »dann lass uns den Druck erhöhen.« Sie standen beide auf und machten sich bereit, das Verhör fortzusetzen, als Treutner mit gesenktem Kopf und einem bedrückten Gesichtsausdruck zurück in den Verhörraum geführt wurde.

»Also, kommen wir nochmals zurück zu der Leiche«, begann Christian nach einer kurzen Pause. Sein Ton war sachlich, aber leicht fordernd.

»Sie kannten Herrn von Backstein, ist das korrekt?«

Nick Treutner verschränkte die Arme vor der Brust, sein Blick wurde trotzig. »Ja, flüchtig. Der Personalchef bei Fels. Hat mit uns Fahrern aber kaum was zu tun, hielt sich für was Besseres, der feine Herr.« Christian lehnte sich zurück und nickte langsam.

»Okay, das klingt ehrlich. Die erste Antwort, die ich ihnen wirklich abnehme. Aber Herr von Backstein kam ihnen wegen ihrer gefälschten Unterlagen auf die Schliche, nicht wahr?«

Treutner hob beide Hände, als wolle er eine drohende Gefahr abwehren. »Nein, nein, so war das nicht. Ich musste gar keine Bewerbungen abgeben! Ich habe von 'nem Kumpel 'nen Tipp bekommen, hab die Nummer angerufen, die er mir gegeben hat. Da war wohl der Boss dran, und der hat mich dann zu dem Backstein und dem Fischer geschickt. Unterlagen? Musste ich nie einreichen. Der Boss meinte, er würde das schon regeln.«

Sofia hob eine Augenbraue und beugte sich vor. »Der Boss? Meinen sie Gerd Rammer?«

Treutner schüttelte den Kopf und verzog den Mund zu einem schiefen Grinsen. »Rammer? Mit dem habe ich nichts zu tun. Der Boss, das ist einfach der Boss. So nennt er sich selbst. Bei Fels kümmert er sich um die spezielle Truppe, wie er es sagt.«

Sofia war irritiert. »Sie meinen Harald Fels?«

Treutner brach in ein trockenes Lachen aus. »Doch nicht der Alte! Der hat doch keinen Plan, was in seinem Laden abgeht. Ich meine unseren Boss. Keine Ahnung, wie der heißt, ich habe nur ab und zu mal mit ihm telefoniert. Wenn überhaupt. Und er will einfach Boss genannt werden. Ansonsten krieg ich meine Anweisungen von Kathrin und Karl. Die planen die Sondertouren mit der Extrakohle.«

Sofia kritzelte eilig in ihr Notizbuch, während sie die Namen im Kopf durchging. »Wer war dieser Boss? War es Stadtfeld? Fischer? Rink? Oder… doch von Backstein?«

Christian nahm ihren Blick auf und nickte leicht. Dann wechselte er das Thema. »Gut, dann sprechen wir über letzten Freitag. Sie haben nachts den Auflieger bei GR-Design abgestellt. Stimmt das bis dahin?« Treutner nickte kurz, wirkte dabei jedoch unbehaglich. »Ist ihnen dabei irgendwas aufgefallen? War etwas anders als sonst?«

Treutner stieß hörbar Luft durch die Nase aus, offenbar genervt von der Frage. »Nee, eigentlich nicht. War alles wie immer. Ich war müde, wollte einfach nur nach Hause.« Christian ließ die Worte einen Moment stehen, bevor er nachhakte, »denken sie genau nach, Herr Treutner. Nichts Auffälliges?« Treutner zögerte, dann seufzte er. »Na gut. Das Einzige, was mir aufgefallen ist, war das Auto vom Piet – das ist bei GR-Design der Chef vor Ort – und zwei so Elektrokutschen, die darumstanden. Im Bürotrakt hat Licht gebrannt. Sonst war da nix.«

Christian und Sofia warfen sich einen schnellen Blick zu. Nun wurde es interessant. »Welche Modelle waren das? Haben Sie die Kennzeichen gesehen?«, fragte Sofia, nun spürbar aufmerksamer. »Keine Ahnung«, murmelte Treutner. »Der eine war von der Marke, die dem reichen Ami gehört. Der andere, keine Ahnung. War zu müde. Vom Piet war die G-Klasse da, das weiß ich noch. Geiles Auto.«

Sofia jubelte innerlich. Endlich eine Spur! Eine kleine vielleicht, aber immerhin eine Spur. Stück für Stück setzten sie das Puzzle zusammen. Doch in Bezug auf Gerd Rammer herrschte weiterhin Funkstille – kein Hinweis, kein Ansatzpunkt. Aber dieser Piet. Mit ihm mussten sie unbedingt sprechen. Während Sofia ihre Gedanken ordnete, warf Christian einen prüfenden Blick auf Nick Treutner, der inzwischen deutlich unruhiger wirkte. Die weitere Befragung verlief im Kreis. Auf jede Frage zu den Drogen – wie sie ins Fahrzeug gekommen waren oder wer sie platziert haben könnte – kam immer wieder die gleiche, einstudiert klingende Antwort, »ich weiß von nix.«

Christian strich sich über den Dreitagebart, ließ die Stille im Raum wirken und beobachtete Treutner genau. Doch der zeigte keine Anzeichen von Schwäche mehr. Sofia und Christian entschieden sich, die Vernehmung an dieser Stelle zu beenden. Christian rief einen Beamten der Wache herein und bat ihn,

Treutner zurück in die Zelle zu bringen. Dieser seufzte erleichtert, als er aufstand, doch ein Hauch von Nervosität blieb in seinen Augen.

Sofia wartete, bis die Tür ins Schloss gefallen war, bevor sie leise sprach, »das war knapp. Wenn sein Anwalt auftaucht, und er wird kommen, erzählt Treutner ihm alles, auch von der Mordermittlung.«

Christian nickte, sein Gesicht angespannt. »Wir müssen schnell sein. Wir brauchen einen Ansatzpunkt – am besten bei GR-Design. Es muss möglich sein, sich dort in Ruhe umzusehen. Aber ohne einen Durchsuchungsbeschluss…«

»…und eine kleine Armee Beamte, die jeden Winkel auf den Kopf stellt, wird das nichts«, ergänzte Sofia und ließ ihren Stift auf den Tisch fallen.

Sofia war einer Meinung mit Christian. Sie warf einen Blick auf die Uhr – fast 14 Uhr. Die Befragung von Nick Treutner hatte knapp drei Stunden gedauert. Sie und Christian hatten die Transporte und Abläufe immer und immer wieder durchgesprochen, jeden Punkt auf der Suche nach einem Fehler, einem Hinweis.

Plötzlich riss Murat Cetinkaya, der mit einem Tablet hereinkam, sie aus ihren Gedanken. »Bei diesem Piet müsste es sich um Piet Mulder handeln. Er ist als Geschäftsführer von GR-Design geführt, niederländischer Staatsbürger, auch dort gemeldet.« In Christians Kopf begannen sich die Puzzleteile zusammenzusetzen. Das Bild wurde klarer, schärfer. »Mulder ist Holländer, arbeitet bei GR-Design, der LKW mit den Drogen kam aus Rotterdam und sollte zu GR-Design. Ich glaube zwar nicht, dass das reicht, aber vielleicht kriegen wir damit einen Durchsuchungsbeschluss.«

»Ein Versuch wäre es wert«, stimmte Murat zu. »Ich kann gleich mal die Staatsanwaltschaft anrufen und einen Antrag stellen. »Danke!«, Christian klopfte Murat auf die Schulter, dann wandte er sich an Sofia.

»Und wir beide? Wie machen wir weiter?«

Sofia überlegte kurz, ihre Gedanken klar und strukturiert, »erst Stadtfeld, dann Sander. Beide hier und nicht bei der Spedition Fels – quasi ein Heimspiel für uns.«

»Dann wollen wir die Herren mal zu uns einladen.« Christian griff zum Telefonhörer und wählte die Nummer von Harald Fels. Nach dem dritten Klingeln meldete sich eine vertraute Stimme. »Tanja Berger, guten Tag.«

»Renner hier. Hallo Frau Berger, ich hoffe, ich störe nicht. Wir sind ein kleines Stück weitergekommen und benötigen für die weiteren Ermittlungen kurzfristig Herrn Stadtfeld und Herrn Sander bei uns.« Er fügte mit einem freundlichen Tonfall hinzu »Herr Fels meinte, wir könnten uns bei Bedarf vertrauensvoll an sie wenden.« Tanja Berger fühlte sich geschmeichelt.

»Natürlich, Herr Renner. Wegen Herrn Sander sage ich sofort Herrn Fischer Bescheid. Er wird Herrn Sander informieren, dass er nach seiner Tour bei ihnen vorbeischauen soll.«

Christian nickte zufrieden und machte sich eine Notiz.

»Perfekt, das hilft uns sehr. Wie sieht es mit Herrn Stadtfeld aus?« »Herr Stadtfeld ist derzeit außer Haus unterwegs«, erklärte sie bedauernd. »Aber ich kann ihnen gerne seine Mobilnummer geben, wenn das weiterhilft.«

»Das wäre prima.« Christian griff nach einem Post-it und notierte sich die von Tanja durchgegebene Nummer.

»Noch etwas, das ich für sie tun kann?«, fragte sie abschließend, bemüht, hilfreich zu wirken. »Das war's für den Moment, Frau Berger. Vielen Dank für Ihre Unterstützung.«

»Keine Ursache. Viel Erfolg bei den Ermittlungen!«

Mit diesen Worten verabschiedete sie sich. Christian lehnte sich in seinem Stuhl zurück und schaute zu Sofia hinüber, die bereits ihre Notizen sortierte. »Na dann, Stadtfeld anrufen oder erst auf Sander warten?«, fragte er mit einem Grinsen

»Wir schnappen uns zuerst Stadtfeld«, meinte Sofia entschlossen. »Ich glaube, der wird mehr wissen als Sander. Auch wenn es schwierig wird, ihn zum Reden zu bringen – der ist ja ähnlich wie Rammer, aalglatt. Aber ich bin mir sicher, dass er mit der Geschichte zu tun hat.«

»Okay«, sagte Christian und griff nach dem Post-it mit der Nummer, die Tanja Berger ihm gegeben hatte. Gerade wollte er wählen, als Murat in die Tür trat und den beiden ein Zeichen gab. »Dem Staatsanwalt ist das Ganze noch ein bisschen zu dünn. Wir sollen sehen, dass wir noch ein bisschen mehr in Erfahrung bringen, dann gibt es auch den Beschluss.«

»Verdammt«, fluchte Christian und legte das Post-it auf den Tisch. »Dann hoffen wir mal, dass wir Stadtfeld zum Reden bringen.« Er tippte die Nummer ein, und nach dreimaligem Klingeln meldete sich eine selbstsichere Stimme.

»Ja, Stadtfeld, Spedition Fels, schönen guten Tag. Wie kann ich ihnen weiterhelfen?«

Christian sprang sofort auf den geschäftsmäßigen Ton auf. »Renner, Kripo Mönchengladbach. ihnen auch einen schönen Tag, Herr Stadtfeld. Und wenn sie so direkt fragen, sie könnten uns weiterhelfen, wenn sie kurz für ein paar Fragen im Präsidium vorbeikommen könnten.«

Stadtfelds Ton wechselte abrupt vom überaus freundlichen Business-Ton zu einem kühlen, distanzierten Klang.

»Herr Renner, dann lassen sie sich bitte von meiner Assistentin einen Termin geben. Mittwoch oder Donnerstag nächste Woche hätte ich noch etwas frei, da können sie gerne vorbeikommen.« Christian ließ sich davon nicht beeindrucken, »Herr Stadtfeld, ich habe nicht nach einem Termin gefragt, sondern darum gebeten, dass sie noch heute bei uns im Präsidium erscheinen. Ich dachte, das wäre ziemlich klar ausgedrückt.«

Er hielt eine kurze Pause, bevor er hinzufügte, »alternativ kann ich auch eine Streife vorbeischicken, die sie abholt. Das könnte allerdings etwas Aufmerksamkeit erregen. Ganz wie sie möchten.« Am anderen Ende der Leitung herrschte einen Moment lang Stille. Stadtfeld kochte vor Zorn. Er war es gewohnt, die

Bedingungen zu diktieren, und dieser Polizist wagte es, ihm die Stirn zu bieten. Aber er wusste auch, dass er sich keine Aufmerksamkeit leisten konnte. Soll Renner doch seine dummen Fragen stellen, dachte er sich. »Ich bin in einer Stunde da«, antwortete er schließlich, seine Stimme triefend vor Sarkasmus. »Ich habe vorher noch einen Kundentermin. Ist das schnell genug, Herr Kommissar?«

»Ausgezeichnet, Herr Stadtfeld. Wir freuen uns auf sie.« Christian legte auf und schaute zu Sofia. »Das wird interessant. In einer Stunde kommt Stadtfeld«, sagte Christian und lehnte sich an seinen Schreibtisch. »Ich schlage vor, wir machen kurz Mittag und überlegen uns dabei, wie wir ihn am besten befragen und zum Reden bringen. Was haltet ihr davon? Wir könnten ihn mit Treutner konfrontieren – ihn sehen lassen, dass wir Treutner schon haben?«

Sofia nickte begeistert, »das klingt, als könnte es funktionieren! Aber lass uns das beim Essen besprechen. Ich sterbe vor Hunger. In der Kantine gibt es heute Currywurst mit Pommes.«

Christian verzog das Gesicht. »Fett und schlechte Kohlenhydrate? Vor meinem großen Wettkampf nächste Woche kommt mir so was nicht in den Magen. Ich bleibe beim Salat.«

Murat grinste, »du bist ja richtig diszipliniert. Na gut, ich nehme für dich die Pommes doppelt.«

Die drei machten sich auf den Weg in die Kantine und ließen sich ihr wohlverdientes Mittagessen schmecken. Währenddessen feilte die Gruppe an einer Strategie, wie sie Stadtfeld am besten zum Reden bringen könnten. Am Ende einigten sie sich darauf, Treutner nochmals zu befragen und die Begegnung zwischen ihm und Stadtfeld so zu timen, dass sich beide auf dem Gang sehen würden. Vielleicht würde das Stadtfeld nervös machen und ihn aus der Reserve locken. Als sie ins Büro zurückkamen, trat Steffi, eine Kollegin aus der Zentrale, durch die Tür. »Mahlzeit, ihr drei! Christian, die Kollegen aus Viersen haben gerade angerufen. Auf dem Parkplatz beim

Freilichtmuseum in Grefrath steht seit fast einer Woche ein Auto und blockiert den E-Ladeplatz. Beim Überprüfen des Kennzeichens kam heraus, dass es das Firmenfahrzeug von Severin von Backstein ist. Die Kollegen dachten, das könnte für eure Ermittlungen interessant sein.«

Christian starrte sie an, die Fassungslosigkeit stand ihm ins Gesicht geschrieben. Er schüttelte den Kopf und schlug sich mit der flachen Hand auf die Stirn.

»Ich Vollidiot! Ich Hornochse! Kann mir jemand von euch sagen, warum ich nicht selbst auf die Idee gekommen bin, mal nach von Backsteins Auto zu schauen? Wir ermitteln seit Montag und niemand – ich eingeschlossen – hat daran gedacht! Danke, Steffi!«

Sofia grinste breit, ihr Blick funkelte, »Christian, entspann dich. Wir sind dran, okay? Also, was machen wir jetzt?« Christian sah Sofia an, seine Gedanken rasten. »Wir müssen uns das Auto dringend anschauen. Wer weiß, was wir da finden könnten.«

Sofia grinste noch breiter. »Hast du nicht was vergessen?«

Christian runzelte die Stirn. »Was denn?«

»Stadtfeld kommt in 20 Minuten«, erinnerte Sofia ihn.

»Fuck, stimmt!« Christian rieb sich über die Stirn. »Sofia, traust du dir zu, Stadtfeld allein zu machen? Dann fahre ich mit Murat nach Grefrath.« Sofia klopfte ihm auf die Schulter und lächelte selbstbewusst, »aber sicher. Es wird mir ein Vergnügen sein, den lieben Herrn Stadtfeld ein bisschen ins Schwitzen zu bringen.«

***

Gerd Rammer tobte in seinem Büro, als ihn der Anruf erreichte, dass einer seiner Kuriere geschnappt wurde. Er schmetterte sein Handy wütend auf den Schreibtisch, sprang auf und begann im Raum auf und abzulaufen. »Wie kann das sein? Wir fahren die Touren extra unter der Woche! Nachts! Da gibt es weniger Kontrollen. Und jetzt das!« Er trat gegen einen der schweren Stühle und fluchte leise vor sich hin. Dann hielt er inne, fuhr sich mit der Hand durch das gegelte Haar und atmete schwer aus. »Von Backstein, erst diese Sache mit diesem Weichling und jetzt ein Fahrer von uns? Das kann kein Zufall sein.« Rammer glaubte nicht an Zufälle. Nie. Alles hatte eine Ursache, und irgendjemand hatte hier geschlampt – oder schlimmer, jemand spielte ein doppeltes Spiel. Er setzte sich langsam wieder an seinen Schreibtisch und griff nach seinem Handy, um einen seiner engsten Vertrauten anzurufen. »Hör zu«, sagte er in einem Ton, der keinen Widerspruch duldete, »Treutner ist geschnappt worden. Routinekontrolle, wie es aussieht. Was wissen wir bisher?«

»Noch nicht viel«, kam die Antwort. »Die Bundespolizei hat ihn mitgenommen. Die wissen anscheinend, dass er vorbestraft ist. Es könnte eng werden, wenn sie ihn ins Schwitzen bringen.«

»Er soll die Klappe halten, klar? Wir haben alle Fahrer instruiert, was sie aussagen sollen - bei der Beladung nicht dabei gewesen, nichts wissen, nichts gesehen. Es ist nur eine Frage der Zeit, bis er wieder raus ist, sofern er schweigt. Sorge dafür, dass er daran erinnert wird, was ihm blüht, wenn er redet.«

»Mach ich. Aber was, wenn sie mehr wissen?« Rammer überlegte kurz, »das tun sie nicht. Und selbst wenn, führt keine Spur zu mir. Dafür habe ich Leute, in meiner Firma und bei Fels. Treutner soll das aussitzen, verstanden?«

»Verstanden.«

Rammer beendete das Gespräch und lehnte sich in seinem Stuhl zurück und rieb sich mit den Fingern an den Schläfen. »Idioten«, schimpfte er vor sich hin. Heute Abend musste er Dampf ablassen, so viel stand nach dieser Woche fest. Und er wusste auch schon wo.

Als Christian und Murat in Grefrath eintrafen, herrschte auf dem Parkplatz geschäftiges Treiben. Besucher des Museums und des benachbarten Freibads hatten sich in einer Traube versammelt und schauten neugierig zu, wie die Kriminaltechnik am Fahrzeug arbeitete. Ein Abschleppfahrzeug wartete in der Nähe, bereit, den Wagen – einen roten VW ID4 GTX – für weitere Untersuchungen nach Mönchengladbach zu bringen. Murat öffnete seine Notebook-Tasche und trat zu den Kollegen der Kriminaltechnik. »Habt ihr die Fahrzeugdaten schon ausgelesen? Könnt ihr sie direkt auf mein Notebook übertragen?« Der Techniker nickte. »Die letzten Ziele aus dem Navi sowie die Daten aus dem Bordcomputer haben wir heruntergeladen. Die kannst du haben.« Murat schloss sein Notebook an, während er weitersprach. »Gab es sonst irgendwelche Auffälligkeiten am Wagen? Spuren?«

Der Kollege schüttelte den Kopf. »Die erste Untersuchung mit Schwarzlicht war negativ. Kein Blut oder Ähnliches. Das Fahrzeug wurde nicht gereinigt, daher haben wir eine Menge Fingerabdrücke und potenzieller DNA, die wir noch auswerten müssen. Aber da könnte was dabei sein.«

Christian kam hinzu und klopfte dem Techniker auf die Schulter. »Danke, das war wirklich top Arbeit, dass ihr uns sofort informiert habt. Habt ihr eine Idee, wie lange das Fahrzeug hier steht?« »Laut dem Ladeprotokoll der Ladesäule wurde der Vorgang am Samstagmorgen um 3:27 Uhr gestartet«, erklärte der Kollege. »Das passt auch zu den Fahrdaten.«

In diesem Moment winkte ein anderer Techniker im weißen Overall den beiden zu. »Kommt ihr mal bitte? Das hier könnte interessant sein, habe was für euch.« Christian und Murat folgten ihm zum Fahrzeug. In seinen mit Einweghandschuhen geschützten Händen hielt der Kriminaltechniker einen Revolver. »Den haben wir im Kofferraum gefunden, sauber verpackt in einem Tuch«, erklärte er. »Ein 38er Smith & Wesson, sechs

Schuss, alle Kammern geladen. Sieht noch ziemlich neu aus.« Christian zog die Stirn kraus und betrachtete die Waffe genau. »Fingerabdrücke?«

»Wir haben die Waffe noch nicht berührt, außer sie herauszunehmen«, sagte der Techniker. »Wir sichern sie jetzt und bringen sie ins Labor.«

***

Thomas Stadtfeld traf pünktlich im Präsidium ein. Sofia hatte zuvor Nick Treutner erneut in das Verhörzimmer vom Vormittag bringen lassen. Mit einem Tablet in der Hand setzte sie sich ihm gegenüber und zeigte ihm das Bild des roten VW ID4, der auf dem Parkplatz in Grefrath gefunden worden war.

»Herr Treutner, zwei kurze Fragen noch«, begann sie. »Ist das eines der Autos, die sie letzte Woche bei GR-Design gesehen haben? Das Elektrofahrzeug, an das sie sich nicht mehr erinnern konnten?« Treutner starrte das Foto an, als wolle er jedes Detail aufnehmen. Dann grinste er schief und ließ sich zurück in den Stuhl sinken. »Wenn ich 'ne Kippe rauchen darf, sag ich's ihnen.« Sofia zog eine Augenbraue hoch, ein leichtes Lächeln spielte auf ihren Lippen. »Deal. Sie beantworten die Frage, und anschließend begleitet sie der Kollege für eine Zigarette vor die Tür. Danach geht es zurück in die Zelle.«

Treutners Grinsen wurde breiter. »Ja, an das Rot erinnere ich mich. Das einzig Schöne an dem Fahrzeug, der Rest ist nun ja...« Er zuckte mit den Schultern. »Kann ich jetzt rauchen gehen?« Sofia nickte, erhob sich und klopfte an die Tür, hinter der ein Beamter wartete. »In zwei Minuten bringen sie ihn raus«, wies sie den Kollegen an und eilte die Treppe hinunter.

Am Empfang wartete Thomas Stadtfeld, sichtbar ungeduldig. »Herr Stadtfeld, entschuldigen Sie vielmals, dass sie warten mussten. Es ist heute leider einiges los«, sagte Sofia freundlich, aber geschäftsmäßig. Stadtfeld musterte sie mit einer Mischung aus Arroganz und Ungeduld. »Frau Montio, endlich. Ich habe nicht den ganzen Tag Zeit.«

»Natürlich, dann folgen sie mir bitte.« Sie führte ihn zur Treppe, und während sie gemeinsam den ersten Absatz erreichten, surrte oben die Tür. Ein uniformierter Beamter trat heraus, Nick Treutner im Schlepptau. Die beiden Männer kamen ihnen entgegen. Sofias Augen huschten zu Stadtfeld, dessen kühle Maske für einen Sekundenbruchteil ins Wanken geriet. Ein sichtbarer Schrecken glitt über sein Gesicht, als er Treutner erkannte. Treutner hingegen blieb völlig unbeeindruckt, sein Blick glitt an Stadtfeld vorbei, als sei er ein Fremder. »Habe ich es doch geahnt«, dachte Sofia und verbarg ein triumphierendes Lächeln

Sofia führte Thomas Stadtfeld in ein helles Besprechungszimmer und bat ihn, Platz zu nehmen. Mit professioneller Freundlichkeit bot sie ihm einen Kaffee oder ein Wasser an, doch Stadtfeld winkte genervt ab. »Mir wäre es recht, wenn wir schnell zur Sache kommen könnten. Ich habe noch Termine.«

Sein Blick schweifte durch den Raum, »wo ist ihr Kollege? Ich hoffe, wir müssen nicht noch länger warten.« Sofia unterdrückte den Ärger, den sein arrogantes Auftreten in ihr auslöste, und setzte sich ruhig ihm gegenüber. Sie schlug ihr Notizbuch auf, während sie betont, gelassen antwortete, »keine Sorge, Herr Renner ist in einem Außentermin. Sie müssen heute mit mir vorliebnehmen.« Ein süffisantes Lächeln huschte über Stadtfelds Gesicht, »nur wir beide allein – auch mal schön. Wobei ich mir unser erstes Date anders vorgestellt hätte.«

Sofia ignorierte den Spruch und erwiderte kühl, »wir haben kein Date, Herr Stadtfeld. Sie werden hier als Zeuge in einem Mordfall befragt. Und da sie wenig Zeit haben, beginnen wir direkt.« »Was für eine Zicke«, dachte Stadtfeld, der jedoch insgeheim Gefallen daran fand, wenn Frauen ihm die Stirn boten. »Herr Stadtfeld«, begann Sofia sachlich, »unsere Ermittlungen haben ergeben, dass Herr von Backstein in merkwürdige

Vorfälle bei Neueinstellungen verwickelt war. In diesem Zusammenhang fiel auch ihr Name.« Stadtfeld setzte ein charmantes, distanziertes Lächeln auf – sein Pokerface. »Mitarbeiter mit Vorstrafen? In meinem Bereich? Davon wüsste ich nichts. Dafür war Severin zuständig.« Sofia schüttelte leicht den Kopf. »Nicht im Vertrieb, sondern bei den Fahrern, der Halle und der Disposition.« Stadtfeld lehnte sich zurück, verschränkte die Hände hinter dem Kopf und ließ seinen Tonfall herablassend klingen, als spreche er mit jemandem, der es nicht besser wusste. »Frau Montio, vielleicht hat es ihnen niemand erklärt, aber ich bin Verkaufsleiter. Wenn sie Fragen zu Disposition und Fahrern haben, sollten sie sich an Jörg Fischer wenden, nicht an mich.«

Sofia lächelte übertrieben freundlich, »oh, das ist mir durchaus bewusst, Herr Stadtfeld. Und mit Herrn Fischer hatten wir bereits ein sehr aufschlussreiches Gespräch.« Sie ließ eine kurze Pause entstehen, öffnete ruhig ihre Wasserflasche, nahm einen Schluck und fuhr dann fort. »Nick Treutner, ein Fahrer, war laut Lebenslauf vorher bei Herrn Rammer beschäftigt und hat sich bei Fels beworben. Laut Herrn Fischer haben sie sich bei Herrn Rammer über ihn erkundigt?« Stadtfeld winkte ab. »Ach, das meinen sie? Natürlich. Es ist doch völlig normal, dass wir unsere Kunden darüber informieren, wenn sich deren Mitarbeiter bei uns bewerben, und dass wir uns auch über deren Leistungen erkundigen. Was daran merkwürdig sein soll, werden sie mir sicherlich gleich erklären.« Sein Lächeln war perfekt, seine Stimme betont lässig, doch Sofia spürte, dass hinter der Fassade etwas arbeitete.

»Interessant, so wie sie es erklären, macht das ja absolut Sinn«, sagte Sofia mit gespieltem Einverständnis und lehnte sich leicht zurück. »Das Einzige, was ich mir noch nicht ganz erklären kann, ist, wie kann Herr Treutner bei Rammer beschäftigt gewesen sein, wenn er zu diesem Zeitpunkt eine mehrjährige Haftstrafe in der JVA Aachen abgesessen hat?«

Stadtfelds entspanntes Pokerface begann zu bröckeln. Er richtete sich auf, zog die Schultern an und rang nach einer Antwort. »Da wird Herr Treutner im Lebenslauf gelogen haben«, erklärte er, »und Gerd, Gerd wollte mir sicher nur einen Gefallen tun. Er sagte, alles sei in Ordnung, obwohl er sich wahrscheinlich gar nicht an den Namen erinnern konnte. Er hat so viele Mitarbeiter, da ist das ja verständlich. Warum sie daraus jetzt so eine Riesensache machen, verstehe ich nicht.«

Sofia ließ ihn zappeln, ihre Miene blieb neutral. »Was ist mit Kathrin Kemer? Wie gut kennen sie sich?« Stadtfeld wirkte irritiert, versuchte sich aber schnell wieder zu fangen, «wir sind Arbeitskollegen. Wir kennen uns vom Sehen, grüßen uns auf dem Flur. Was auch völlig normal ist.« Seine Stimme war schärfer, der erste Anflug von Wut war zu spüren. Sofia lächelte schlecht gespielte Freundlichkeit. »Auch das ist sehr interessant«, erwiderte sie, »sie kennen Frau Kemer nur vom Sehen, sagen sie. Dabei soll sie doch eine enge Freundin ihrer Frau sein? Waren nicht sie es, die Herrn Fischer und Herrn von Backstein ihre Bewerbung übergeben haben?«

Stadtfelds Gesicht versteinerte. Seine Augen wanderten kurz zur Tür, als ob er einen Fluchtweg suchen würde, bevor er sich zu einer Antwort durchrang. »Da müssen ihnen falsche Informationen vorliegen, von wem haben sie das? Jörg? Der bringt gerne etwas durcheinander. Hatte es in den letzten Jahren nicht leicht, wenn jemand auch die zweite Frau wegrennt, man die Kinder nur alle zwei Wochen sieht, das ist schon hart. Da muss man ihm so einen kleinen Irrtum nachsehen.«

»Natürlich«, sagte Sofia leise, »nur ein Irrtum.« Ihre Stimme war ruhig, fast beiläufig, aber ihre Augen fixierten ihn mit stechendem Blick. Sie spürte, dass sie ihn langsam aus der Reserve lockte, während seine Fassade weiter bröckelte.

»Kommen wir auf ein anderes Thema zu sprechen.« Sofia schob ihren Stift zur Seite und blickte Stadtfeld ruhig an. »Transportschäden in Bezug auf GR-Design. Hier soll es eine Häufung gegeben haben. Ein Zusammenhang mit den von Herrn von Backstein eingestellten Fahrern konnte ebenfalls hergestellt werden. Es heißt, sie hätten die Regulierung dieser Schäden regelmäßig angewiesen. Was können sie mir darüber erzählen?« Thomas Stadtfelds Gesicht verdunkelte sich vor Zorn. Sein Kiefer mahlte, und er lehnte sich nach vorne, seine Stimme war nun deutlich lauter. »Frau Montio, ich bin Verkaufsleiter. Das habe ich ihnen vor fünf Minuten schon einmal erzählt. Sie lassen mich hier in ihr Präsidium kommen, verschwenden meine Zeit, und stellen dann solche Fragen?« Er funkelte Sofia mit einem höhnischen Lächeln an, »lassen sie mich raten. Das kleine Fräulein Fels hat ihnen ihre Verschwörungstheorien aufgetischt? Ich sag ihnen jetzt mal was. GR-Design ist ein sehr lukrativer, gut zahlender Kunde. Da gehört es durchaus dazu, dass man bei zweifelhaften Schäden mal fünf gerade sein lässt. Das sichert uns das gesamte Aufkommen. Das sind normale, vertriebsstrategische Vorgänge.« Seine Stimme hallte durch den Raum, während er sich triumphierend zurücklehnte. Sofia jedoch blieb ungerührt, ihre Miene neutral, ihre Haltung souverän.

»Und wenn sie keine vernünftigen Fragen mehr haben«, fuhr Stadtfeld fort, »würde ich jetzt gerne gehen.«

Sofia wich seinem starren Blick nicht aus, sondern hielt ihm stand, ihre Augen ruhig und unbeirrbar. Dann schloss sie ihr Notizbuch mit einer langsamen, absichtsvollen Bewegung. »Das war's. Danke, sie können dann gehen«, sagte sie knapp und stand auf. Während Stadtfeld aufstand und sich bereits zur Tür wandte, fügte sie leise, jedoch gerade laut genug für ihn hörbar, hinzu »Boss.« Die Bemerkung ließ Stadtfeld innehalten, seine Schultern spannten sich kurz an, bevor er die Tür aufstieß und ohne ein weiteres Wort den Raum verließ.

Auf dem Weg zum Parkplatz zündete sich Thomas Stadtfeld eine Zigarette an, zog tief daran und holte sein Handy aus der Innentasche seines Sakkos. Mit fahrigen Fingern wählte er die Nummer von Gerd Rammer. Es klingelte fünfmal, bevor eine schroffe Stimme am anderen Ende ertönte. »Ja?«, meldete sich Rammer ungeduldig. »Ich hoffe, du hast gute Nachrichten. Ich will nichts von Problemen hören.«

Stadtfeld warf einen nervösen Blick über die Schulter, bevor er zu sprechen begann, »naja, Gerd, wie man's nimmt. Ich komm gerade von den Bullen. Die haben mich ins Präsidium zitiert und mir dumme Fragen gestellt. Viel schlimmer, sie haben Treutner. Die Cops, die wegen Severin rumschnüffeln, haben auch diesen Vollidioten, der sich hat schnappen lassen. Und über unsere Leute bei Fels wissen sie offenbar auch Bescheid. Das wird alles zu heiß!« Am anderen Ende herrschte einen Moment lang Stille, dann wurde Rammer laut, »ich sagte, keine schlechten Nachrichten! Beruhig dich mal, du bist ja hysterisch wie ein altes Weib. Lass uns nicht am Telefon darüber reden. Heute Abend, 21:30 Uhr, im Club. Erst reden wir, dann lassen wir ein bisschen Dampf ab.«

Stadtfeld zog noch einmal an seiner Zigarette, bevor er ausatmete und die Asche abklopfte. »Okay, dann bis heute Abend.« Rammer legte ohne ein weiteres Wort auf, während Stadtfeld das Handy zurück in seine Tasche steckte. Ein flüchtiger Schatten von Ärger huschte über sein Gesicht, bevor er entschlossen zu seinem Wagen ging.

Christian Renner und Murat Cetinkaya bogen mit ihrem BMW gerade auf den Parkplatz des Präsidiums, als ihnen ein weißer Tesla Model S entgegenkam. »Schau mal, das ist doch Stadtfeld«, bemerkte Renner mit einem leichten Schmunzeln. »Der sieht nicht gerade entspannt aus. Wird wohl einen harten Fight mit unserer lieben Sofia gehabt haben.« Murat ließ den Tesla nicht aus den Augen, während er das Fahrzeug beobachtete, wie es sich auf der Krefelder Straße in den Verkehr einordnete.

»Ein Tesla. Genau wie eines der Fahrzeuge, das Treutner nachts bei GR-Design hat stehen sehen.«

Renner war beeindruckt. Murats scharfes Gedächtnis und seine Fähigkeit, Details zu verknüpfen, überraschten ihn immer wieder. So ruhig und introvertiert sein Kollege war, so scharf arbeitete sein Verstand. Die beiden parkten den Wagen und gingen ins Büro, wo sie Sofia vorfanden. Sie stand am Whiteboard und ergänzte die Notizen um ihre neusten Erkenntnisse.

»Ah, perfekt, dass ihr da seid«, begrüßte sie die beiden. »Ich bring euch auf den neuesten Stand.« Während Sofia von ihrem Gespräch mit Thomas Stadtfeld berichtete, hörten die Männer aufmerksam zu und ergänzten ihre eigenen Erkenntnisse. Sie erzählten vom Fund des Wagens und der Waffe darin, was Sofia nachdenklich nicken ließ. Kaum hatten sie ihre Diskussion beendet, klingelte das Telefon. Renner griff zum Hörer, hörte kurz zu und legte wieder auf.

»Der Empfang. Herr Sander ist da.« »Ich übernehme das«, bot Renner an. Er verließ das Büro, und es verging eine gute halbe Stunde, bis er zurückkehrte. »Das Gespräch war interessant, aber viel Neues hat es nicht gebracht«, erklärte er, als er die Tür hinter sich schloss. »Sander hat das Gleiche erzählt wie Treutner. Er habe einen Tipp bekommen, sich als Fahrer zu bewerben, und niemand habe nach Unterlagen gefragt. Er fährt wohl nur Nahverkehr und ausschließlich tagsüber. Allerdings bekommt er ab und zu auf einem separaten Handy eine Nachricht. Dann muss er zur angegebenen Lieferadresse fahren, dort nichts zustellen, sondern die Ware selbst beschädigt quittieren und anschließend in eine Lagerhalle in Viersen-Dülken bringen. Dafür gibt es pro Aktion 500 Euro Cash.«

Renner verschränkte die Arme und schüttelte den Kopf. »Er sagte, er möchte keinen Ärger und hat die Schnauze voll vom

Knast. Ich habe ihn laufen lassen. Ist in meinen Augen keine Straftat – das ist ein Fall für Harald Fels. Aber das deckt sich ziemlich genau mit dem, was Caro Fels und Lotta Wilke herausgefunden haben.«

Sofia lächelte. Sie konnte sich bereits vorstellen, wie Caro reagieren würde. Wenn sie ihr das erzählte, würde die aus dem Grinsen wahrscheinlich gar nicht mehr herauskommen.

Mit Blick auf die Uhr sagte Christian »gleich 17.30 h, das war ein langer Tag, dazu eine kurze Nacht. Ich würde vorschlagen, dass wir uns morgen früh, auch wenn Samstag ist, um 10.00 h hier zumindest kurz treffen. Ich bring auch was zum Frühstücken mit. Murat, es wäre gut, wenn du bis dahin das Journal von Herrn von Backstein fertiggelesen hast, damit wir das besprechen können. Die Auswertungen von der KTU vom Fahrzeug und der Waffe sollte dann auch vorliegen. Einverstanden oder gibt es nicht Fragen?«

Murat nickte zustimmend, nur Sofia hatte noch eine Anmerkung, »nur damit wir Frühstück richtig definieren, das heißt Croissants, Butter, Schokocroissants, nicht irgendein Vollkorn Dinkel Kram. Ich hoffe, ich habe mich da klar ausgedrückt Renner.« Christian lachte, »ich habe es verstanden, versprochen.«

***

Caro holte Lotta pünktlich um 21:00 Uhr ab. Als sie mit ihrem Mini Cooper in die schmale, von Straßenlaternen beleuchtete Straße einbog, sah sie Lotta bereits vor dem Haus stehen. Sie wirkte atemberaubend. Ihre langen, blonden Haare fielen in sanften Locken über ihre Schultern, und das figurbetonte schwarze Kleid setzte sie perfekt in Szene. Nur bei den Schuhen war Lotta sich selbst treu geblieben und trug ihre geliebten Sneaker, die einen lässigen Kontrast zum eleganten Outfit bildeten.

Caro hatte sich ebenfalls Mühe gegeben. Sie trug eine schwarze, enggeschnittene Stoffhose und eine ärmellose weiße Bluse, die ihre sportliche Figur betonte. Ihr Make-up war dezent, aber geschmackvoll. Als Lotta die Beifahrertür öffnete und einstieg, begrüßte Caro sie mit einem Lächeln, »hallo, schöne Frau. Du siehst wirklich umwerfend aus.« Lotta grinste und erwiderte charmant, »danke, Liebes. Das Kompliment kann ich nur zurückgeben.« Während Caro den Wagen in Richtung A52 steuerte, sah Lotta aus dem Fenster und fügte hinzu, »ich bin echt gespannt, was uns in dem Laden erwartet. Ich war da noch nie. Aber nur fürs Protokoll: Ich finde dieses Rumschnüffeln falsch.« Caro lachte leise und warf Lotta einen kurzen Blick zu, während sie das Lenkrad locker hielt. »Schnüffeln? Wir? Niemals! Wir gehen nur ein bisschen feiern und genießen den Abend. Wenn wir dabei rein zufällig unserem Kollegen Thomas begegnen und zufällig mitbekommen, was er so treibt ... na ja, das wäre doch wirklich ein glücklicher Zufall, oder?« Lotta schüttelte lächelnd den Kopf, konnte sich jedoch ein amüsiertes Glitzern in den Augen nicht verkneifen, »na klar, ein absoluter Zufall.«

Die beiden Freundinnen hatten sich um halb zehn mit Arne Rink verabredet. Dieser hatte nicht locker gelassen, wollte unbedingt zur Sicherheit mit dabei sein – auch wenn er nur auf dem Parkplatz im Wagen warten würde. Lotta hatte am Nachmittag lange mit ihm telefoniert. Während sie jetzt mit Caro im Mini Cooper durch die ruhigen Seitenstraßen fuhr, gingen ihr die Worte von Arne immer wieder durch den Kopf. Sie wusste nicht, welche Idee sie für schlechter halten sollte, Caros Plan, auf eigene Faust Thomas Stadtfeld hinterher zu spionieren, oder Arnes Entscheidung, die klare Bitte der Polizei, sich in Deckung zu halten, zu ignorieren.

Am Telefon hatte Arne ihr erklärt, dass seine Wohnung von einem Beamten überwacht wurde. Scheinbar ging Christian Renner auf Nummer sicher. Arne hatte ihr den Plan mit einer Mischung aus Überzeugung und Trotz geschildert. Sie und Caro sollten ihn in einer Nebenstraße abholen. Er würde sich durch das Schlafzimmerfenster und die Hecke hinter dem Wohnhaus schlagen. Der Polizist solle ruhig eine Nacht vergeblich vor seiner Wohnung verbringen. Lotta hatte noch versucht ihm ins Gewissen zu reden, doch wie immer war Arne stur geblieben.

»Da vorne links, da wollte Arne hinkommen«, wies Lotta ihre Freundin an. Caro nickte und lenkte den Mini vorsichtig an den Straßenrand.

Lotta spähte aus dem Fenster und entdeckte eine Bewegung hinter der Hecke. Sekunden später tauchte Arne Rink auf, leicht schnaufend und mit zerzauster Kleidung. Er hatte es offenbar tatsächlich durch das Fenster und die Hecke geschafft, wie angekündigt. »Da ist er«, Lotta zeigte auf in Richtung Bürgersteig, auf dem Arne sich dem Auto näherte.

Er öffnete die hintere Tür und zwängte sich auf den Rücksitz des Kleinwagens. »Puh, ein kleineres Fahrzeug habt ihr nicht gefunden«, begrüßte er die beiden Frauen lachend

»Hey, sag nichts gegen mein Auto, klar du Riese? Wie geht es dir?« schimpfte Caro, die stolz auf ihr erstes eigenes Auto war, welches sie selbst finanziert hatte. Sie drehte sich halb zu ihm um und zog eine Grimasse.

«Ja, passt schon.« begrüßte sie Arne wischte sich ein paar Blätter von dem Schultern, »aber der Kollege von der Polizei wird sich morgen wundern, warum ich nicht da bin.»

Lotta schüttelte den Kopf. Sie hielt die ganze Aktion immer noch für einen riesigen Fehler, aber sie wusste, dass weder Caro noch Arne sich von ihrer Meinung beirren lassen würden. »Okay, dann los. Wir parken in der Nähe am Club, und du bleibst im Auto, wie abgemacht.«

»Ja, ja«, brummte Arne. »Aber ihr passt auf euch auf, klar?« Caro lächelte, während sie den Mini zurück auf die Hauptstraße lenkte. »Keine Sorge, wir haben das im Griff.« Lotta verschränkte die Arme und sah aus dem Fenster. Sie hatte da so ihre Zweifel.

Bis zum Black & White Club waren es nur wenige Kilometer. Der Mönchengladbacher Flughafen – wenn man ihn überhaupt so nennen konnte – und die Trabrennbahn, neben der sich der Club befand, lagen in dem Teil der Stadt, der direkt an Neersen grenzte, den Ort, in dem Arne Rink wohnte. Interessanterweise war das Polizeipräsidium ebenfalls nur wenige hundert Meter entfernt.

Caro parkte den Mini rückwärts ein, sodass Arne vom Auto aus immer einen guten Blick auf den Eingang des Clubs haben würde. Während sie einparkte, fiel ihr ein bekanntes Fahrzeug auf. Sie stupste Lotta kurz an und wies mit dem Kopf darauf »Schau mal, wer da ist. MG HF 301, wenn das nicht das Auto unseres lieben Freundes Thomas ist.« Lotta beugte sich nach vorne, um das Fahrzeug zu begutachten. Es war ein weißer Tesla. Sie nickte und ließ ihren Blick über die anderen Fahrzeuge auf dem Parkplatz schweifen. Schließlich zeigte sie auf das Auto direkt neben dem Tesla und ergänzte »Der Maserati daneben gehört Rammer. MG GR 1. Ich war mal bei dem auf einem Kundenbesuch. Da hat er mir stolz sein ‚Spielzeug‘ gezeigt. Ich verstehe bis heute nicht, warum Männer denken, sie könnten Frauen mit PS-Schleudern beeindrucken.«

Arne meldete sich trocken vom Rücksitz, »nicht alle Männer, wenn ich das anmerken darf.« Lotta lachte und warf ihm einen Seitenblick zu. »Ja, stimmt, du bist die Ausnahme, mein Lieber. Bei dir sind es die Muskeln und die Tattoos.«

»Ist nur Spaß«, fügte sie hinzu, bevor Arne etwas erwidern konnte. Caro grinste, schüttelte leicht den Kopf und griff nach dem Autoschlüssel. Sie und Lotta stiegen aus dem Wagen, während Arne sich auf den Beifahrersitz schob. Bevor Caro die Tür schloss, hielt sie kurz inne und überreichte ihm den Schlüssel. »Mach mein Auto nicht kaputt«, warnte sie mit einem schiefen Lächeln. Arne setzte seinen besten treuherzigen Blick auf, der irgendwo zwischen Dackel und Gentleman lag. »Großes Ehrenwort.«

Caro rollte mit den Augen und schloss die Tür. Sie und Lotta tauschten einen vielsagenden Blick, bevor sie gemeinsam zum Clubeingang gingen.

***

Thomas Stadtfeld und Gerd Rammer saßen in einem abgesperrten Bereich des Black & White Clubs, in einer luxuriös eingerichteten Lounge-Ecke. Das gedämpfte Licht ließ die dunklen Ledersofas und die gläsernen Couchtische schimmern, während der Bass der Musik durch die Wände vibrierte. Der Club war noch spärlich gefüllt – die große Masse strömte üblicherweise erst nach Mitternacht herein. Stadtfeld nippte an seinem Gin Tonic, das Glas mit einer Zitronenscheibe garniert, und schob es nervös hin und her. Gerd Rammer hingegen wirkte wie immer ungerührt. Er hielt seinen Wodka auf Eis – pur, wie er es bevorzugte – fest in der Hand und lehnte sich entspannt zurück.

»Wir sollten die Geschäfte eine Weile ruhen lassen«, begann Stadtfeld und warf einen Blick über die Schulter, als könnte jemand ihre Unterhaltung belauschen. Seine Stimme war gedämpft, aber angespannt. »Die Ladung Koks, die hochgenommen wurde, hat Aufmerksamkeit erregt. Unsere Leute bei Fels Logistik sind auch den Bullen aufgefallen, würde mich nicht wundern, wenn die dem Alten schon alles erzählt haben. Und die Kleine Fels, diese Zicke, schnüffelt jetzt wegen dieser Versicherungsgeschichte herum. Lass uns zwei bis drei Monate Pause machen. Rink sitzt sowieso noch, und wenn wir Glück haben, verknacken sie ihn. Danach können wir weitermachen.«
Rammer hob nur eine Augenbraue und nahm einen tiefen Schluck von seinem Glas. Sein Gesicht zeigte keine Spur von Besorgnis, nur eine Mischung aus Langeweile und Verärgerung. »Du hörst dich an wie ein verdammtes, klagendes Waschweib, Thomas«, knurrte er schließlich und stellte das Glas mit einem dumpfen Klirren auf den Tisch. »Ja, es gab ein

paar Rückschläge. Treutner – unsere Logistik. Klar, das lief nicht ideal. Und? Niemand kann uns direkt mit irgendetwas in Verbindung bringen. Uns kann keiner was. Wir platzieren noch ein paar Infos, um diesen Idioten aus der Halle weiter zu belasten. Vielleicht können ein oder zwei unserer Leute aus seinem Bereich aussagen, dass er sie bestochen hat oder sie gesehen haben, wie er Severin mal angepackt hat. Gegen Bezahlung natürlich.« Er lehnte sich vor, die Muskeln in seinem Nacken angespannt, und bohrte seinen Blick in Stadtfelds Augen. »Wir machen weiter wie bisher. Punkt.«

»Bleib locker, Thomas«, fügte er nach einer kurzen Pause hinzu und lehnte sich wieder zurück, ein leichtes Grinsen auf den Lippen. »Panik hilft keinem. Schon gar nicht dir.«

Stadtfeld presste die Lippen zusammen und nahm einen weiteren Schluck von seinem Drink.

»Und was machen wir mit der kleinen Nutte von Severin? Die fängt auch an, Fragen zu stellen«, zischte Stadtfeld, während er nervös an seinem Gin Tonic nippte. Rammer lehnte sich zurück, ein schiefes Grinsen auf den Lippen. »Thomas, die lässt du schön meine Sorge sein«, sagte er betont gelassen und schwenkte sein Wodkaglas in der Hand. »Und übrigens, es sind Tänzerinnen und Bedienungen, die ich hier beschäftige, keine Nutten.« Sein breites Grinsen wurde noch breiter. »Was die dann in ihrer Freizeit machen, kann ich nicht beeinflussen. Aber keine Sorge – ich stelle ihr demnächst hier im Club einen anderen Gast vor. Dann wird sie Severin schneller vergessen, als dir lieb ist.«

Thomas Stadtfelds Gesicht verlor alle Farbe, und im nächsten Moment entglitt ihm das Glas aus der Hand. Es fiel mit einem lauten Klirren zu Boden und zersprang in tausend Scherben. »Ach du Scheiße«, flüsterte er mit weit aufgerissenen Augen, während er Richtung Eingang starrte. »Was wollen die zwei Weiber denn hier?« Seine zitternde Hand zeigte auf zwei Frauen, die gerade den Club betraten.

Rammer folgte seinem Blick und runzelte kurz die Stirn, bevor sein Gesicht in ein lüsternes Grinsen überging, »kennst du die beiden? Die Blonde ist heiß, und die Kleine mit der Brille hat auch irgendwie was Süßes.« Stadtfelds Nervosität schlug in blanke Panik um. »Das sind Caro Fels und Lotta Wilke«, stieß er hervor, »die beiden Nervensägen, die in unseren Angelegenheiten rumschnüffeln.« Rammer legte den Kopf leicht schräg und musterte die beiden Frauen, die sich inzwischen in der Mitte des Clubs umsahen. »Schnüfflerinnen?«, sagte er mit einem anzüglich, selbstgefälligen Lächeln. »Na dann schauen wir mal, was die heute Abend hier wollen.«

∗∗∗

Lotta und Caro traten durch den Eingang des Black & White Clubs. Der Türsteher hatte ihnen mit einem beiläufigen Nicken die Richtung gewiesen, nachdem sie jeweils 45 Euro Eintritt gezahlt hatten. Caro verzog das Gesicht, als sie ihre Quittung entgegennahm, »für Mönchengladbach ein ziemlich stolzer Preis.« Im Inneren des Clubs schlugen ihnen dumpfe Bässe und die kühle, leicht abgestandene Luft entgegen. Gedämpftes Licht und stilvolle, moderne und sichere teure Einrichtung prägten die Atmosphäre. Caro ließ ihren Blick durch die Menge schweifen. Das Publikum bestand überwiegend aus Männern und Frauen um die 40. Wenn doch mal eine Frau in ihrem Alter auftauchte, war sie meist in Begleitung eines deutlich älteren Mannes, der sich betont großzügig gab.

»Jetzt weiß ich, warum ich hier noch nie war«, flüsterte Caro spöttisch zu Lotta. Sie drehte sich halb um und musterte die Leute, während sie sich durch die Menge bewegten. »Hier sind ja fast nur alte Leute. Das ist die reinste Ü30-Party!«

Lotta blieb stehen und funkelte sie mit gespieltem Ernst an. »Dünnes Eis, meine Liebe«, sagte sie trocken, »falls du es vergessen haben solltest – ICH bin auch Ü30.« Caro prustete los, »du zählst natürlich nicht, liebe Lotta. Bei dir ist Alter nur eine

Zahl.« Lotta zog eine Augenbraue hoch, doch ein Schmunzeln huschte über ihr Gesicht. »Das hast du gerade noch gerettet«, sagte sie und ging weiter, während sie sich unauffällig umsah. Die beiden Frauen bewegten sich langsam durch den Club. Während Lotta die Szenerie prüfend ins Visier nahm, blieb Caro immer wieder stehen, um das Publikum zu mustern. Ihr lockerer Humor verschleierte zwar ihre Nervosität, aber sie spürte die Blicke auf sich ruhen – Blicke, die neugierig und manchmal unangenehm abschätzend waren. »Wir sollten uns nicht zu auffällig verhalten«, sagte Lotta leise, als sie sich zu einer Ecke bewegten, von der aus sie den Raum gut überblicken konnten. »Zu spät«, erwiderte Caro trocken und deutete unauffällig mit dem Kopf in Richtung eines Lounge-Bereichs. »Da hinten sitzen unsere Freunde. Und einer von denen hat uns schon bemerkt.«

Lotta balancierte zwei Gläser durch die Menge und stellte sie vorsichtig auf einem der Stehtische ab, die im Barbereich verteilt waren. »Einen Weißwein für dich und ein Spritz für mich«, sagte sie mit einem Augenzwinkern, während sie Caro das Glas reichte. »Danke, du bist die Beste«, erwiderte Caro und nahm einen Schluck. Der Club füllte sich langsam, die Gespräche wurden lauter, und das Licht flackerte im Takt der immer weiter dröhnenden Musik. Es dauerte nur wenige Augenblicke, bis drei Männer in teuren Maßanzügen – alle um die fünfzig – sich ihnen näherten. Einer von ihnen, ein grauhaariger Mann mit glänzend polierten Schuhen, lächelte selbstsicher. »Darf ich euch beiden einen Drink spendieren?«, fragte er mit einer übertriebenen Freundlichkeit, die nicht einmal seine Begleiter ganz ernst nahmen.

Lotta schüttelte souverän den Kopf und lächelte höflich, aber bestimmt, »danke, aber wir sind gut versorgt.« Die Männer zögerten kurz, bevor sie sich mit einem gemurmelten, »wie ihr meint«, zurückzogen. Kaum waren sie außer Hörweite, beugte sich Caro vor und flüsterte, »widerliche Typen. Ich könnte locker deren Tochter sein. Die sind mal so alt wie mein Vater.« Lotta schnitt eine Grimasse und grinste. »Vielleicht taucht er ja auch noch auf.« Caro funkelte sie böse an, »Lotta Wilke, du bist eine bösartige Person, weißt du das?«

Lotta lachte leise. »Natürlich weiß ich das.«

In der Lounge-Ecke, wo Rammer und Stadtfeld sich befanden, war inzwischen ein weiterer Mann aufgetaucht. Er hatte kurz geschorene Haare, einen Dreitagebart und eine schlanke, durchtrainierte Figur. Lotta bemerkte ihn sofort. »Das muss Piet Mulder sein«, sagte sie leise zu Caro. »Der war bei einem Kundentermin mit GR-Design mal dabei. Schmieriger Typ.« Caro sah kurz zu ihm hinüber, »na großartig. Dann ist die Truppe ja komplett.« Sie nahm einen weiteren Schluck aus ihrem Glas und fügte nachdenklich hinzu, »mich würde ja interessieren, ob Jörg Fischer auch noch auftaucht. Aber nach dem Gespräch, das Sofia gestern mit ihm hatte, kann ich mir das eigentlich nicht vorstellen. Sie hatte ihn ganz schön in der Mangel.«

Lotta und Caro beobachteten das Treiben eine Weile schweigend. Die Musik hämmerte weiter, das Lichtspiel im Club war inzwischen hektischer geworden, und die Menge wogte in Richtung Tanzfläche. Caro warf einen Blick auf ihre Uhr. Halb eins. Ihre Gedanken wanderten zu Arne, der den ganzen Abend draußen im Auto gewartet hatte. »Wenn hier in der nächsten halben Stunde nichts passiert, sollten wir gehen«, sagte sie schließlich. »Die drei sitzen da oben, trinken, haben junge Frauen um sich rum und reden über Gott weiß was. War echt eine blöde Idee von mir, hierher zu kommen. Das hat uns außer einem Vermögen für Drinks und Eintritt gar nichts gebracht.« Lotta lachte, »ich dachte, wir können das als Spesen absetzen? Gerda zeichnet die Quittungen sicherlich ab.«

Caro schnaubte und wollte gerade etwas erwidern, als Lotta sie plötzlich am Arm packte. »Caro, schau mal! Stadtfeld!«

Caro folgte ihrem Blick zur Lounge. Eine junge Frau – vermutlich eine der Bedienungen – war direkt auf Thomas Stadtfeld zugestürmt. Sie schien Anfang 20 zu sein, hatte dunkelbraune Haare, die zu einem lockeren Zopf gebunden waren, und trug das typische schwarze Bedienungskleid. Ohne Vorwarnung holte sie aus und verpasste Stadtfeld eine schallende Ohrfeige. Die Frau beschimpfte ihn lautstark, ihre Arme fuchtelten wild in der Luft. Auch wenn Caro und Lotta die Worte nicht verstehen konnten, war klar, dass es keine Nettigkeiten waren. Die Körpersprache der Frau ließ keinen Zweifel daran, dass sie wütend und tief verletzt war. Stadtfeld schien kurz perplex, bevor er sie grob am Arm packte. Mit zusammengekniffenem Gesicht sagte er etwas zu ihr, bevor er sie unsanft mit sich zog. Er führte sie eine Treppe hinunter, die von einem Schild mit der Aufschrift „Toiletten" markiert war.

»Oh nein!« Caro war entsetzt. »Das sieht nicht gut aus.«

»Was machen wir jetzt?«, fragte Lotta, die bereits ihr Glas abstellte. Caro zögerte, biss sich auf die Lippe und überlegte.

»Wir folgen ihnen«, sagte sie schließlich entschlossen. »Aber unauffällig.« Lotta nickte, und die beiden Frauen begannen, sich durch die Menge zu schlängeln, immer mit einem Auge auf die Treppe, die Stadtfeld und die junge Frau hinuntergeführt hatte.

Die beiden Frauen folgten Stadtfeld die Treppe hinunter ins Untergeschoss. An den Wänden hingen schwarz-weiße Fotografien von Industrieanlagen am Niederrhein, die eine düstere, fast bedrückende Atmosphäre erzeugten. Das Licht im Flur war in ein mattes Blau getaucht, das die Schatten an den Wänden verstärkte.

Der Flur erstreckte sich etwa zehn Meter und führte an vier Türen vorbei. Zwei davon waren die Herren- und Damentoiletten, die einander gegenüberlagen. Daneben gab es eine Tür mit der Aufschrift Technik und eine weitere, auf der in schwarzen Buchstaben Privat stand. Caro beobachtete, wie Stadtfeld mit der jungen Frau durch diese Tür verschwand. Die Tür fiel jedoch nicht ganz ins Schloss und blieb einen Spalt breit geöffnet. Caro sah sich kurz um und entdeckte keine weiteren Gäste im Flur. Sie trat an die Tür der Damentoilette heran, spähte hinein und stellte fest, dass der Raum leer war. Sie wandte sich an Lotta, die unsicher hinter ihr stand. »Pass du hier auf, dass niemand kommt. Ich versuche, etwas mitzuhören.«

Lotta sah sich nervös um und senkte ihre Stimme. »Caro, das kann gefährlich werden. Wir wissen doch gar nicht, was da abgeht.« Caro winkte ab und lächelte beruhigend, »Quatsch. Wir gehen nur auf die Toilette, mehr nicht.«

Sie schlich leise zur Privat-Tür und hielt sich dicht an der Wand. Aus dem Raum dahinter drangen gedämpfte Stimmen. Sie konnte Stadtfeld erkennen, der mit eindringlicher Stimme sprach, offenbar um die junge Frau zu beruhigen.

»Lena, beruhige dich«, hörte Caro ihn sagen. »Ich verstehe, dass du dir Sorgen machst. Aber Severin meldet sich bestimmt bald. Er ist für Rammer gerade in der Türkei unterwegs, hat es als Urlaub getarnt. Wir müssen absolute Kontaktsperre halten, verstehst du?« Die Frau, die Lena genannt wurde, brach in Tränen aus. Ihre Stimme war wütend und verzweifelt zugleich.

»Aber das kann doch nicht sein! Hört auf, mich zu verarschen! Er wollte aufhören. Wir wollten dieses Wochenende zusammen weg! Also, wo ist Severin? Ich will mit ihm sprechen! Warum ist er für euch unterwegs? Was macht er?«

Stadtfeld stöhnte genervt warum musste die Kleine jetzt auch noch Stress machen. Sie hatten bereits genug Ärger.

»Vertraue mir. Es ist besser, wenn du nichts weißt. Und vergiss nicht – du arbeitest für uns. Denk an das, was Gerd schon alles für dich getan hat. Was du ihm schuldest!«

Caro hielt unwillkürlich die Luft an, während sie die Unterhaltung verfolgte. Sie war sich sicher, dass sie gerade etwas Wichtiges gehört hatte, aber die Spannung in der Stimme der jungen Frau und Stadtfelds ungeduldiger Ton ließen sie frösteln. Sie spähte kurz zurück zu Lotta, die unruhig im Flur hin und her ging und offensichtlich nicht wohl bei der Sache war.

»Severin sagte, ich solle niemandem vertrauen, auch dir nicht mehr«, fauchte Lena und funkelte Stadtfeld an. »Er meinte, das sei sein größter Fehler gewesen. Und ich will mit ihm reden, egal wie ihr das anstellt. Wenn ich bis morgen nichts von ihm höre, gehe ich zu den Bullen!« Die Worte schienen wie ein Stromschlag auf Stadtfeld zu wirken. Seine Stimme wurde scharf, fast bedrohlich, als er sie unterbrach.

»Drohst du mir?« Ohne Vorwarnung schlug er ihr mit dem Handrücken ins Gesicht. Lena stieß ein erschrockenes Keuchen aus und hielt sich die Wange. »Du weißt, was passiert, wenn du zu den Bullen gehst. Und was willst du denen erzählen? Schauermärchen ohne Beweise? Ich warne dich, Lena …!«

Mitten im Satz hielt er inne. Ein Geräusch, kaum mehr als ein leises Knarzen, ließ ihn aufhorchen. Seine Augen richteten sich zur Tür, und er stürmte darauf zu. Mit einem schnellen Ruck riss er die Tür auf. Im Flur konnte er gerade noch sehen, wie sich die Tür zur Damentoilette schloss. Und dann registrierte er es, der Anblick des Hinterns, der jungen Frau, den er für einen kurzen Moment erspäht hatte, war ihm nur zu gut bekannt. Lotta Wilke. Ein Gefühl der Wut und Alarmbereitschaft durchfuhr ihn. Hatte sie die beiden belauscht? Oder war es ein bloßer Zufall? Nein, Zufälle gab es in seiner Welt nicht. Und Risiko konnte er sich keines leisten. Er schloss kurz die Augen, sammelte sich und drehte sich langsam zu Leni um. Plötzlich war seine Stimme weich, fast freundlich. »Lena, entschuldige bitte. Es war eine stressige Woche, und ich hätte dich nicht so behandeln dürfen.« Sein Ton war jetzt verständnisvoll, beinahe einfühlsam. »Ich kümmere mich darum. Ich lasse Severin über unsere Kontakte wissen, dass er sich bei dir melden soll.« Leni sah ihn misstrauisch an, wischte sich aber die Tränen aus dem Gesicht und nickte zögernd. »Okay«, stammelte sie etwas ruhiger. »Aber versprich mir, dass er sich meldet.«

»Das verspreche ich«, antwortete Stadtfeld glatt. Er musterte sie, als sie sich umdrehte und den Raum verließ. Sobald die Tür hinter ihr ins Schloss gefallen war, verfinsterte sich sein Gesicht. Um Lena würde er sich später kümmern. Jetzt waren erst einmal diese beiden Schnüfflerinnen dran. Er zog sein Handy aus der Tasche und wählte die Nummer von zwei Männern aus Rammers Umfeld – Typen, die nicht nur loyal, sondern auch für die groben Jobs zu haben waren. »Kommt ins Untergeschoss. Sofort«, befahl er knapp und legte auf. Ein kalter Ausdruck trat in seine Augen, als er sich auf das vorbereitete, was kommen würde.

Lotta und Caro standen vor dem großen Spiegel in der Damentoilette, während draußen die dumpfe Musik des Clubs leise vibrierte. »Was war das denn gerade? Wer ist die Frau? Und warum sagt Thomas, dass Severin in der Türkei sei? Er weiß doch, was los ist. Was ist da los?«

Caro war ganz aufgeregt, ihre Wangen glühten vor Aufregung rot. Lotta dagegen blieb wie gewohnt ruhig. »Wir sollten Sofia anrufen. Vielleicht ist sie zu Hause und kann noch in den Club kommen. Wir erzählen ihr, was wir gehört haben, und dann halten wir uns raus.« Caro überlegte kurz und nickte schließlich. »Du hast recht. Ich ruf sie an. Mist, hast du Netz?«

Sie schaute auf ihr Handy und fluchte leise, »wir müssen wohl wieder nach oben.« Lotta zog ihr eigenes Telefon aus der Tasche und schüttelte den Kopf. »Kein Empfang.«

Gerade als die beiden sich zur Tür wenden wollten, wurde diese plötzlich mit Schwung aufgerissen. Zwei groß gewachsene Männer in schwarzen Anzügen standen mit finsteren Blicken im Türrahmen. Beide wirkten einschüchternd, breit gebaut und mit einer Aura, die keine Diskussion duldete. »Ihr zwei, mitkommen. Sofort!«, sagte einer von ihnen mit einer tiefen, rauen Stimme. Lotta verschränkte die Arme und sah die Männer herausfordernd an, »was wollt ihr Affen hier drin? Das ist die Damentoilette. Raus hier!« Der Mann ignorierte ihren

Protest und wiederholte ungerührt, »mitkommen.« Hinter den beiden erschien ein weiterer Mann in der Tür. Lotta und Caro starrten ihn ungläubig an. Es war Thomas Stadtfeld. In seiner Hand hielt er eine Pistole, die er demonstrativ hob, sodass sie sie deutlich sehen konnten. Caro stieß erschrocken einen leisen Schrei aus. Lotta hingegen wirkte immer noch gefasst. »Thomas, bist du jetzt komplett wahnsinnig geworden? Nimm die Waffe runter, sag diesen beiden Einzellern, sie sollen uns in Ruhe lassen, und wir verschwinden.«

Stadtfelds Blick war kalt und beinahe wahnsinnig, ihm war alles egal. »Halt dein Maul, du Schlampe«, zischte er mit einem gefährlichen Unterton. »Ihr macht jetzt genau das, was ich sage. Dann kann das Ganze vielleicht noch gut für euch ausgehen. Und jetzt ab!« Er wies mit der Pistole Richtung Tür. Die beiden Frauen zögerten, aber als die Männer näherkamen und sie am Arm packten, blieb ihnen keine Wahl. Widerwillig ließen sie sich aus der Toilette führen. Durch das Büro hinter der Tür mit der Aufschrift „Privat" ging es eine enge Treppe hinauf, die direkt in eine Garderobe führte. Einer der beiden Männer zog Kabelbinder aus seiner Jackentasche. »Legt sie euch gegenseitig um«, bellte Stadtfeld. Lotta starrte ihn mit Abscheu an, während sie die Kabelbinder langsam in die Hand nahm. »Thomas, das ist Wahnsinn. Denk nach, was du hier machst.«

»Halt endlich die Klappe«, knurrte er.

Nachdem die Kabelbinder festgezogen waren, nickte Stadtfeld seinen Männern zu. »Fahrt sie in das Haus, in dem wir normalerweise die Mitarbeiterinnen aus dem Ausland unterbringen. Sperrt sie dort in den Keller. Ich komme später nach.«

Seine Stimme war eiskalt, und er fügte noch hinzu, »rührt sie nicht an. Was wir mit ihnen machen, entscheide ich später.«

Die beiden Frauen wurden durch den Seitenausgang des Clubs geführt. Lottas Augen suchten hektisch nach einem Fluchtweg, aber unter den wachsamen Blicken der Männer und der kalten Waffe in Stadtfelds Hand blieb ihnen keine Möglichkeit. Caro schluckte schwer, die Furcht war ihr ins Gesicht geschrieben. Lotta dagegen blieb erstaunlich gefasst, obwohl ihr Herz wie wild klopfte. Sie mussten einen Weg finden, hier rauszukommen – und zwar schnell.

✳✳✳

Arne Rink saß noch immer im Beifahrersitz von Caros Mini, das Handy in der Hand. Der zweite Spielfilm auf Netflix lief bereits, doch die Handlung hatte er längst aus den Augen verloren. Gähnend blickte er auf die Uhr und dachte darüber nach, ob er die beiden Frauen mal anrufen sollte, als plötzlich ein Tumult seine Aufmerksamkeit auf sich zog. Er spähte durch die Windschutzscheibe und sah auf dem kleinen Hof neben dem Parkplatz zwei Männer, die mit entschlossenen Bewegungen zwei Frauen zu einem schwarzen Mercedes Vito zerrten. Der Schreck traf ihn wie ein Schlag. Das sind Lotta und Caro! Adrenalin schoss durch seinen Körper. Ohne lange nachzudenken, riss er die Tür auf und stürmte aus dem Wagen. Sein Blick war fest auf den Van gerichtet, doch bevor er das Fahrzeug erreichen konnte, schlugen die Männer die Türen zu. Der Wagen setzte sich sofort in Bewegung. Arne zögerte keinen Moment, sprintete zurück zu Caros Mini, sprang auf den Fahrersitz und startete den Motor. Mit quietschenden Reifen fuhr er los, den Mercedes fest im Blick. Die Verfolgung führte ihn über die Krefelder Straße Richtung Neersen. Arne hielt Abstand, um keinen Verdacht zu erregen, doch sein Puls raste. Immer wieder spähte er nach vorn, um das Fahrzeug nicht aus den Augen zu verlieren. Als sie plötzlich links auf eine Landstraße Richtung Krefeld abbogen, verfluchte er die Dunkelheit und die schlechte Sicht. Nach etwa fünf Kilometern verließ der schwarze Transporter die Hauptstraße und bog in eine kleine, unscheinbare Nebenstraße ab. Arne verlangsamte den Mini und sah den roten Rücklichtern hinterher, bis sie in der Dunkelheit verschwanden. Die Straße führte zu ein paar vereinzelten Bauernhöfen –

eine Sackgasse. Arne wusste, dass er nicht einfach hinterherfahren konnte. Ein fremdes Auto würde in dieser ländlichen Umgebung sofort auffallen, besonders nachts. Er fuhr weiter, parkte den Mini an einem kleinen Parkplatz im Ort und griff sich sein Handy und machte sich auf den Weg.

»Okay, das wird jetzt riskant«, dachte er, während er ausstieg und sich zu Fuß in Richtung der Nebenstraße aufmachte. Er bewegte sich so leise wie möglich, die Dunkelheit um ihn herum machte jeden Schritt noch nervenaufreibender. Seine Gedanken rasten. Was, wenn sie ihn entdeckten? Was, wenn der Wagen plötzlich umkehrte? Doch Arne wusste, dass er keine andere Wahl hatte. Er musste herausfinden, wohin die Männer Lotta und Caro brachten – und einen Weg finden, ihnen zu helfen. Entschlossen setzte er seinen Weg fort, das Herz pochte ihm bis zum Hals, während er sich in Richtung der Bauernhöfe bewegte. Die ersten Hoflichter zeichneten sich am Horizont ab. Egal, was ihn erwartete – er würde seine Freundinnen nicht im Stich lassen.

Samstag, 17.06.23

Sofia Montio und Christian Renner trafen fast gleichzeitig auf dem Parkplatz vor dem Präsidium ein.

»Guten Morgen, Herr Kollege«, begrüßte Sofia ihn gut gelaunt. Christian nickte, sichtlich weniger enthusiastisch. »Morgen, Sofia. Na dann, auf in eine Samstagsschicht. Ich habe direkt schlechte Nachrichten.«

»Was ist los?«, fragte Sofia besorgt, während sie ihm in ihr Büro folgte, in dem Murat bereits vor seinem Computer saß. Er war wie immer tief in seine Arbeit vertieft, doch das klappernde Tippen seiner Tastatur verstummte, als die beiden hereinkamen. Christian schloss die Tür hinter ihnen und ließ sich in seinen Stuhl fallen. »Arne Rink ist uns gestern Abend entwischt.«

»Entwischt?« Sofia schaute ungläubig, »was heißt das? Er war doch kein Verdächtiger, warum sollte er fliehen?«

Christian schüttelte den Kopf. »Flucht ist vielleicht das falsche Wort. Er hat sich einfach aus dem Staub gemacht. Die Kollegen, die ihn im Auge behalten sollten, haben gepennt. Er ist wohl durch den Garten verschwunden.«

Sofia wirkte nachdenklich. »Gibt es Anzeichen, dass er was vorhat? Irgendeinen Hinweis darauf, wohin er gegangen ist?«

»Nein, bisher nichts.« Christian klang frustriert, »ich habe ihn nicht zur Fahndung ausgeschrieben. Dafür fehlt uns die rechtliche Grundlage. Aber wir sollten ihn schleunigst finden, bevor er Dummheiten macht. Ich dachte wirklich, er hat nichts mit dem Fall zu tun, aber jetzt bin ich mir nicht mehr sicher.«

Sofia setzte sich an ihren Schreibtisch, legte die Hände ineinander und überlegte. »Okay, wir kümmern uns später darum. Was gibt es sonst Neues?«

»Vielleicht kann ich euch da helfen«, meldete sich Murat zu Wort. Er drehte seinen Monitor so, dass die beiden einen Blick darauf werfen konnten. »Die Berichte der KTU sind endlich da.« Sofia richtete ihre Aufmerksamkeit auf Murat, der einen Stapel Papier ausdruckte und zu ihnen herüberbrachte.

»Fangen wir mit der Waffe an«, begann Murat. »Die ist nagelneu. Wurde noch nie abgefeuert. Auf ihr befinden sich ausschließlich Fingerabdrücke von Severin von Backstein.«

»Mist!« Christian schüttelte den Kopf, »das bringt uns erst einmal nicht weiter.«

»Vielleicht nicht, aber das Journal von von Backstein ist interessanter.« Murat hielt ein weiteres Dokument hoch. »Es umfasst die letzten sechs Monate. Seine Einträge erwähnen sowohl Thomas Stadtfeld als auch Arne Rink. Bei Rink geht es vor allem darum, dass Severin sich vorgenommen hat, sich nicht provozieren zu lassen. Er scheint Probleme mit ihm gehabt zu haben – beruflich und persönlich. Stadtfeld wird dagegen kryptischer beschrieben. Da ist die Rede davon, dass Severin sich getäuscht habe, dass er die Freundschaft beenden müsse und mit Harald Feld sprechen wolle.«

Sofia runzelte die Stirn. »Hat er auch etwas über kriminelle Aktivitäten geschrieben?« Murat nickte, »Nicht direkt, aber immer wieder fallen Begriffe wie ,Neuanfang', ,Leni oder Lena', ,neues Leben'. Auch das er genug Geld auf Seite geschafft hat. Es wirkt, als hätte er vorgehabt, auszusteigen oder etwas in seinem Leben zu verändern. Das passt zu unserem Verdacht, dass er in krumme Geschäfte verwickelt war.«

»Nicht schlecht, Murat«, lobte Christian. »Was noch?«

Murat strahlte. »Ich habe auch die Auswertung seines Fahrzeugs. Er war wohl jemand, der jede Strecke mit Navi gefahren ist. Das letzte gespeicherte Ziel führte ihn zu GR-Design. Der Bordcomputer zeigt an, dass die letzte Fahrt mit dem Fahrzeug exakt 23 Kilometer lang war. Das entspricht der Entfernung vom Fundort seines Wagens bis zu Rammer.«

»Das passt zu dem Zeitrahmen seines Verschwindens«, stellte Sofia fest. »Ein weiteres häufig angefahrenes Ziel ist eine Adresse in Odenkirchen, Pastorsgasse. Ich bin dabei, zu prüfen, wer dort alles gemeldet ist.«

»Gut gemacht«, sagte Sofia und zog anerkennend die Augenbrauen hoch. Christian lehnte sich zurück. »Das sind mehr Spuren, als wir zu hoffen gewagt hatten. Wie machen wir weiter?«

Sofia wollte gerade ansetzen, als ihr Handy in der Gürteltasche vibrierte. Sie zog es hervor, auf dem Display erschien eine unbekannte Nummer.

»Montio«, meldete sie sich, ihre Aufmerksamkeit noch halb bei Murats Bericht. »Kommissarin Montio? Hier ist Arne Rink.« Die Stimme klang gehetzt, fast panisch. Sofia spürte, wie Christian und Murat sie sofort neugierig ansahen.

»Herr Rink? Wo sind sie? Und was ist los?«

»Keine Zeit für Smalltalk! Caro und Lotta. Sie wurden verschleppt! Die beiden waren gestern im Black & White Club, wollten Stadtfeld auf den Zahn fühlen. Ich bin mit, wollte nicht, dass die beiden allein sind, habe aber auf dem Parkplatz gewartet, weil ich Herrn Renner versprochen habe, unsichtbar zu bleiben. Zwei Typen in einem schwarzen Mercedes Vito haben sie gepackt und irgendwo hingebracht.«

Sofia erstarrte, »die beiden haben was?! Wo sind sie? Sind sie sicher?«

»Natürlich bin ich sicher! Ich habe die Typen mit eigenen Augen gesehen. Ich bin ihnen nachgefahren, aber ich konnte nicht direkt hinterher, weil sie in eine kleine Nebenstraße Richtung Anrath abgebogen sind. Die Straße führt zu ein paar Bauernhöfen, es ist eine Sackgasse. Ich habe Caros Auto im Ort abgestellt und bin zu Fuß weiter, um nicht aufzufallen.«

»Sind sie noch vor Ort? Haben sie das Fahrzeug gefunden?«, fragte Sofia, ihre Stimme jetzt drängend. »Ich bin in der Nähe, ja. Ich habe mich in der Nähe versteckt, Abstand gehalten. Als es hell wurde, habe ich mich etwas genauer umgesehen. Sie haben die beiden in ein Haus auf einem der Höfe gebracht. Das Ganze sieht aus wie ein normaler Bauernhof, mit einem großen Wohnhaus, es gibt dort keine Tiere, nur ein paar alte Schuppen und ein größeres Gebäude. Da haben sie Caro und Lotta reingebracht.«

»Bleiben sie, wo sie sind! Nähern sie sich auf keinen Fall dem Gebäude! Wir kommen sofort zu ihnen«, befahl Sofia.

Arne zögerte einen Moment. »Okay, aber beeilen sie sich. Ich habe ein schlechtes Gefühl, ich schicke ihnen die genaue Adresse gleich über Live-Standort.« Arne beschrieb ihr zusätzlich noch so gut wie möglich die Position des Hauses und Sofia notierte die Angaben schnell auf einem Notizblock, den Murat ihr reichte. »Wir sind in zehn Minuten da«, sagte Sofia. »Bleiben sie in Deckung und tun sie nichts Unüberlegtes.«

Als Sofia das Gespräch beendet hatte, sah Christian sie fragend an. »Arne Rink?« »Ja, Caro und Lotta haben Detektive gespielt und sich in Gefahr gebracht. Sie wurden von zwei Männern entführt und in einem Gebäude auf einem Hof in Anrath festgehalten.« Christian fluchte leise. »Das erklärt, warum er abgehauen ist. Hat wohl mehr Rückgrat, als wir ihm zugetraut haben.«

Sofia Montio und Christian Renner hatten es eilig. Sofia griff routiniert zum Funkgerät und gab klare Anweisungen, »zwei Streifenwagen folgen uns in sicherer Entfernung. Einsatzfahrzeuge ohne Signal. Wir prüfen die Lage.«

Christian nickte und holte das mobile Blaulicht aus dem Handschuhfach des BMW. Mit einem Ruck befestigte er es auf dem Dach, während Sofia den Motor startete. Der Wagen setzte sich mit Vollgas in Bewegung, und keine zwölf Minuten später erreichten sie die Adresse, die Arne Rink ihnen telefonisch durchgegeben hatte.

Schon von Weitem sahen sie Arne am Straßenrand stehen. Der kräftige Betriebsleiter wirkte nervös, winkte ihnen jedoch energisch zu. Sofia fuhr an den Rand der Straße und ließ die Scheibe herunter. »Wie ist die Lage?«, fragte sie knapp. Arne trat näher, sprach leise: »Die beiden Männer sind noch da, mehr Fahrzeuge habe ich nicht gesehen. Lotta und Caro sind in dem kleinen Gebäude da vorne. Es gibt nur die Zufahrt, einen Hintereingang habe ich nicht gesehen.« Christian tauschte einen schnellen Blick mit Sofia aus. »Zwei Männer. Rufen wir das SEK?« Sofia schüttelte entschlossen den Kopf. »Das dauert zu lange. Wir können das schaffen.« Mit einem kurzen Handzeichen gab sie den Streifenwagen Bescheid, in Position zu bleiben, während sie auf die Zufahrt abbog. Der BMW hielt direkt vor dem Gebäude, Staub wirbelte auf.

»Bleib hier«, wies Sofia Christian an, der das nur widerwillig akzeptierte. Sie stieg aus und klopfte mit der Faust kräftig an die Tür, da keine Klingel vorhanden war. Es dauerte einen Moment, dann öffnete ein breitschultriger Mann mit grobschlächtigem Gesicht. Er musterte Sofia misstrauisch und sagte barsch: »Das hier ist Privatgelände. Verschwinden sie.« Sofia setzte ihr freundlichstes Lächeln auf. »Entschuldigung, ich habe mich mit meinem Freund verfahren. Wir suchen die Gartenausstellung hier im Ort. Können sie uns helfen?« Der Mann fuchtelte ungeduldig mit den Armen. »Gartenausstellung? Hier gibt's keine. Gehen sie!«

In einer blitzschnellen Bewegung packte Sofia seinen Arm, setzte einen Schmerzgriff an und drehte ihn auf den Rücken. Der Mann stöhnte auf, doch Sofia ließ ihm keine Chance, sich zu wehren. Sie drückte ihn auf den Boden, kniete sich in seinen Rücken und legte ihm Handschellen an. Christian war mittlerweile ausgestiegen, seine Dienstwaffe in der Hand. Im gleichen Moment stürmte ein zweiter Mann aus dem Gebäude.

»Keine Bewegung!«, rief Christian mit fester, ruhiger Stimme. Die Waffe auf den Mann gerichtet, bedeutete er ihm, sich neben seinen Kollegen auf den Boden zu knien. Widerwillig folgte der Mann der Aufforderung, fluchend und knurrend. Christian setzte ihm routiniert die Handschellen an. Sofia funkte durch »Streifen nachrücken. Wir gehen ins Gebäude.«

Gemeinsam betraten Sofia und Christian das Haus. Es war zweckmäßig eingerichtet, eher wie eine Übergangsunterkunft. Die Zimmer waren leer und unpersönlich, zwei einzelne Betten, zwei Schränke – nichts deutete darauf hin, dass hier dauerhaft jemand lebte. Eine Treppe führte hinunter in den Keller. Sofia nahm den vorderen Posten, ihre Hand an der Waffe, während Christian sie absicherte.

Im Keller fanden sie einen kleinen Waschraum mit drei Waschmaschinen. Daneben befand sich eine verschlossene Tür. Sofia griff zum Riegel und entriegelte ihn leise. Der Raum dahinter war schlecht beleuchtet, karg eingerichtet. Auf einer Pritsche saßen Lotta und Caro. Beide sahen erschöpft, aber unverletzt aus. Sofia verschränkte die Arme und zog eine Augenbraue hoch. »Eigentlich sollte ich euch für den Mist, den ihr gebaut habt, hier sitzen lassen, bis wir den Fall gelöst haben. Aber ich will ja unsere neu gewonnene Freundschaft nicht gefährden.« Ihr sarkastischer Ton brachte Caro und Lotta kurz zum

Lächeln, trotz der Umstände. »Danke, Sofia«, bedankte Lotta sich leise. Christian trat ein und musterte die beiden, um sich zu vergewissern, dass sie wirklich in Ordnung waren.

Im Präsidium herrschte geschäftige Aufbruchstimmung. Sofia und Christian hatten Lotta und Caro mitgenommen, während Arne Rink im Auto von Caro hinterherfuhr. Auf dem Weg dorthin hatte Sofia noch schnell belegte Brötchen aus der Bäckerei besorgt – der Tag würde lang werden, und sie wollte sicherstellen, dass alle einen klaren Kopf behielten. In einem kleinen Besprechungsraum des Präsidiums saßen die beiden Frauen müde und erschöpft. Ihre Erzählung über den Streit im Club brachte die Ermittlungen ein gutes Stück voran. Besonders die Details über den Streit zwischen Thomas Stadtfeld und der mysteriösen Lena waren wertvolle Hinweise. Sofia, sichtlich sauer, ließ ihren Unmut raus.

»Wisst ihr eigentlich, wie gefährlich das war? Das ist die Aufgabe der Polizei, nicht eure! Komme ich etwa in eure Spedition und mische mich in eure Arbeit ein?« Caro hob beschwichtigend die Hände und schob sich zwischen Sofia und Lotta.

»Es war meine Schuld. Ich habe Lotta überredet. Wenn jemand Ärger kriegen soll, dann ich.« Ihre Stimme klang rau, ihre Augen waren rot und geschwollen vom Weinen und Schlafmangel. Bevor Sofia antworten konnte, trat Murat mit einem triumphierenden Lächeln an den Tisch. »Ich habe was für euch! Die Adresse aus von Backsteins Navi, die Pastorsgasse in Odenkirchen – da ist eine Magdalena Wagner gemeldet. Oder kurz Lena, Leni.« Christian klopfte Murat anerkennend auf die Schulter. »Klasse Arbeit, Murat! Ich wette, das ist unsere Leni. Jetzt ist nur die Frage, was machen wir zuerst? Fahren wir zu Frau Wagner und lassen Stadtfeld von einer Streife abholen, oder kümmern wir uns selbst um ihn?«

Sofia warf Christian einen entschlossenen Blick zu. »Stadtfeld gehört uns. Den holen wir persönlich. Eine Streife kann Lena einsammeln.« Sie drehte sich zu Lotta und Caro um, »und ihr zwei, fahrt nach Hause, nehmt eine Dusche und holt euch Schlaf. Ihr seht – mit Verlaub – scheiße aus.« Arne Rink, der bislang schweigend zugehört hatte, bot an, die beiden Frauen zu fahren. Lotta und Caro, die zu müde waren, um zu widersprechen, stimmten zu. Sofia und Christian packten ihre Sachen zusammen, da Lotta in ihrer Aussage erwähnte, dass Stadtfeld eine Waffe hatte, entschlossen die beiden sich, auf Nummer sicher zu gehen und Schutzwesten zu tragen. Als Sofia sich ihre Weste überwarf, sah sie Christian an und sagte mit einem Hauch von Vorfreude »Bereit, unseren Freund Thomas ein wenig ins Schwitzen zu bringen?«

Murat blieb im Präsidium, um im Hintergrund die letzten Details zu Stadtfeld und Wagner zusammenzustellen. Der Fall nahm Fahrt auf, und es fühlte sich an, als wäre die Lösung zum Greifen nah.

Knapp 20 Minuten später hielten Sofia und Christian vor einem freistehenden Einfamilienhaus am Stadtrand von Mönchengladbach. Das Grundstück war gepflegt, der Vorgarten ordentlich, doch es herrschte eine eigenartige Stille. Sofia parkte den Wagen in der Einfahrt, die beiden stiegen aus und gingen zur Haustür. Sofia drückte die Klingel. Ein leises Summen ertönte, doch nichts geschah. Christian verschränkte die Arme und blickte zur Seite, als wolle er abschätzen, ob jemand durch eines der Fenster lugte. »Vielleicht ist niemand da«, sagte Christian, doch Sofia ließ sich nicht beirren und drückte erneut die Klingel. Dieses Mal öffnete sich die Tür einen Spalt. Eine Frau Ende dreißig stand da, ihre Haare zerzaust, das Make-up verschmiert, als hätte sie geweint. Ihr Blick war leer, und sie schien unsicher, ob sie die Tür ganz öffnen sollte.

»Guten Tag«, begann Sofia, freundlich, aber bestimmt. »Kriminalpolizei. Wir suchen Thomas Stadtfeld.« Die Frau reagierte zunächst nicht, bevor sie leise und mit brüchiger Stimme antwortete: »Thomas ist nicht hier.« Sie schien den Blickkontakt zu vermeiden, ihre Hände klammerten sich an den Türrahmen.

Sofia sah sie prüfend an. »Dürfen wir trotzdem kurz hereinkommen? Es geht um eine dringende Angelegenheit.«

Die Frau zögerte, doch schließlich öffnete sie die Tür ein Stück weiter. »Bitte kommen sie rein.« Das Innere des Hauses war ordentlich, sehr modern und geschmackvoll eingerichtet. Im Wohnzimmer führte die Frau sie zu einer Sitzgruppe. »Ich bin Nadine Stadtfeld, Thomas Frau«, sagte sie schließlich, ohne sich zu setzen. Ihre Stimme war kaum mehr als ein Flüstern. »Thomas ist nicht da. Er hat gesagt, er müsste dringend fort.« Christian musterte sie aufmerksam, »wissen sie, wo er hingegangen ist?« Nadine schüttelte heftig den Kopf. »Nein. Das hat er nicht gesagt. Aber ...« Sie hielt inne, ihre Hände begannen zu zittern, »er war heute nach so anders. Nervös, panisch und aufgedreht. Als ob er Angst vor etwas hätte. Er sagte, er melde sich, ich solle mit den Kindern zu meinen Eltern fahren, keine Fragen stellen. Dann war er weg.«

Sofia und Christian tauschten einen kurzen Blick aus. ihnen war klar, sie waren zu spät, Thomas Stadtfeld war ihnen entwischt.

✳✳✳

Thomas Stadtfeld lehnte sich im Fahrersitz seines gemieteten BMW zurück, der Tempomat hielt die Geschwindigkeit konstant bei 130 km/h. Die leere Autobahn vor ihm spiegelte seinen aktuellen Lebensabschnitt wider, frei, ungebunden und ohne Rücksicht auf Verluste. Seinen Tesla hatte er am Flughafen in Düsseldorf zurückgelassen, nach seinem Kennzeichen wird sicher schon gefahndet und der Gedanke, sich mit den langen Ladezeiten herumzuärgern, während ihm die Polizei im Nacken saß, brachte ihn nur zum Kopfschütteln. »Sollen die sich doch damit abmühen«, dachte er vor sich hin und trommelte mit den Fingern auf das Lenkrad. Es war ohnehin ein Firmenwagen, und Harald Fels konnte ruhig die Verantwortung dafür übernehmen. Thomas hatte bereits abgeschlossen, mit der

Firma, Rammer, der Stadt und sogar mit seinem bisherigen Leben. Die A5 zog sich durch die Landschaft, die grünen Hügel und Waldstücke flogen an ihm vorbei. Noch 180 Kilometer bis zur Schweizer Grenze. Dort würde er sich in ein ruhiges Hotel zurückziehen, seine Gedanken ordnen und am Montagmorgen bei der Bank vorstellig werden. Sein Nummernkonto in der Schweiz war ein gut gehütetes Geheimnis, zumindest dachte er das. Das war Rammers Idee gewesen. Geldwäsche, Steuerflucht und Absicherung vor den Behörden – alles in einer schicken Verpackung. Severin von Backstein und dieser Mulder hatten ebenfalls Konten dort, eingerichtet von Rammer selbst. Thomas war sich sicher, dass Rammer diese Konten nicht nur aus strategischen Gründen angelegt hatte. Es war eine Versicherung, eine stille Drohung. Doch das war jetzt bedeutungslos. Ein kleines, selbstgefälliges Lächeln stahl sich auf seine Lippen. Das Konto war voll. Die Jahre mit den Geschäften um Rammer hatten sich ausgezahlt. Geld, mit dem er sich ein neues Leben aufbauen konnte – fernab von Mönchengladbach, fernab von der Polizei und fernab von all den Leuten, die ihn ohnehin nur festhalten wollten. Seine Familie? Sie könnten nachkommen, wenn sie wollten. Nadine und die Kinder waren ihm nicht egal, aber er würde nicht warten. Sein neues Leben war seine Priorität. Ein Leben in einem warmen Land, ohne Druck, ohne Verpflichtungen.

Ein kurzer Blick auf die Uhr: 10:57. Noch zwei Stunden, bis die beiden Sicherheitsleute die Frauen freilassen würden. »Die dummen Puten«, dachte er abfällig. Lotta Wilke und Caro Fels. Sie waren ihm nur ein Hindernis gewesen, lästige Fliegen, die er mit einem minimalen Aufwand losgeworden war. Sie würden zur Polizei gehen, das war ihm klar. Vielleicht war die Polizei sogar schon unterwegs. Doch all das interessierte ihn nicht mehr. »Scheiß auf Mönchengladbach«, sagte er laut zu sich selbst. »Scheiß auf Rammer. Scheiß auf die Bullen.«

Das Navi zeigte an, dass er die nächste Raststätte in 5 Kilometern erreichen würde. Perfekt für einen kurzen Kaffee und einen Toilettengang. Danach würde er weiterfahren, die Grenze passieren und in eine Welt eintauchen, die nichts mehr mit seinem alten Leben zu tun hatte.

***

Christian und Sofia machten sich enttäuscht auf den Weg zurück ins Präsidium. Es nagte an ihnen, dass Rammer ihnen durch die Lappen gegangen war. Zwar hatten sie Stadtfeld bereits zur Fahndung ausgeschrieben, sein Kennzeichen war gemeldet, und durch die gespeicherten Daten zu seinen Kreditkarten und Ausweisen waren seine Optionen begrenzt, doch der Gedanke, dass er jetzt einen Vorsprung von mehreren Stunden hatte, war frustrierend. »Wir kriegen ihn«, sagte Sofia mit Überzeugung, während sie den Wagen in die Tiefgarage des Präsidiums lenkte. »Es ist nur noch eine Frage der Zeit.«

Im Präsidium angekommen, wartete bereits eine neue Spur. Ein Kollege an der Wache teilte ihnen mit, dass Murat im Besprechungsraum warte – zusammen mit Magdalena Wagner, der mysteriösen „Lena", die sie durch die Aussagen der Zeuginnen und Stadtfelds Verhalten identifizieren konnten. Christian und Sofia brachten ihre Sachen ins Büro und gingen dann direkt zu Murat.

Murat erhob sich, als die beiden eintraten, und nickte ihnen knapp zu. Neben ihm saß Magdalena Wagner, die Lena, von der sie gehört hatten. Die Frau war Anfang 20, hatte eine zierliche Figur, rotblondes Haar, sie wirkte unscheinbar, war auf den zweiten Blick aber sehr hübsch. Ihre Hände umklammerten ein Glas Wasser, und ihre Augen waren stark gerötet, scheinbar hatte sie vor Kurzem geweint. Sofia vermutete, dass Murat ihr bereits berichtet hat, dass Severin von Backstein ermordet wurde und dies die Tränen ausgelöst hatte. Jetzt machte sie aber einen starken und sehr gefassten Eindruck. Sofia warf einen kurzen Blick zu Lena. »Sie sind also Magdalena Wagner?« Murat nickte und hielt Sofia eine Mappe hin. »Ja. Wir haben sie in ihrer Wohnung angetroffen. Sie hat sich kooperativ gezeigt, aber ich denke, es wäre besser, wenn sie euch selbst erzählt, was sie weiß.« Sofia ließ sich auf einen der Stühle sinken und lehnte sich vor, die Hände locker auf den Tisch gelegt. Ihr Blick war durchdringend, aber nicht bedrohlich. »Frau Wagner, ich bin Kriminalkommissarin Montio. Das ist mein Kollege, Hauptkommissar Renner. Wir ermitteln im Mordfall Severin von Backstein und würden ihnen gerne ein paar Fragen stellen. Keine Sorge, wir suchen nicht jemanden, den wir zur Verantwortung ziehen können. Uns interessiert nur, was sie uns über Severin von Backstein und seine Verbindungen zu Thomas Stadtfeld und Gerd Rammer zu sagen haben.«

Lena nickte zögerlich, als wollte sie ihre Gedanken sortieren, zögerte aber noch mit ihrer Antwort. Christian zog einen Stuhl heran und setzte sich neben Sofia. Seine Stimme war ruhig, fast freundlich. »Frau Wagner, sie helfen sich selbst am meisten, wenn Sie uns alles erzählen, was Sie wissen.«

Lena atmete tief durch und begann zu sprechen, »ich fange am besten Mal ganz von vorne an. Ich studiere hier in Mönchengladbach, an der Hochschule Niederrhein, mache da derzeit meinen Master in sozialer Arbeit. Ich verdiene mir mit Gelegenheitsjobs was dazu, um mein Studium und mein Leben zu finanzieren. Sie müssen wissen, ich habe keine Familie mehr, bin also auf mich allein gestellt. Durch das Lernen und das Studium kann ich aber nicht so viele Stunden arbeiten, wie ich es eigentlich brauche. Bis vor einem Jahr habe ich im Borussia Park bei den Heimspielen im Business Bereich gearbeitet, dort Gerd Rammer kennengelernt. Man kam ins Gespräch und irgendwann hat er mir einen Job in seinem Club angeboten. Für ein wesentlich höheres Gehalt und mit wesentlich besserem Trinkgeld. Ich war naiv und wusste nicht, auf was für einen Menschen ich mich einlasse. Hauptsächlich wurde ich in seinem VIP-Bereich eingesetzt. Die Trinkgelder sind dort wirklich gut, und es ist nicht so stressig wie in der Hauptbar. Aber… man muss sich auch einiges gefallen lassen.«

Sie machte eine kurze Pause, blickte ins Leere und spielte nervös mit dem Rand ihres Wasserglases. »Die Gäste grapschen einem da gerne mal an den Po, andere wollen, dass man sich zu ihnen setzt, vielleicht sogar auf ihrem Schoß Platz nimmt. Manche bestehen darauf, dass man mit ihnen anstößt oder ein Glas mittrinkt. Für mich war das gerade noch in Ordnung, auch wenn es hart an der Grenze war. Aber die gute Bezahlung hat das irgendwie ausgeglichen.« Lena holte tief Luft, bevor sie weitersprach, »und dann habe ich einen großen Fehler gemacht.« Sie schluckte, die Worte schienen ihr schwerzufallen. »Es war ein wirklich mieser Monat für mich. Mein Auto war kaputt, eine Reparatur wäre viel zu teuer gewesen. Dann kam auch noch die Nebenkostenabrechnung meines Vermieters, die mich völlig überrumpelt hat, und der Semesterbeitrag war auch fällig. Ich wusste nicht mehr, wie ich das alles bezahlen sollte.«

Ihre Stimme wurde brüchig, als sie fortfuhr, »ich habe Gerd Rammer um Hilfe gebeten – um einen Vorschuss. Er hat mir 10.000 Euro gegeben, einfach so.« Ein bitteres Lächeln huschte über ihr Gesicht. »Aber das Geld war nicht umsonst. Er sagte, dafür bin ich ihm ab und zu einen Gefallen schuldig.«

Lena griff nach ihrem Wasserglas und nahm einen großen Schluck, bevor sie weitersprach. »Von da an musste ich zu ausgewählten Gästen besonders nett sein. Flirten. Mich ihnen an den Hals werfen.« Sie sah kurz auf ihre Hände, die nervös in ihrem Schoß lagen. »So habe ich Severin kennengelernt.«

Sie hob den Kopf und blickte Christian und Sofia direkt an, Tränen schimmerten in ihren Augen. »Rammer hat mich auf ihn angesetzt. Ich sollte ihn um den Finger wickeln, ihm näherkommen. Damit er Bilder in der Hand hatte. Für eine Erpressung gegenüber Severins Frau.« Lena wischte sich mit zitternder

Hand über die Augen. »Und dabei haben sie und Severin von Backstein sich verliebt?«, Christian übernahm jetzt die Befragung. Lena nickte zögernd, Tränen glitzerten in ihren Augen. »Ja«, sagte sie leise. »Wir haben uns ineinander verliebt. Am Anfang war es nur die Show, die Rammer von mir wollte. Aber je besser ich Severin kennenlernte, je mehr ich hinter seine überhebliche Maske schauen konnte, desto mehr mochte ich ihn. Severin war… ein guter Mensch. Lieb, einfühlsam, unsicher. Bei mir konnte er, einfach er selbst sein.« Sie machte eine Pause und schniefte leise, bevor sie weitersprach. »Vor drei Wochen hatten wir einen schönen Abend in einem Restaurant in Düsseldorf. Danach sind wir an der Rheinuferpromenade spazieren gegangen, und er hat mir sein Herz ausgeschüttet. Er hat erzählt, wie sehr ihn die Dinge belasten, die er für Stadtfeld und Rammer machen musste. Er hat gesagt, Thomas Stadtfeld sei wie ein Fluch für ihn – ein Teufel. Rammer hatte für seine krummen Geschäfte nie eine eigene Logistik aufgebaut. Er hat durch Severin einfach seine Leute in Schlüsselpositionen der Spedition Fels eingeschleust. Stadtfeld hat das Ganze geleitet. Nannte sich selbst der Boss.«

Sofia zuckte bei dem Wort „Boss" merklich zusammen. Genauso hatte auch Treutner den Strippenzieher im Hintergrund bezeichnet. Lena bemerkte es nicht und fuhr fort, »Rammer und Stadtfeld wollten immer mehr von Severin. Aber er konnte und wollte nicht mehr. Rammer hat ihn erpresst, er wollte alles seiner Frau erzählen. Severin wusste, eine Scheidung würde ihn alles kosten – sein Geld, seinen Status, seinen ganzen Wohlstand. Rammer hat gesagt, Severin solle sich mal ansehen, wie Jörg Fischer lebt – das würde ihm auch blühen. Und dann war da noch dieses Schweizer Nummernkonto. Rammer drohte, es den Behörden zu melden. Er hat behauptet, er habe die richtigen Kontakte dafür.« Christian lehnte sich nachdenklich zurück. »Das sind sehr wichtige Informationen, Frau Wagner. Aber konnte Herr von Backstein diesen Drohungen standhalten? Hat er wirklich versucht, auszusteigen?« Lena nickte energisch mit dem Kopf. »Ja, letzte Woche Freitag. Wir waren zusammen essen und haben darüber geredet. Severin hatte etwas zu viel Rotwein getrunken, aber er war fest entschlossen, noch an diesem Abend auszusteigen. Er sagte, er würde sich scheiden lassen, egal was passiere. Die Konsequenzen waren ihm plötzlich egal.« Ihre Stimme begann zu zittern. »Wir sind dann zu mir nach Hause und er sagte, er wolle sich noch mit Rammer und Stadtfeld treffen. Ich hatte ein ganz schlechtes Gefühl. Ich wollte nicht, dass er in dem Zustand noch fährt, aber ich konnte ihn nicht davon abbringen. Er sagte, er komme danach zu mir zurück.« Lena stockte und schluckte schwer. »Das war das letzte Mal, dass ich ihn gesehen habe. Am nächsten Morgen bekam ich eine Nachricht von ihm. Er schrieb, dass er einen letzten Job machen müsse – für Rammer. Einen seriösen Kurierauftrag, hat er gesagt. In die Türkei. Danach wollte er aussteigen. Für immer.« Sie brach in Tränen aus. »Und jetzt sitzen sie hier und erzählen mir, dass Severin tot ist.« Sofia reichte ihr ein Taschentuch und tauschte einen Blick mit Christian aus, das war der Durchbruch. Sie richtete den Blick wieder auf Lena. »Frau Wagner, wollen sie hier im Präsidium bleiben? Wir müssen sie vor Rammer schützen, falls er herausfindet, dass sie mit uns sprechen.« Lena sah erleichtert aus und schüttelte den Kopf. »Danke, aber ich werde ein paar Tage die Stadt verlassen, zu Freunden nach Hamburg fahren. Ich kann ihnen gerne die Adresse da lassen und mich auch gerne jeden Tag bei ihnen melden.«

Für Sofia und Christian war das in Ordnung, »ok, ihre Nummer und ihre Adresse reichen für den Anfang, sagen sie bitte niemanden, wo sie hinfahren. Wir melden uns, sobald wir den Fall abgeschlossen haben. Und nochmals vielen Dank, sie haben uns sehr weitergeholfen.« Lena Wagner verabschiedete sich von den Kommissaren und wurde von einem Streifenbeamten zum Ausgang gebracht. Als sie allein im Büro waren, legte

Christian Renner los, »das reicht jetzt eindeutig für einen Durchsuchungsbeschluss. Murat, kannst du bitte den Staatsanwalt anrufen? Montag morgen werden wir Rammer einen Besuch abstatten, wir benötigen einen Beschluss für GR-Design und einen für Rammers Büro am Nordpark. Ich freue mich schon drauf, ihn in die Mangel zu nehmen. Piet Mulder schnappen wir uns dann ebenfalls am Montag. Und wer weiß, vielleicht haben wir bis dahin auch eine Spur von Thomas Stadtfeld. Jetzt ab ins Wochenende.«

Montag, 19.06.2023

Um 07.05 h ging es am Präsidium los. Die Atmosphäre war angespannt, aber konzentriert. In der Lagebesprechung wurden die Details des Einsatzes besprochen und alle Beteiligten auf den neuesten Stand gebracht. Sofia, Murat und Christian standen im Mittelpunkt der Operation, unterstützt von 50 Beamten, die sich auf die bevorstehenden Durchsuchungen vorbereiteten. Ziel waren die Geschäftsräume von Gerd Rammer im Nordpark, sowie seine Firma GR Design. Christian war voller Energie. Der Sonntag hatte ihm gutgetan, nach einer kurzen Trainingseinheit auf dem Rennrad am Morgen hatte er den Rest des Tages mit seiner Frau Julia und den beiden Töchtern verbracht. Gemeinsam hatten sie im Duisburger Zoo die Tigerbabys bestaunt, ein Moment der Ruhe und Freude inmitten der Belastungen seines Berufs. Jetzt, zurück im Einsatzmodus, war er fokussiert. Die Teams teilten sich auf. Murat führte eine Gruppe von zehn Beamten zum Büro von Gerd Rammer, um die dortigen Unterlagen und Computer zu sichern. Sofia und Christian nahmen mit den übrigen Beamten die Geschäftsräume von GR-Design ins Visier. Der Konvoi aus Einsatzfahrzeugen setzte sich in Bewegung. Christian spürte die Aufregung und die Hoffnung, dass sie heute einen Durchbruch erzielen könnten. Als sie bei GR-Design ankamen, wirkte das

Gebäude auf den ersten Blick unscheinbar, ein moderner Komplex aus Glas und Stahl mit angrenzender Lagerhalle, umgeben von einem gepflegten Parkplatz. Auf dem Hof herrschte schon geschäftiges Treiben. »Los geht's«, sagte er knapp und sah Sofia an, die ihm mit einem entschlossenen Nicken antwortete. Christian ging mit festen Schritten auf das Verwaltungsgebäude zu.

Am Empfang sprang eine sichtlich erschrockene Empfangsdame auf und versuchte, die Beamten aufzuhalten. »Sie können hier nicht einfach rein! Wir müssen auf Herrn Mulder warten. Der müsste aber in circa einer halben Stunde da sein«, erklärte sie hektisch und hob abwehrend die Hände. Christian zog gelassen den Durchsuchungsbeschluss aus seiner Jackentasche und hielt ihn ihr hin. »Renner, Kripo Mönchengladbach. Wir haben einen Durchsuchungsbeschluss für das gesamte Gebäude. Bitte informieren sie die Mitarbeiter, dass sie die Arbeit einstellen und das Gebäude verlassen sollen. Abgesehen von persönlichen Gegenständen darf nichts vom Arbeitsplatz mitgenommen werden. Und zeigen sie uns bitte das Büro von Herrn Mulder. Mit dem fangen wir an.«

Die Empfangsdame schüttelte den Kopf und machte einen neuen Versuch, »das geht nicht! Sie können doch nicht einfach — «

»Ich kann«, unterbrach Christian sie scharf und ließ keinen Widerspruch mehr zu. »Das Büro von Herrn Mulder?«, fragte er erneut, diesmal schärfer. Die junge Frau wirkte eingeschüchtert und stammelte schließlich »Die zweite Tür auf der linken Seite. Aber... niemand außer Herrn Mulder hat einen Schlüssel. Sie müssen warten!«

Christian reagierte nicht, sondern ging entschlossen mit vier Beamten direkt in Richtung der beschriebenen Tür. »Aufmachen«, befahl er einem kräftigen Kollegen, der bereits mit einer Ramme bereitstand, um die Tür aufzubrechen. »Nein, nein! Warten sie!«, rief die Empfangsdame panisch und rannte plötzlich mit einem Schlüsselbund hinterher, »ich mache ja schon auf! Sie müssen hier nicht alles kurz und klein schlagen!« Christian blieb stehen, warf ihr einen kühlen Blick zu und trat einen Schritt zurück, um sie vorbeizulassen. »Dann tun sie das.« Mit zittrigen Händen steckte sie den Schlüssel ins Schloss, drehte ihn um und öffnete die Tür.

Das Büro von Piet Mulder war schlicht und funktional eingerichtet. Ein kleiner Besprechungstisch, ein Schreibtisch mit Stuhl, ein Rollcontainer und zwei Aktenschränke bildeten die gesamte Möblierung. Persönliche Gegenstände fehlten komplett; lediglich ein Kalender und ein Whiteboard schmückten die kahlen Wände. Auf dem Schreibtisch stand ein Notebook. »Mitnehmen!«, wies Christian knapp an und drehte sich zur Empfangsdame um, die noch immer bleich im Türrahmen stand. »Haben sie auch einen Schlüssel für die Schränke?«

Die Frau schüttelte stumm den Kopf, ihre Hände zitterten. »Aufmachen«, befahl Christian an die Beamten in seinem Team. »Auch alles aus den Schränken mitnehmen.«

Während ein Kollege bereits Werkzeug holte, um die Aktenschränke aufzubrechen, vernahm Christian von draußen lauten Tumulten. Ein aufgebrachter Mann schrie und versuchte, eine junge Kollegin daran zu hindern, einen Computer aus einem der Büros zu tragen. Christian schob sich durch den schmalen Gang und trat auf den Störenfried zu. Der Mann, offenbar in den Fünfzigern, war rot vor Wut und gestikulierte wild. »Was erlauben sie sich? Das ist mein Büro, meine Arbeit! Sie können doch nicht einfach—« Christian unterbrach ihn mit ruhiger, aber bestimmter Stimme, »lassen sie meine Kollegin ihre Arbeit machen.« Er zog seinen Dienstausweis hervor und hielt ihn dem Mann vor die Nase. »Christian Renner, Kripo Mönchengladbach. Wir haben einen gültigen Durchsuchungsbeschluss.«

Der Mann schnaubte, doch sein Protest erstarb, als er Christians durchdringenden Blick sah. »Ich möchte sie bitten, das

Gebäude zu verlassen und sich für weitere Fragen bereitzuhalten. Sie werden über den weiteren Ablauf informiert.«

Der Mann warf einen letzten wütenden Blick in die Runde, hob dann resigniert die Hände und ging ein paar Schritte zurück. »Das wird Konsequenzen haben«, drohte er und funkelte Christian an. Christian lächelte kühl, »das liegt ganz bei ihnen, Herr Mulder. Halten sie sich einfach zur Verfügung.«

Die Beamten trugen stundenlang Kartons voller Akten, Computer und Datenträger aus dem Gebäude. Christian hatte sich inzwischen intensiver im Büro von Piet Mulder umgesehen. Mit der kleinen Taschenlampe, die immer Teil seiner Ausrüstung war, inspizierte er jede Ecke des Raums. Sein Blick fiel schließlich auf einen Heizkörper. Darauf war ein kleiner, roter Fleck zu sehen, vielleicht einen halben Zentimeter groß. Sofort war Christians Aufmerksamkeit geweckt. »Holt mir bitte einen Tester für Blutspuren, ein paar Einweghandschuhe und ein Schwarzlicht«, forderte er seine Kollegen auf, während er mit seinem Handy aus verschiedenen Winkeln Fotos machte. Als einer der Kollegen die Materialien brachte, zog Christian sich die Handschuhe über und kratzte eine Probe der roten Substanz ab. Diese gab er in ein Teströhrchen. Nach nur 30 Sekunden zeigte sich das Ergebnis, positiv auf Blut. »Verdammt«, murmelte Christian, nahm das Schwarzlicht und leuchtete über den Heizkörper und den umliegenden Bereich. Der Parkettboden zeigte unter dem UV-Licht einen größeren Fleck sowie vereinzelte Spritzer – eindeutig Blut. »Alle raus hier! Das könnte ein Tatort sein«, rief Christian in den Raum. »Und ruft die KTU! Ich will, dass die Spurensicherung so schnell wie möglich hier ist.« Nachdem der Raum geräumt war, trat Christian nach draußen. Vor dem Gebäude stand Piet Mulder, der sichtlich nervös wirkte. Er rauchte hastig eine Zigarette und telefonierte mit einem hektischen Tonfall. »Herr Mulder, kommen sie bitte mal her!«, rief Christian ihm zu. Mulder drehte sich zwar um, machte jedoch keine Anstalten, auf Christian zuzugehen.

Genervt von der Dreistigkeit des Mannes entschloss sich Christian, ein Exempel zu statuieren. Er marschierte zielstrebig auf Mulder zu, nahm ihm die Zigarette aus dem Mund und warf sie auf den Boden. »Was soll das?!«, fauchte Mulder, doch bevor er weitersprechen konnte, schnappte sich Christian sein Telefon und schleuderte es in einen nahen gelegenen Busch.

»Was fällt dir ein, du Drecksbulle?!«, brüllte Mulder wütend. Christian blieb vollkommen ruhig und zog in einer fließenden Bewegung seine Handschellen hervor. Er packte Mulder, drehte ihm den Arm auf den Rücken und klickte die Handschellen zu. »Herr Mulder, ich nehme sie fest wegen des dringenden Tatverdachts, in Verbindung mit dem Mord an Severin von Backstein zu stehen«, erklärte Christian mit kalter Präzision. »Bitte begleiten sie uns zum Revier.« Mulder wehrte sich zwar, aber der Griff von Christian war fest. Ohne eine weitere Erklärung führte er ihn zu einem der Streifenwagen, während Mulder weiter wild schimpfte.

***

Die Durchsuchung des Büros von Gerd Rammer am Nordpark verlief ähnlich wie bei GR-Design. Murat Cetinkaya und sein Team traten zunächst an den Empfang, wo sie auf eine resolute Empfangsdame trafen, die den Beamten den Zugang verwehren wollte. Murat, der mit solchen Situationen Erfahrung hatte, blieb ruhig, aber bestimmt. »Wenn sie uns den Zugang weiterhin verwehren, werde ich sie wegen Behinderung einer polizeilichen Maßnahme in Gewahrsam nehmen müssen«, erklärte er mit einem eisigen Blick. Das genügte. Die Frau gab klein bei und führte die Beamten schließlich zu Rammers Büro. Gerd Rammer selbst war nirgends zu sehen. Das Büro wirkte fast übertrieben pompös: ein massiver Mahagoni-Schreibtisch, schwarze Ledersessel und ein großer Bildschirm, der neben einer Dockingstation stand – allerdings ohne Notebook. Papierakten waren nicht zu finden. Stattdessen enthielten die Regale

Bücher, darunter Lexika, Golfbücher und einige Klassiker der englischen Literatur. »Mehr Schein als Sein«, dachte Murat, während er den Raum durchsuchte. Eine Entdeckung weckte schließlich seine Aufmerksamkeit. Hinter einem gerahmten Borussia-Trikot befand sich ein Safe. Murat ließ einen Spezialisten aus dem Team den Safe öffnen. Der Inhalt war überschaubar, aber nicht uninteressant, 9.500 Euro in bar, geschickt unter der Meldegrenze von 10.000 Euro, Wertpapiere, eine 9mm-Pistole, ungeladen und ohne Munition. Murat betrachtete die Pistole skeptisch. »Ich wette, die ist registriert und vorschriftsgemäß gelagert«, murmelte er zu einem Kollegen. »Rammer ist wirklich mit allen Wassern gewaschen.«

Es war bezeichnend, keine losen Papiere, keine Datenträger, kein Notebook. Rammer schien aufgeräumt, vorsichtig und darauf bedacht, keine Spuren zu hinterlassen. Nach einer gründlichen Dokumentation ließ Murat die gefundenen Gegenstände beschlagnahmen, das Büro versiegeln und den gesamten Vorgang protokollieren. Während die anderen Beamten die restlichen Büroräume inspizierten, machte Murat sich auf den Weg zurück ins Präsidium.

✳✳✳

Im Verhörraum saß Piet Mulder bereits auf einem der grauen Stühle, bewacht von einem uniformierten Beamten. Als Sofia und Christian den Raum betraten, richtete Mulder seine kalten, emotionslosen Augen auf sie.

»Guten Tag, Herr Mulder«, begann Christian in ruhigem Tonfall. »Das ist meine Kollegin, Frau Montio. Wir hatten bereits das Vergnügen. Wir hätten ein paar Fragen zu dem Blutfleck, den wir in ihrem Büro entdeckt haben.« Er machte eine kurze Pause, um Mulder Reaktion zu beobachten. »Was können sie uns dazu sagen? Ist das das Blut von Severin von Backstein? Wurde er in ihrem Büro erschlagen?« Mulder hielt seinem Blick stand, sagte aber kein Wort. Seine kalten Augen blieben auf

Christian fixiert, als wäre er darauf bedacht, keine Schwäche zu zeigen.

Christian blieb ruhig, ließ sich von der Stille nicht aus der Fassung bringen. »Herr Mulder, sie wissen, dass wir die Forensik-Ergebnisse bald haben werden. Es ist nur eine Frage der Zeit, bis wir wissen, ob es sich um das Blut von Herrn von Backstein handelt. Sie haben jetzt die Gelegenheit, mit uns zu kooperieren.« Doch Mulder blieb stur. Er schwieg und zeigte keinerlei Reaktion. Christian beschloss, etwas direkter zu werden, »letzten Freitag. Sie, Stadtfeld und von Backstein – sie waren doch zusammen. Was ist passiert? War Rammer auch dabei?«

Keine Antwort.

»Haben sie zugeschlagen? Oder war es Rammer? Oder Stadtfeld?« Christians Ton wurde schärfer, seine Geduld schwand langsam. Da lehnte sich Mulder langsam zurück, verschränkte die Arme vor der Brust und schüttelte nur leicht den Kopf, ohne ein Wort zu sagen. Christian entschied, es mit Nachdruck zu versuchen, »Herr Mulder, sie können die Dinge hier einfacher machen. Wir bekommen es doch sowieso heraus. Kooperieren sie, bevor es zu spät ist.«

Da änderte sich Mulders Gesichtsausdruck. Ein breites Grinsen zog sich über seine Lippen. Mit gespieltem Amüsement erwiderte er, »wenn sie es sowieso herausfinden, wünsche ich ihnen viel Erfolg.« Er machte eine dramatische Pause, bevor er hinzufügte, »ich hätte jetzt gerne einen Anwalt.«

Christian schloss kurz die Augen, atmete tief durch und richtete sich auf. Er wusste, dass Mulder auf Zeit spielte – ein Zug, den er erwartet hatte. Sofia machte sich bereits Notizen, während Christian leise sagte, »in Ordnung, Herr Mulder. Sie werden Ihren Anwalt bekommen. Aber glauben sie mir, die Forensik wird uns die Antworten liefern, die sie verweigern.«

Sofia nickte Christian kurz zu, und beide verließen den Raum. Draußen, im Flur, drehte sich Sofia zu ihm. »Das wird dauern.

Aber irgendwann bricht er. Niemand schweigt ewig, vor allem nicht, wenn die Beweise gegen ihn erdrückend werden.«

Christian seufzte und strich sich durch die Haare. »Lass uns sehen, was Murat aus dem Notebook herausbekommt. Vielleicht haben wir mehr in der Hand, als er denkt.«

Als Sofia und Christian ins Büro zurückkamen, drehte sich Murat auf seinem Stuhl zu ihnen um, ein breites Grinsen auf seinem Gesicht, »so schnell wieder da? Also entweder habt ihr Mulder so unter Druck gesetzt, dass er sofort alles erzählt hat, oder ihr seid keinen Millimeter weitergekommen.«

Er musterte ihre Gesichter und fuhr, ohne auf eine Antwort zu warten, fort. »Euren Mienen nach zu urteilen, vermute ich Letzteres.« Christian spürte, wie seine Gereiztheit wuchs. Der Tag war lang gewesen, und Murats Schadenfreude war das Letzte, was er jetzt gebrauchen konnte. Gerade als er zu einem scharfen Konter ansetzen wollte, hob Murat beschwichtigend die Hände. »Aber vielleicht habe ich etwas, das eure Laune schlagartig verbessert. Wollt ihr es wissen?«

»Nun sag es schon!«, knurrte Sofia, die die Geheimniskrämerei genauso nervte.

Murat grinste noch breiter, »ok, ok! Die Kollegen aus Zürich haben sich gemeldet. Sie haben Stadtfeld am Flughafen geschnappt.«

Christian blickte überrascht auf. »Stadtfeld? In Zürich?«

»Ja, der Herr wollte sich mit einem Koffer voll Bargeld nach Südamerika absetzen. Dachte wohl, wenn er bar bezahlt, wird er für uns unsichtbar.« Christian stieß ein triumphierendes »Ja!« aus und schlug begeistert mit der Faust in die Hand. »Wann ist er hier?« »Die Kollegen bringen ihn mit dem Nachtzug nach Düsseldorf. Wir können ihn morgen früh gegen 09:00 Uhr abholen.«

In diesem Moment wich Christians schlechte Laune wie von selbst. Er grinste breit, und seine Augen funkelten vor Energie. »Stadtfeld wird auf jeden Fall reden. Der sitzt die ganze Nacht im Zug und hat Zeit, sich auszumalen, was ihn erwartet. Morgen haben wir sie. Da bin ich mir sicher!« Sofia nickte zustimmend. »Das könnte wirklich der Wendepunkt sein.« Christian streckte sich, als hätte er eine Last abgeworfen, «dann lasst uns für heute Schluss machen. Morgen wird ein entscheidender Tag.« Murat lehnte sich entspannt zurück. »Na, das nenne ich mal einen produktiven Feierabendplan. Bis morgen!«

Während die drei ihre Sachen zusammenpackten, hing in der Luft die Vorfreude auf den nächsten Tag – und die Hoffnung, dass sich das Puzzle endlich zusammenfügen würde.

***

Sofia hatte sich auf ihrem kleinen Balkon eingerichtet. Der Abend war mild, und ihr Kater lag schnurrend auf ihrem Schoß, während sie mit einer Hand über sein weiches Fell strich. In der anderen Hand hielt sie ihr Handy und wählte Caros Nummer. Es dauerte nur wenige Sekunden, bis Caro abhob. »Hey Sofia, das ist ja ein Zufall! Ich habe gerade an dich gedacht.« »Na, das passt ja«, erwiderte Sofia mit einem Lächeln. »Ich wollte mal hören, ob du dich vom Wochenende gut erholt hast. War ein ziemlicher Schock für dich und Lotta.«

Caro seufzte, bevor sie antwortete, »danke der Nachfrage. Ja, wir sind ja zum Glück mit dem Schrecken davongekommen. Aber ehrlich gesagt, mein Vater hat mir den Anschiss meines Lebens verpasst. Ich habe ihn selten so wütend gesehen – krank vor Sorge war er. Und als er dann auch noch von Stadtfeld gehört hat, war er vollkommen fertig. Severin, Thomas ... Er war der festen Überzeugung, sich auf seine Menschenkenntnis verlassen zu können.«

»Das glaube ich dir«, sagte Sofia verständnisvoll. »Er hat Thomas heute fristlos gekündigt – pro forma, versteht sich«, fuhr Caro fort. »Hat man von dem nochmals was gehört? Gibt es eine Spur?« Sofia lachte leise, »wenn du Lust auf ein Glas

Weißwein hast und vielleicht was zu essen mitbringst, erzähle ich dir alles. Ich hätte richtig Lust auf Sushi.«

»Deal!«, sagte Caro fröhlich. »Ich mache mich gleich auf den Weg.« Etwa 30 Minuten später klingelte es an Sofias Tür. Caro stand mit einer großen Tüte Sushi und einem breiten Lächeln da. Sofia ließ sie herein, und schon bald saßen die beiden Frauen gemütlich auf dem Balkon, der Tisch gedeckt mit Sushi-Boxen, Sojasauce und zwei Gläsern Weißwein. Während sie aßen, erzählte Sofia Caro alles.

»Thomas Stadtfeld ist uns ins Netz gegangen. Die Kollegen haben ihn in Zürich geschnappt, mit einem Koffer voll Bargeld. Er wollte nach Südamerika fliehen.« Caro schüttelte ungläubig den Kopf, »das ist ja der Wahnsinn. Ich hätte nie gedacht, dass Thomas zu so etwas fähig ist.« »Tja, manchmal trügt der erste Eindruck«, meinte Sofia. »Aber keine Sorge, er sitzt jetzt im Zug und wird morgen früh in Düsseldorf ankommen. Dann werden wir ihn verhören. Ich bin mir sicher, dass wir endlich Antworten bekommen.«

Die beiden Frauen verbrachten den Rest des Abends in entspannter Atmosphäre, ließen die Ereignisse der letzten Tage Revue passieren und genossen den Moment der Ruhe. Für Sofia war es eine willkommene Auszeit – und Caro war glücklich eine neue Freundin gefunden zu haben.

Dienstag, 20.06.23

Thomas Stadtfeld sah furchtbar aus: übernächtigt, unrasiert. Seinem sonst so makellosen Anzug sah man an, dass er in ihm die Nacht verbracht hatte. Vor sich hatte er einen Pappbecher Kaffee aus dem Automaten stehen, aus dem er gerade einen tiefen Schluck nahm, als Christian Renner und Sofia Montio den Verhörraum betraten.

»Guten Morgen, Herr Stadtfeld. Das war eine kurze Flucht«, begrüßte ihn Sofia mit einem leichten sarkastischen Unterton. »Sie haben uns sicher eine Menge zu erzählen, oder?«

Die beiden setzten sich an den Tisch, und Christian öffnete eine Aktenmappe. »Da kommt einiges zusammen, Entführung und Nötigung mit Waffengewalt, die Aussagen von Frau Fels und Frau Wilke sowie Ihrer zwei Helfer sind da sehr eindeutig. Dazu Beihilfe zum Versicherungsbetrug und das Finanzamt wird sicherlich zu den knapp 4,5 Millionen Euro, die sie gestern in bar bei sich führten, auch noch die ein oder andere Frage haben. Das alles reicht schon aus, um sie für einige Jahre wegzusperren. Uns stellt sich nur noch eine Frage, kommt noch Mord dazu?« Christian sah Thomas Stadtfeld eisig an, »sie treffen sich mit von Backstein, Mulder und Rammer am Freitagabend. Herr von Backstein sagt, er möchte aussteigen, und dann schlagen sie zu. Mit was haben sie zugeschlagen, Herr Stadtfeld? Was war die Tatwaffe?«

Thomas Stadtfeld schwieg, seine Hand zitterte leicht. Von seiner sonstigen Überheblichkeit war keine Spur mehr. Sofia stand auf und sagte genervt, »lass uns hier abbrechen, der wird nicht reden. Wir sollten mit Mulder weitermachen, vielleicht weiß der mehr.« Christian nickte und machte ebenfalls Anstalten aufzustehen, als Stadtfeld plötzlich mit kraftloser Stimme sagte »Warten sie.« Christian und Sofia hielten inne. »Was bieten sie mir an, wenn ich ihnen alles erzähle?« Die beiden setzten sich wieder. »Im ersten Schritt wird es vom Gericht als wohlwollend angesehen, wenn sie kooperieren«, erklärte Christian ruhig. »Das kann sich auf Punkte wie Sicherungsverwahrung, Unterbringung und Strafmaß auswirken.« Thomas Stadtfeld atmete schwer und sammelte sich. Schließlich begann er, mit brüchiger Stimme zu erzählen. »Vor circa vier Jahren kam ich bei einem Golfturnier mit Gerd Rammer ins Gespräch«, begann Stadtfeld zögerlich. »Ich kannte seinen Ruf, aber wer weiß schon, ob das alles stimmt? Wir haben uns direkt gut verstanden und vereinbarten, in Kontakt zu bleiben. Einige Wochen später trafen wir uns erneut. Rammer bot an, dass wir die Transporte für seine Firma, GR-Design, abwickeln könnten. Ich ließ ihm ein Angebot mit Frachtraten erstellen. Die Geschäfte liefen gut.« Er machte eine kurze Pause, fuhr sich mit der Hand über das Gesicht und sprach dann weiter. »Als ich mit Severin von Backstein im Stadion war, trafen wir wieder auf Rammer. Wir verfolgten das Spiel zusammen, und im Anschluss fragte er, ob wir Lust hätten, mit ihm noch etwas feiern zu gehen. Der Abend begann in einem schicken Restaurant in Düsseldorf-Kaiserswerth und endete schließlich in seinem Club. Essen, Getränke – alles vom Feinsten. Dazu ein paar nette, junge Damen, die uns Gesellschaft leisteten.« Sein Blick wanderte zum Becher Kaffee vor ihm.

»Hier sprach Rammer das erste Mal davon, unsere Zusammenarbeit zu intensivieren, dass wir uns was dazuverdienen könnten. Er stellte das geschickt an, forderte uns heraus. Meinte, der alte Fels hätte seinen Laden ja so unter Kontrolle, dass es nicht einfach sei, die richtigen Leute für Spezialjobs einzustellen. Severin, der Idiot, sprang sofort darauf an. Behauptete, dass er als HR-Manager jeden einstellen könne, den er wolle.«

Stadtfeld schnaubte leise, der Zorn in seiner Stimme mischte sich mit Resignation. »Eines führte zum anderen. Rammer bot ihm letztendlich eine Wette an – 10.000 Euro. Und Severin ging darauf ein. Ab da entwickelten wir zusammen einen Plan und nutzten die Gutmütigkeit von Jörg Fischer aus.«

»Und was mit einer Wette begann, wurde dann zur gelebten Praxis«, fuhr Stadtfeld fort. Seine Stimme klang tonlos, als spräche er über jemand Fremden. »Severin und ich platzierten unauffällig überall Mitarbeiter, die Rammer vorher ausgesucht hatte. Mulder schickte mir per WhatsApp die Infos zu den anstehenden Transporten – sei es Schmuggelware aus Rotterdam oder die Versicherungstouren. Ich leitete die Details dann ebenfalls per WhatsApp an unsere Leute weiter. Dass Severin und ich dahintersteckten, wusste außer Rammer und Mulder niemand. Alles lief anonym. Wir verdienten richtig viel Geld damit. Rammer deponierte es für uns auf Konten in der Schweiz.« Er lehnte sich zurück, fuhr sich durchs Haar und ließ einen angespannten Atemzug entweichen.

»Aber Severin...«, begann er und zögerte. »Severin bekam schwächere Nerven. Er wurde ein Risiko. Rammer setzte daraufhin eines seiner Mädels auf ihn an. Lena. Oder Leni, wie sie manchmal genannt wird.« Stadtfeld grinste humorlos, doch der Ausdruck erreichte seine Augen nicht. »An einem Abend im Club war sie besonders nett zu Severin. Flirtete mit ihm. Lehnte sich an ihn, kuschelte, nahm zweideutigen Posen ein. Rammer ließ das alles aufzeichnen. Natürlich. Damit hatte er Severin in der Hand.« Er hielt inne, sein Blick verächtlich. »Rammer wusste genau, dass Severins Lebensstil nur wegen seiner Frau funktionierte. Das Geld kam von ihr. Und er wusste auch, dass es einen Ehevertrag gab. Wenn sie ihn vor die Tür setzte, war's das. Severin wäre erledigt gewesen. Jörg Fischer war ihm ein warnendes Beispiel – zweimal geschieden und am Ende arm wie eine Kirchenmaus.« Stadtfeld schnaubte und schüttelte den Kopf, als würde ihn die Erinnerung anwidern. »Aber dann verliebte sich dieser Idiot in Lena.« Er sprach das Wort aus wie einen Fluch. »Die beiden wurden ein Paar. Rammer hat das, glaube ich, gar nicht bemerkt. Aber Severin hat es mir mal erzählt. In einem stillen Moment. Er meinte, er sei glücklich. Das erste Mal in seinem Leben.«

Sein Lächeln wurde bitter, fast hasserfüllt, »er wollte von vorne anfangen. So ein gefühlsduseliger Schwachsinn.« Seine Stimme verlor an Schärfe, und er verstummte. Sofia lehnte sich leicht nach vorne, ihre Stimme ruhig, aber eindringlich, »okay. Und was ist dann Freitagabend passiert? An dem Tatabend?«

Stadtfeld schnaubte verächtlich, als ob allein die Erinnerung ihm Unbehagen bereitete. »Gegen 21:00 Uhr bekam Gerd und ich eine Nachricht von Severin. Er schrieb, dass er mit uns reden müsse. Es sei dringend.«

Er hielt kurz inne, fuhr sich mit der Hand über die Stirn und ließ einen leisen Seufzer hören. »Ich war mit meiner Familie auf einer Poolparty. Ich habe ihm geschrieben, dass ich keine Zeit habe. Aber er ließ nicht locker. Er meinte, entweder reden wir mit ihm, oder er geht zur Polizei.«

Seine Hand zitterte leicht, als er den Pappbecher Kaffee aufnahm, einen Schluck trank und dann weitersprach. »Rammer schlug schließlich vor, dass wir uns um 23:00 Uhr bei GR-Design treffen. Da ist um die Uhrzeit keiner mehr, und wir könnten alles in Ruhe klären. Gerd kam zusammen mit Piet – offiziell Geschäftsführer bei GR-Design, aber eigentlich Rammers rechte Hand für die Drecksarbeit, aber auch sein Stellvertreter.«

Er rieb sich mit beiden Händen über das Gesicht, als könnte er die Erinnerung auslöschen. »Ich wartete, bis meine Frau schlief, um keine dummen Fragen beantworten zu müssen, und machte mich dann auf den Weg. Als Severin eintraf, waren wir drei schon da.« Stadtfeld hielt inne, sein Blick wanderte ins Leere. »Er war betrunken. Ziemlich sogar. Er heulte, dass er das alles nicht mehr könne. Dass er aussteigen wolle.«

Stadtfelds Lippen pressten sich kurz zusammen, bevor er weitersprach. »Rammer ging sofort auf ihn los. Machte ihn fertig, nannte ihn einen Schlappschwanz, ein Weichei. Aber je mehr er schrie, desto mehr heizte das Severin an. Er wurde immer lauter. Forderte hunderttausend Euro. Für sein Schweigen.«

Er hielt inne, atmete tief durch, als ob die Worte ihm schwerfielen. »Rammer tobte. Drohte ihm. Beschimpfte ihn. Aber Severin schrie zurück, dass ihm alles egal sei. Er war wie ein Pulverfass, das kurz vor der Explosion stand.« Stadtfelds Stimme wurde leiser, ein Schatten huschte über sein Gesicht. »Irgendwann versuchte er, mich da reinzuziehen. Blickte mich direkt an, flehte, appellierte an unsere Freundschaft. Sagte, ich solle mit ihm aussteigen.« Seine Stimme brach fast, als er weitersprach.

»Da nahm Rammer das 6er-Eisen. Piet hatte das immer im Büro stehen, nannte es seinen Glücksschläger. Ein Andenken, das er mal von Rammer bei einem Spiel gewonnen hatte.« Stadtfelds Hände ballten sich zu Fäusten auf dem Tisch, »Gerd nahm es in die Hand. Er holte aus – und schlug zu.« Er atmete tief ein, als wollte er einen schweren Knoten in seiner Brust lösen.

»Severin ging sofort zu Boden. Und dann war überall Blut.« Christian beugte sich leicht nach vorne, seine Stimme kühl, aber fordernd, »also hat Rammer zugeschlagen?« Stadtfeld nickte langsam, als ob die Bestätigung ein körperlicher Kraftakt wäre. »Ja. Er war da eiskalt. Schlug zu, sah, wie Severin auf den Boden ging, und brachte noch einen Spruch, irgendwas mit ‚Der Schläger war auch auf dem Platz immer mein Problemlöser, bevor du ihn gewonnen hast.‹« Christian hörte gespannt zu, während Stadtfeld weitersprach, »dann ging er einfach zur Tagesordnung über. Sagte, wir sollen Severin rausschaffen, und dass er sich um die Sauerei kümmern würde. Piet hatte dann die Idee, dass der Auflieger nach Bulgarien noch an der Rampe stand. Wir trugen Severin zu zweit raus, Piet lud den Auflieger ab, wir platzierten Severin vorne drin und stellten die Ware wieder dahinter. Dass der Auflieger montags wegen eines Defekts wieder entladen werden musste, konnte niemand ahnen.« Stadtfeld wirkte zermürbt, seine Stimme dünn, fast brüchig. Christian musterte ihn genau, sah, dass der Mann erleichtert war, endlich geredet zu haben. Nach einem Moment des Schweigens fragte Christian, »Herr Stadtfeld, wussten sie, dass Severin von Backstein noch am Leben war, als sie ihn auf den Auflieger gelegt haben? Wenn jemand von ihnen Hilfe gerufen hätte, einen Notarzt oder einen Rettungswagen, hätte er es vermutlich überlebt. Herr von Backstein verstarb dann aber im Laufe des Wochenendes, bewusstlos, auf dem Auflieger.« Stadtfelds Augen weiteten sich, und sein ganzer Körper begann zu zittern. »Severin hat noch gelebt? Aber er lag da … regungslos, die Augen weit aufgerissen«, stotterte er, den Tränen nahe.

Christian blieb sachlich, seine Stimme ruhig, aber unerbittlich »Da sie und Herr Mulder nach Ihrer Aussage Herrn von Backstein auf den Auflieger gebracht haben, werden sie aller Wahrscheinlichkeit nach der Beihilfe angeklagt. Ob zum Totschlag oder zum Mord, müssen Staatsanwaltschaft und Gericht entscheiden.« Das letzte bisschen Fassung verließ Stadtfeld. Er vergrub sein Gesicht in den Händen und begann, hemmungslos zu weinen. Christian ließ ihm einen Moment, bevor er fortfuhr, »ein Beamter wird sie jetzt in die Zelle zurückbringen. Später werden sie noch dem Haftrichter vorgeführt. Da wir sie auf der Flucht erwischt haben, gehe ich davon aus, dass dieser sie wegen Fluchtgefahr in Untersuchungshaft halten wird. Möchten sie jemanden anrufen? Ihre Frau? Soll sie ihnen ein paar Sachen vorbeibringen? Wenn ja, geben sie dem Kollegen Bescheid. Er wird sich dann darum kümmern. Herr Stadtfeld, vielen Dank für die Kooperation. Die Kollegin und ich werden vor Gericht dies wohlwollend erwähnen.« Christian und Sofia standen auf und verließen den Vernehmungsraum. Im Flur wandte sich Christian an Sofia. »Ich telefoniere mit dem Staatsanwalt, besorge uns einen Haftbefehl, und dann schnappen wir uns Rammer.« Christian und Sofia saßen im Wagen, die Anspannung war greifbar, während sie sich durch den Verkehr von Mönchengladbach auf den Weg zu Rammers Adresse schlängelten. »Wickrathberg, also einmal komplett durch die Stadt«, stellte Sofia fest, als sie die Adresse in das Navigationssystem eingab. »Natürlich.«

Als sie die geschotterte Auffahrt der weitläufigen Villa hinauffuhren, kam das Wohnhaus in Sicht. Vor der massiven Haustür stand Gerd Rammer, der gerade dabei war, Koffer in den Kofferraum seines Maserati Levante zu packen. Als er die Beamten bemerkte, ließ er keine Zeit verstreichen. Er warf den letzten Koffer hastig in den Wagen, schlug den Kofferraumdeckel zu, stieg ein und startete den Motor. »Verdammt, er flüchtet!«, rief Christian, während er versuchte, den Dienstwagen vor den

Maserati zu manövrieren. Doch Rammer hatte andere Pläne, er lenkte den SUV über den gepflegten Rasen, fuhr knapp an einem kleinen Zierbrunnen vorbei und raste in Richtung der Ausfahrt. Christian wendete den BMW, doch die Aktion kostete wertvolle Sekunden. Sofia befestigte das mobile Blaulicht auf dem Dach und funkte durch, »wir verfolgen Verdächtigen, schwarzer Maserati Levante, Kennzeichen MG-GR 1, Fahrer flüchtet aus Wickrathberg in Richtung A61.«

Der Motor des Dienstwagens heulte auf, als Christian das Gaspedal durchtrat. »Den schnappen wir«, sagte er durch zusammengebissene Zähne. Rammer raste in Richtung Autobahn und bog auf die Auffahrt zur A61 in Richtung Venlo ab. Dank des vergleichsweisen dichten Verkehrs konnten die Ermittler den Sport-SUV im Blick behalten. Christian war klar, dass er mit dem BMW bei einer reinen PS-Schlacht keine Chance hatte, doch der Verkehrsfluss und Rammers aggressiver Fahrstil gaben den Beamten einen Vorteil. Sofia hielt den Funkkontakt »Verdächtiger auf der A61 in Richtung Venlo, nimmt keinerlei Rücksicht auf Verluste.« Rammer, sichtbar unter Druck, zog plötzlich auf die Ausfahrt Brüggen und wechselte auf eine Landstraße. Hier versuchte er, mit halsbrecherischen Überholmanövern Zeit gutzumachen. Er missachtete jede Verkehrsregel, riskierte dabei das Leben unbeteiligter Autofahrer, doch die Ermittler blieben ihm dicht auf den Fersen.

Kurz vor einer langgezogenen Kurve setzte Rammer erneut zu einem Überholvorgang an – dieses Mal jedoch mit fatalen Folgen. Er hatte einen entgegenkommenden Traktor übersehen. Im letzten Moment versuchte er auszuweichen, doch die Geschwindigkeit war zu hoch. Sein Wagen kam ins Schleudern, überschlug sich mehrfach und blieb schließlich auf dem Dach in einem Weizenfeld liegen. Christian hielt den Dienstwagen am Straßenrand und sprang hinaus. »Sichere mich!«, rief er Sofia zu, während er mit gezogener Pistole auf das Wrack zu rannte. Gerd Rammer, blutverschmiert, aber offenbar ohne lebensbedrohliche Verletzungen, kroch langsam aus dem zerschmetterten SUV. Seine Kleidung war zerfetzt, seine Bewegungen zittrig, aber sein Blick verriet, dass er noch immer nach einem Ausweg suchte. Christian packte ihn grob an den Schultern, zog ihn auf die Beine und drückte ihn mit Nachdruck gegen das Wrack, »Gerd Rammer, sie sind verhaftet wegen Mordes an Severin von Backstein.« Mit schnellen Handgriffen legte Christian ihm Handschellen an. Rammer protestierte schwach, doch seine Kraft war nach der Verfolgungsjagd und dem Unfall offensichtlich erschöpft. »Wir haben ihn«, sagte Sofia, ein Anflug von Erleichterung in ihrer Stimme. »Ja, wir haben ihn«, bestätigte Christian und führte den Verdächtigen in Richtung ihres Wagens. Endlich war der Mann, der so lange skrupellos gehandelt hatte, in Gewahrsam.

Mittwoch, 21.06.23

Im großen Konferenzraum der Spedition Fels herrschte eine gespannte, aber zugleich erleichterte Atmosphäre. Sofia Montio und Christian Renner hatten ihren Bericht über den Abschluss der Ermittlungen beendet. Harald Fels, Caro, Gerda Feld, Arne Rink und Jörg Fischer lauschten aufmerksam, als die beiden Kriminalbeamten ihre Ergebnisse zusammenfassten.
Harald Fels lehnte sich in seinem Stuhl zurück, sichtlich erschöpft, aber entschlossen. »Ich möchte ihnen beiden danken, Frau Montio, Herr Renner. Ohne Ihre akribische Arbeit und den Einsatz ihres Teams stünden wir heute ganz anders da. Das war ein harter Schlag für das Unternehmen, aber ich bin mir sicher, dass wir es schaffen, das wieder geradezubiegen.«
Er sah in die Runde seines verbleibenden Führungsteams.
»Die Konsequenzen mussten gezogen werden. Alle Mitarbeiter, die an den illegalen Geschäften mit Rammer beteiligt waren, habe ich fristlos gekündigt. Die Staatsanwaltschaft prüft

derzeit, inwieweit weitere Verfahren eröffnet werden müssen.«
Harald machte eine kurze Pause und richtete sich dann auf.

»Es ist jetzt an der Zeit, nach vorne zu blicken. Gerda«, er
wandte sich an Gerda Feld, »ich möchte Dir vorerst die Leitung
der Personalabteilung übertragen. Ich weiß, dass Du die Ruhe
und Erfahrung mitbringst, die wir jetzt brauchen, bis wir die
Stelle neu besetzen können.« Gerda nickte, ihre Hände lagen
ruhig auf dem Tisch. »Das mache ich gerne Harald. Ich werde
mein Bestes tun.« »Lotta«, sagte Harald und drehte sich zu
Lotta Wilke, »du übernimmst zusätzlich zum Customer Service
auch die Verantwortung für den Vertrieb. Ob das kommissa-
risch bleibt oder eine Chance für dich ist weiterzukommen, ent-
scheidest Du. In sechs Monaten möchte ich von dir hören, wie
du dich dabei fühlst.« Lotta wirkte überrascht, aber ihre Augen
leuchteten, »das ist eine große Aufgabe. Vielen Dank für das
Vertrauen, Harald. Ich werde alles daransetzen, dich nicht zu
enttäuschen.« Schließlich blickte Harald auf seine Tochter Caro,
die den Blick ihres Vaters fest erwiderte. »Und Caro«, sagte er,
»du hast bewiesen, was du draufhast. Ohne deinen Hinweis
auf die Versicherungsfälle wären wir Stadtfeld, von Backstein
und Rammer nie auf die Spur gekommen.« Caro errötete leicht,
nickte aber selbstbewusst, »ich habe nur getan, was nötig war.
Aber ich freue mich, dass ich helfen konnte.« Harald lächelte
leicht. »Ich werde dich jetzt noch intensiver in die Abläufe der
Firma einarbeiten. Wenn du so weitermachst, dann bin ich sicher, dass du sehr bald bereit sein wirst, meine Nachfolge an-
zutreten.« Christian Renner erhob sich und sah die Anwesen-
den an, »ich denke, wir lassen sie nun allein. Sie haben genug
zu besprechen. Frau Montio und ich melden uns bei ihnen, falls
wir noch Rückfragen haben.« Sofia stand ebenfalls auf. »Wir
wünschen ihnen viel Erfolg. Es ist beeindruckend, wie entschlossen sie alle sind.« Mit einem letzten Nicken verließen die
beiden Ermittler den Raum und ließen das Team zurück, das
nun in die Zukunft blickte – mit neuem Mut und Zuversicht.

Epilog

Sonntag, 25.06.2023

Christian Renner spürte den brennenden Asphalt unter seinen Schuhen und die sengende Hitze, die ihn wie eine unsichtbare Decke einhüllte. 37,5 Kilometer des Marathons lagen hinter ihm, nur noch fünf bis zum Ziel. Sein Körper schrie nach einer Pause, aber er ignorierte das Ziehen in den Muskeln und die Schwere in seinen Beinen. Über ein Jahr hatte er auf diesen Moment hingearbeitet. Wochen voller Training, frühen Morgenläufen und unzähligen Stunden auf dem Rad. Heute war der Tag, an dem er sich beweisen wollte. Während der 180 Kilometer auf dem Rad hatte er die letzten Wochen immer wieder vor seinem inneren Auge durchlebt. Die Ermittlungen, die Wendungen und die schockierende Erkenntnis, wie tief die mafiaähnlichen Strukturen in Mönchengladbach verwurzelt waren. Drei Schuldige hinter Gittern. Er war stolz. Nicht nur auf sich selbst, sondern auch auf Sofia. Sie waren ein immer besseres Team geworden, hatten sich blind aufeinander verlassen können. Sofia hatte in den letzten Wochen eine unglaubliche Entwicklung gezeigt, und Christian war sich sicher, dass sie bald in der Liga der ganz Großen mitspielen würde. Seine Gedanken wanderten weiter. Harald Fels. Der Mann hatte schwere Zeiten vor sich. Christian hoffte, dass er es schaffen würde, seine Firma wieder auf solide Beine zu stellen und sich von den kriminellen Machenschaften seiner Mitarbeiter zu erholen. Es war ein harter Schlag für ihn gewesen, aber vielleicht auch eine Chance für einen Neuanfang. Knapp 35 Minuten später bog Christian in das Stadion ein. Die Anstrengungen der letzten Stunden fielen für einen Moment von ihm ab, als er das Jubeln der Menge hörte. Die Energie der Zuschauer und die Glückwünsche, die von überallher schallten, gaben ihm einen letzten Schub. Er sah Julia, seine Frau, und ihre beiden Töchter am

Rand der Strecke stehen. Ihre Gesichter strahlten vor Stolz, und Christian spürte, wie ihm ein Kloß im Hals aufstieg. Er nahm die Hand seiner älteren Tochter und hob die kleinere auf seinen Arm. Gemeinsam liefen sie über den Zielteppich, während die Zuschauer applaudierten und jubelten. Mit einem tiefen Atemzug ließ Christian die letzten Stunden, die Anstrengung und die Schmerzen hinter sich. Er hatte es geschafft. Er war ein Roth-Finisher.